AF196407

N&K

Der Sommer war vorbei. Vater zwang uns, unsere Sachen zu packen. Babuschka und Deduschka blieben auf der Datscha zurück. Ich bewegte mich wie ein Roboter unter den Kommandos der Erwachsenen und beobachtete mit Entsetzen, wie alle langsam wieder ihr Leben aufnahmen. Dabei standen Kostjas Schuhe noch im Eingang, seine Schmutzwäsche lag im Wäschekorb, sein Bett war nicht gemacht. Überall waren Zeugnisse seines Daseins. Wie konnten die anderen sie so leichtfertig ignorieren?

Mutter wollte so schnell wie möglich aus dem Haus und allein sein. Vater wollte trinken und allein sein. Meine Brüder wollten jeder für sich sein oder zusammen allein sein. Nur ich wollte nicht allein sein, aber weil ich die Einzige war, die das wollte, ging ich leer aus.

Maria Jansen, geboren 1988 in Petrosawodsk, Russland, immigrierte im Alter von acht Jahren mit Eltern, Großeltern und Bruder nach Deutschland. Sie studierte Germanistik und Philosophie in Düsseldorf und Innsbruck sowie Literarisches Schreiben am Deutschen Literaturinstitut Leipzig. Sie ist Gewinnerin des Publikumspreises beim Wartholz Literaturwettbewerb 2018 und bekam mehrere Stipendien für ihren Debütroman. Sie lebt und schreibt in Berlin.

Maria Jansen

Schura

Roman

NAGEL UND KIMCHE

1. Auflage 2024
Ungekürzte Taschenbuchausgabe bei NAGEL UND KIMCHE
© 2023 Ecco Verlag in der Verlagsgruppe
HarperCollins Deutschland GmbH, Hamburg

Umschlaggestaltung von wilhelm typo grafisch, Zürich
Umschlagabbildung von Altosvic/Shutterstock
Gesetzt aus der Centennial
von GGP Media GmbH, Pößneck
Druck und Bindung von CPI books GmbH, Leck
Printed in Germany
ISBN 978-3-312-01319-7
www.nagel-kimche.ch

посвящается моей семье

Всем нашим встречам разлуки, увы, суждены
Тих и печален ручей у янтарной сосны
Пеплом несмелым подёрнулись угли костра
Вот и окончилось всё, расставаться пора

- Юрий Визбор

All unsre Treffen sind leider Beginne von Trennung/
Stiller, bekümmerter Bach vor einer Bernsteinkiefer/
Kohlebröckchen schrecken auf als ängstliche Asche/
Schon ist alles vorüber, nehmen wir Abschied/*

– Jurij Vizbor

*übersetzt von Yevgeniy Breyger

Sommer

1

Kostja hat mal versucht, mir den Tod beizubringen. Mutters Vater war gestorben. Opi ist also tot, sollte ich gesagt haben. Aber wann kommt er denn wieder?

Er lachte laut und mit offenem Mund, sodass seine Augen hinter seinen Wangen verschwanden und ich unweigerlich mitlachen musste. Nichts fand er so amüsant, wie seiner kleinen Schwester die Welt zu erklären.

Alles, was er mir vor dem Schlafengehen vorlas, formte und richtete mich. Ich sollte so klug werden wie Mascha, die den Bären überlistete. So stark wie Marija Morewna, die ein ganzes Heer schlagen konnte. So gütig wie die schöne Wassilissa, die jedes Leid ohne Murren ertrug.

Lange Zeit war ich davon überzeugt, dass die Kondensstreifen am Himmel das Wolkenmädchen Ilmatar hinterließ. Kostja hatte mir erzählt, wie sie durch die Lüfte flog. Kein Schauer, kein Orkan hatte Gewalt über sie.

Meine anderen Brüder – Mischa, Fedja und Grischa – nutzten meine kindliche Einfalt für ihre Späßchen. Sie ließen mich glauben, dass ich adoptiert sei, sie mich im Wald gefunden hätten, als mich Bären fressen wollten. Sie sagten, meine Finger würden abfallen, wenn ich sie zu viel benutzte. Sie wollten mich vom Popeln abhalten. Ich hörte sofort auf, alles anzufassen, und weigerte mich, im Kindergarten schreiben zu lernen. Nachdem ich das erste Mal einen Schwarz-Weiß-Film gesehen hatte, überzeugten sie mich davon, dass die Welt früher keine Farben hatte. Als ich die Wahrheit erfuhr, lachten sie so laut, fast wären sie an ihren Zungen erstickt. Ich heulte mich bei Kostja aus, der daraufhin Kopfnüsse und Arschtritte verteilte.

Meine Brüder waren immer da gewesen. Bei meinem ersten Schritt (und Fall), bei meinem ersten Milchzahn (und den damit verbundenen schlaflosen Nächten). Während alle anderen Kinder mit ihren Eltern zur Einschulung kamen, begleiteten mich alle meine Brüder – Kostja, Mischa, Fedja und Grischa.

Mutter arbeitete, wie sie immer gearbeitet hatte, während Vater in seiner Garage hockte, die ihm nach dem Zerfall des Sozialismus zum zweiten Zuhause wurde.

Ich trug einen hellblauen Blazer, und meine frisch geschrubbten Füße steckten in frisch gebleichten Socken und nagelneuen schwarzen Lackschuhen, die beim Schreiten *klack klack* machten. Meine Brüder

– Kostja, Mischa, Fedja und Grischa – trugen verfilzte Pullover und Arbeiterstiefel, aber alle Leute kannten ihre Namen und begrüßten sie, als wären sie die Herrscher des Nordens.

Während jeder Erstklässler einen Blumenstrauß für die Klassenlehrerin mitgebracht hatte, trugen einige Jungs zwei. Chrysanthemen für die Lehrerin, weiße Pfingstrosen für mich. Dahlien für die Lehrerin, Gladiolen für mich. Ich war höflich und sagte: Danke. Danach würdigte ich sie keines Blickes mehr.

Schon im Kindergarten kämpften sie um mich wie um ein begehrtes Spielzeug. Sie wollten mit meinen Buntstiften zeichnen und meine Hand halten. Besonders gern hörten sie meinen Geschichten zu.

Wusstet ihr, dass ihr einen dicken Bauch bekommt, wenn ihr ins Wasser fallt? Ilmatar war siebenhundert Jahre schwanger, nachdem sie ins Meer fiel.

Voller Stolz sah Mutter dabei zu, wie ich mit jedem Tag schöner wurde. Vater war groß, aber unförmig – klobig, könnte man sagen. Mutter war so dünn und zäh wie ein nasses Streichholz. Alle meine Brüder – Kostja, Mischa, Fedja und Grischa – kamen entweder nach Vater oder nach Mutter. So wurde ich zum goldenen Kalb inmitten der aschfahlen Landschaft, in allen Familienfotos nach vorne gedrängt.

Mutter liebte es, Oberflächen zu polieren. Sie besaß extravagante Blusen, von denen sie Ausschlag bekam, und holte – als wir uns das noch leisten konnten – die unbequemsten Möbel der ganzen Föderation ins Haus.

Unsere Gäste lobten ihren Einrichtungsstil, aber niemand wollte lange bleiben.

Ich war eins dieser Sachen, die sie ausstaffieren und herumzeigen konnte. Seht nur, wie schön meine Tochter ist! Sieht meine Tochter nicht wunderschön aus? Währenddessen nährte sich Vaters Angst, ich würde ein naives Balg werden, das Wochenendvergnügen eines Oligarchen. Also investierte er das bisschen Geld, das reinkam, in meine Ausbildung.

Alle meine Brüder – Kostja, Mischa, Fedja und Grischa – übten Karate im Verein nebenan oder spielten im Hof. Ich musste jeden Tag nach dem Unterricht in die Musikschule gehen, und wenn ich abends nach Hause kam, reihten sich die Nachhilfelehrer in unserem Flur.

Wenn ich mich beschwerte, wischte Kostja mit seiner warmen Hand über meine nassen Wangen und sagte: терпи. Mit Mutter kannst du nicht kämpfen, du kannst sie nur aushalten.

Morgens weckte sie mich eine Stunde vor meinen Brüdern, und ich schwankte unausgeschlafen durch die Wohnung wie ein Grashalm im Wind. Jeden Morgen musste ich mich mit eiskaltem Wasser waschen, das Gesicht, die Achseln und zwischen den Beinen. Ein heißes Bad nahmen wir nur sonntags, erst Mutter, dann ich, dann Vater und zum Schluss, als das Wasser bereits kalt war und ein Schmutzfilm auf der Oberfläche schwamm, alle meine Brüder – Kostja, Mischa, Fedja und Grischa.

Ich war zu klein, mich an meine Eltern als erfolgreiche Geschäftsleute zu erinnern, aber wenn Vater über diesen Lebensabschnitt sprach, stellte ich ihn mir als Zaren vor, den die Veränderung der Zeit in den Abgrund gestürzt hatte. Sie beschäftigten über siebzig hart und nicht so hart arbeitende Menschen, die Büroräume, Restaurants und Privatresidenzen ausbauten – und auch mal einen Kiosk für die Bratwa.

Vater hatte die Aufträge reingeholt und Mutter die dicken Umschläge an Aufsichtsbehörden und Ordnungshüter überreicht. Dann wachten sie eines Morgens auf, und der Rubel war um dreißig Prozent gefallen. Was das genau hieß, wusste ich damals noch nicht, aber so ging die Geschichte.

Die abgenutzte Sofagarnitur aus grünem Samt erzählte noch von einer Zeit, in der Vater sein eigener Herr war und in den besten Restaurants der Stadt speiste. Die Besitzer legten seinen Namen noch respektvoll auf die Zunge, aber sie besaßen keine Restaurants mehr und waren nur noch Eigentümer ihrer eigenen Leben. Vater blieb sein Transporter, mit dem er hin und wieder irgendwelche Ladungen für Freundschaftspreise herumfuhr.

Er klagte ständig über Kopfschmerzen von den Abgasen, und Mutter klagte ständig über die leere Brieftasche. Dabei sagte sie im gleichen Atemzug, Armut sei keine Schande, sondern ein Unglück, und ging in die Kirche, um das Rad der Fortuna zu drehen. Aber es handelte sich wohl um einen platten Reifen, denn es bewegte sich nirgendwohin.

Jeden Morgen machte sie mir ein hart gekochtes Ei und hart geflochtene Zöpfe und band mir Tüllschleifen ins Haar, die wie Elefantenohren zu beiden Seiten meines Kopfes abstanden. Meine Kleider nähte sie alle selbst. Aus floralen Stoffen, die sie günstig bei einem tadschikischen Nachbarn erwarb.

Das altmodische Material verursachte Juckreiz, aber Mutter lächelte, wenn sie mich darin sah. Mein Name passte gut zu diesen Kleidern: Schura.

Mutter gab sich große Mühe, mich in eine Alexandra zu verwandeln, doch der Kosename haftete an mir wie der Wodkaschweiß an Onkel Wassja.

Schura war der Name meiner Babuschka.

Meine Babuschka buk nicht, häkelte nicht und las keine Gute-Nacht-Geschichten. Sie grub Kartoffeln, reparierte Regenrinnen und kannte sich mit Elektrik aus. Wenn sie Anweisungen gab, wurden sie ohne Widerrede befolgt.

Mein Deduschka war ein Bär von einem Mann. Er sah aus, als könnte er einen Angreifer mit nur einem Prankenhieb töten, unter Babuschkas Votum knickte er jedoch sofort ein: Да, да, да, ты права.

Babuschka war gerade mal eins fünfzig, aber einmal Vorarbeiterin in einer Brigade Anstreicherinnen gewesen. Sie hatte über vierzig Malerfrauen in sozialistischen Wettbewerben angeführt, wo sie stets den ersten Platz holte. Fast zehn Jahre lang arbeitete sie nebenbei in der kommunalen Volksvertretung. Tagein, tagaus hörte sie sich die Klagen der Bevölkerung an – das Dach sei undicht, der Strom wieder ausgefallen, eine riesige Pfütze vor der Tür –, um in den oberen Etagen Reformen durchzusetzen. Sie sollte den goldenen Stern bekommen, die höchste Auszeichnung des Staats, und nur weil sie nie Mitglied der Partei war, wurde er ihr aberkannt, bevor er überhaupt in den Guss kam. Stattdessen erhielt sie für ihre zivilen Verdienste den Orden der Oktoberrevolution und den Rotbannerorden. Nach der Verleihung sahen die Medaillen erst wieder das Tageslicht, als ich sie in einer Kiste auf dem Dachboden der Datscha entdeckte.

Jeden Sommer verbrachten wir bei unseren Großeltern auf der Datscha. Babuschka und Deduschka lebten im Rhythmus eines Kartoffellebens. Sie wechselten ihren Hauptwohnsitz im Mai, wenn der Frost nachließ und sie Kartoffeln pflanzen konnten, und kehrten im September in ihre Stadtwohnung zurück, wenn die letzten Knollen ausgegraben waren. Wenn wir im Juni mit den ersten Sonnenstrahlen der Sommerferien aufs Land fuhren, blühten die Bäume.

Vater packte uns in den Wagen, und es ging am Ufer des Sees aus der Stadt raus. Während Kostja selbstverständlich den Beifahrersitz besetzte, weil er der Älteste war, hatte ich auf dem Rücksitz die Wahl zwischen dem Schoß von Mischa, Fedja oder Grischa. Die

Autofahrt war lang und unbequem. Genau wie Vaters Monologe. Ihm ging nie der Brennstoff aus:

Wir haben mehr als eine Million Arbeitslose im Land, aber als Saisonarbeiter haben sie wieder Migranten und Häftlinge geholt. Und dann sind sie empört, dass es einen Aufstand gibt? Die sollten mal das Jammern lassen und sich lieber darum kümmern, wie der garantierte Lohn erhöht werden kann. In Jalta zahlen sie in der Zwiebelernte tausend Rubel für einen Achtstundentag – könnt ihr das fassen? –, bei 35 Grad Hitze. Kein Einheimischer würde für so wenig Geld seine Gesundheit aufs Spiel setzen.

Ich erzähl euch, wie es hier läuft. Banken vergeben Kredite und verlangen die Rückzahlung vor Ablauf der Frist.

Habt ihr von dem Landwirt bei Kursk gehört? Der bat seine Bank um eine Ratenzahlung, weil er seine Produktion wegen einer Naturkatastrophe oder irgendeiner anderen höheren Gewalt nicht realisieren konnte. Die Bank verkaufte sofort alle seine Pfandrechte an einen großen landwirtschaftlichen Betrieb. Der arme Kerl musste natürlich sein Eigentum als Sicherheit verpfänden, als er um das Darlehen bat. Er hat alles verloren. Dabei schuldete er der Bank nur die Zinsen. Er ging in Konkurs, und es gibt Hunderte von solchen Geschichten. Um die kleinen Unternehmer kümmert sich keiner.

Wir fuhren vorbei an stillgelegten Industriegebäuden und verblassten Werbebannern an rostigen Zäunen. Auf der Brücke, die die Stadt vom Land trennte, saßen Männer vor ausgeworfenen Angelruten mit Panoramablick auf unseren See. Den grenzenlosen, dem Meer ähnlichen, den der nördliche Frosthimmel und das Weiß der Möwen färbte und in dessen Wasser unsere Stadt blickte.

Von hier aus sah sie flach aus, mehr ein Bild auf einer Postkarte als ein wachsendes, schwellendes Konstrukt mit rauchenden Schloten und Kränen über Beton.

Früher öffnete sich die Brücke zweimal am Tag für Schiffsverkehr. Dann mussten wir lange auf dem Rücksitz ausharren, während sich die Eltern vorne gegenseitig beschuldigten, weshalb sie nicht früher losgefahren seien. Derweil wuchsen die Straßenkolonnen ungeduldig zu beiden Seiten. Alte Frauen mit Kopftüchern saßen am Straßenrand mit getrocknetem Fisch, Beeren und zusammengebundenen Birkenzweigen, die sie zum Verkauf anboten.

Die alte Brücke bot nur Platz für eine einzige Autospur und war nur langsam befahrbar. Die Stadt versuchte sie instand zu halten, aber jedem neuen Holzbrett setzten Winter und Autoreifen dermaßen zu, dass es sich in kürzester Zeit bog und zersprang. Irgendwann stellte die Regierung eine Ampel auf, um den Verkehr zu regeln und damit Handgreiflichkeiten zu verringern, die aus Streitereien über die Vorfahrt resultierten.

Im Dorf dahinter war nur eine Handvoll der alten

windschiefen Holzhäuser ganzjährig bewohnt. Erst im Sommer füllte sich der Ort mit Kindergelächter, Sägegeschrei und Klatsch und Tratsch. Wir hielten immer bei Babuschkas Cousine, dem blauen Dreigenerationenhaus am See, brachten der Familie Lebensmittel mit, die hier schwer zu bekommen waren: Brot, Milch und Fleisch.

Dann ging es auf die Schlaglochpiste. Der dunkle Tannenwald schloss sich rechts und links um die immer schmaler, mit jedem Kilometer brüchiger werdende Straße, die bald keine Straße mehr war, sondern nur noch Erde und Rollsplitt. Entlang der Strommastleitungen führte sie immer weiter durch Wald, Wald, Wald. Der Staub stieg in einer riesigen Wolke hinter uns auf, kleine Steinchen knallten gegen den schwer beladenen Autobauch, Grischa wurde schlecht. Hier führten die Wege in Militärgebiete mit bewaffneten Kontrollposten und Straßen, die sich in Marschland verloren. Hier gab es Bäume, deren Stämme Gewehrkugeln trugen, Sümpfe, in denen jedes Jahr Pilzsammler umkamen, und große Kahlschläge, wo die Holzmafia geplündert hatte.

Je näher wir unserer Datschensiedlung kamen, desto lichter wurde das Grün. Die hohen Fichten und Kiefern wichen weichen Birken und Espen. Die ersten Blechdächer und bunten Holzfassaden winkten uns zwischen den Bäumen zu. Als wir in unsere Parzelle einbogen, öffnete sich der Himmel über uns, blaute breit und tief über unseren Köpfen, als hätte jemand die Welt aus dem Hochformat ins Querformat fallen lassen.

Das gelbe Haus mit den geschnitzten Rahmen an den Fenstern gehörte uns.

Babuschka und Deduschka verteilten kräftige Umarmungen auf der Veranda. Der Tisch war gedeckt. Die Zeiger der alten Plastikuhr bewegten sich zwar, aber im Hausinneren veränderte sich nie irgendetwas. Wir aßen aus denselben Emailletellern, aus denen Vater in meinem Alter gegessen hatte, und schliefen auf denselben Matratzen, deren Federn schon vor unserer Zeit plattgelegen wurden.

Ich brachte einen Rucksack voll Schulaufgaben, alle meine Brüder – Kostja, Mischa, Fedja und Grischa – nur ihre nackten Oberarme. Während ich am Küchentisch vor meinen Heften saß, reparierten und isolierten sie und taten alles, was Babuschka ihnen auftrug. Wir bekamen die Freiheit für unsere Folgsamkeit.

Im Juli zog mich der Geruch nach feuchter, schwarzer Erde in die Beete, und ich pflückte die ersten Erdbeeren, von denen viele die für sie vorgesehene Plastikschale verfehlten und direkt auf meiner Zunge landeten. Im August kamen die Himbeeren. Wir liefen mit Sonnenbrand und Dreck unter den Fingernägeln herum. Babuschka versteckte sich im Haus vor der Mittagssonne, und Deduschka knüpfte in seinem kühlen Schuppen Netze, und meine Brüder liehen sich das Fahrrad vom Nachbarn, um an den See zu radeln. Mich setzten sie auf den Lenker, einer trat in die Pedale, einer saß breitbeinig auf dem Gepäckträger und zwei sprinteten hinterher. Wir kamen an saftig grünen

Grundstücken vorbei und grüßten jedes vollbusige Tantchen, das in *BH* und buntem Fischerhut zwischen den Gemüsebeeten hockte. Im kleinen Waldstück vor dem Ufer mussten wir einen Zahn zulegen, um nicht von den Myriaden von Stechmücken gefressen zu werden.

Am Pier hatten sich bereits ein paar Jungs versammelt, um mich im Badeanzug zu sehen. Ljowa hatte seinen Hofhund Snickers mitgebracht. Er nutzte jede Gelegenheit, zu erzählen, dass der Hund Snickers hieß, weil er schokoladenbraun war und Nüsse hatte. Außer ihm lachte niemand mehr über diesen Witz. Er fragte mich, ob ich ihn streicheln wollte, und ich sagte definitiv: Nein.

Auch Jenja machte mir den Hof. Er konnte Steine über den See hüpfen lassen und auf jeden Baum klettern. Aber seit ich gehört hatte, dass er eines Wintermorgens mit der Zunge für eine halbe Stunde am Schulgeländer festklebte und seitdem nichts Süßes mehr schmecken konnte, imponierte er mir nicht mehr.

Sascha konnte mir nicht in die Augen sehen. Dafür konnte er mir an den Haaren ziehen und ein Bein stellen. Ich schlug mir die Knie auf, und einer meiner Brüder – Kostja, Mischa, Fedja oder Grischa – schubste ihn vom Pier. Er ertrank fast, weil er nicht schwimmen konnte. Ein paar Monate später sollte er beim Schaukeln auf den Kopf fallen, nach Hause gehen, sich hinlegen und nie wieder aufwachen. An die anderen

Jungs kann ich mich kaum erinnern. Sie konnten weder ein Rentierhaar mit einem stumpfen Messer spalten noch einem Felsen die Haut abziehen. Kostja hatte mir von Kyllikkis Anforderungen an Bewerber erzählt, und meine sollten nicht darunter liegen, fügte er hinzu.

Die endlosen Tage dehnten sich ausgelassen unter der brütend heißen Sonne, und die Nächte hingen hell über uns wie ausgeblichene Laken. Dann löste der Regen die Sonne ab. Vaters Wagen parkte unter dem Apfelbaum. Es ging zurück in die Stadt.

Dort angekommen fiel es mir direkt auf: Die Jungs aus der Nachbarschaft waren gewachsen. Sie begannen Haare zu kultivieren und einen gewissen Ruf. Iwan war einer von ihnen. Iwan, der Katzenkinder ertränkte.

Niemand dachte auch nur daran, Geld dafür auszugeben, seine Katze zu kastrieren. Es war einfacher, sie werfen zu lassen und danach Iwan die frisch geschlüpften Fellnasen in einem Sack zu übergeben. Für ein paar Kopejek ging er mit ihnen zum See.

Seine Mutter kassierte im Supermarkt, sein Vater hatte sich totgesoffen. Der Apfel fällt nicht weit, sagten die Nachbarn, als Iwan anfing, die ganze Nacht auszubleiben und mit älteren Jungs Reifen auf Müllhalden anzuzünden.

Als ich einmal spät über den Hof nach Hause gelaufen kam, stellte er sich mir groß und breit in den

Weg. Ich begrüßte ihn höflich und trat zur Seite, um an ihm vorbeizugehen. Er ließ mich nicht. Ich versuchte es andersherum, auch da kam er mir zuvor. Seine dicken Pupillen schwammen in wässrigem Augenweiß. Nase und Wangen quollen aus seinem Gesicht wie aufgegangener Sauerteig. Er grinste, wie Hunde Zähne fletschten, und da begriff ich: Es gab keine Zeugen, niemanden, der zu Hilfe kommen konnte.

Geh mir aus dem Weg, sagte ich mit fester Stimme, und da er sich nicht rührte, noch grober: Пошёл ты!

Kurz strauchelte er, war wohl überrascht, nicht das wohlerzogene Mädchen vor sich zu haben, das er erwartet hatte. Ich hielt seinem Blick stand, bis er die Augen beschämt abwandte. Doch ohne einen letzten Treffer wollte er das Feld nicht räumen. Also streckte er seine Hand aus und grabschte mir an die Brust.

Die Brust, die erst seit einer Woche in einem A-Körbchen lag. Meine linke, um genau zu sein. Tante Katjuscha hatte mir meinen ersten *BH* gekauft, und ich war peinlich berührt gewesen, aber auch stolz, damit in die Schule zu gehen. Und nun hatte Iwan seine schmutzige Pfote draufgelegt und zugedrückt, um anschließend sein ekelhaftes Grinsen wieder aufzutragen und mit den Händen in den Taschen siegessicher an mir vorbeizuziehen. Ich fragte mich, was er gewonnen hatte. Es musste etwas Kostbares gewesen sein, weil es sich nach einem großen Verlust anfühlte.

Ich schwor mir, nicht zu weinen, und ich schwor mir, niemandem davon zu erzählen. Doch als ich auf meine Brüder traf, die ihre heimliche Zigarette verlegen im Busch versenkten, kam ich nicht umhin loszuheulen. Der Rotz lief in Eimern, und sie stürmten auf mich zu, nahmen mich in den Arm, trockneten meine Tränen, traktierten mich mit Fragen, bis ich ihnen schilderte, was vorgefallen war. Hatte sich so Kyllikki gefühlt, als Lemminkäinen sie gewaltsam an den Schlitten band und sie raubte?

Kostjas Ohren wurden rot, meine Brüder wechselten bedeutende Blicke.

Es ist alles meine Schuld, brachte ich keuchend hervor.

Da packte mich Kostja hart an beiden Schultern und schüttelte mich kurz, dass es wehtat. Er hatte sich vorgebeugt, sodass sein Kopf ganz nah an meinem war. Er sah wütend aus. Jetzt kommt der größte Anschiss meines Lebens, dachte ich noch, aber dann sagte er: Du hast nichts falsch gemacht.

Genau, gab ihm Mischa recht. Jungs in dem Alter sind nicht besser als Affen.

Fedja nutzte die Chance für einen Seitenhieb: Sagt der Orang-Utan. Prompt kassierte er von seinem älteren Bruder einen leichten Fausthieb gegen die Rippen. Sie brachen in eine Rangelei aus.

Grischa legte seine Hand auf mein Haar und streichelte mich. Ich schluckte, und der Kloß im Hals löste sich langsam auf.

Meine Brüder brachten mich zur Tür und machten auf dem Absatz kehrt. Ohne vorherige Absprachen untereinander zu treffen, marschierten sie als Mauer davon.

Mischa, der auf seinem breiten Kreuz einen Laster hätte stemmen können, aber der Erste war, der heulte, als Simbas Vater in den Tod stürzte. Fedja, dessen Mund so groß wie sein Mundwerk war, aber ihm bisher nur dabei genützt hatte, sich in Schwierigkeiten zu bringen und nicht aus ihnen herauszukommen. Grischa, der Sanfte, der am längsten brauchte, einen Witz zu verstehen, aber der Schnellste war, sich zu entschuldigen. Und Kostja, der alles ertragen konnte. Ohne Mucks. Sogar unsere Familie.

Bei irgendeinem Festtagsessen klagte Mutter mal darüber, was für ein schwieriges Kind er gewesen sei. Dass er jeden Tag blaue Flecken, Schrammen und Schlimmeres mit nach Hause gebracht habe. Von meinen Brüdern hörte ich, Kostja habe keinen einzigen Kampf verloren und dabei selbst keinen herausgefordert.

Die Nachbarjungs bauschten regelmäßig Geschichten auf, Kostja würde selbst bei Brüchen nicht mit der Wimper zucken. Als einer mal das Fenster unseres Autos einschlug, kamen sie auf uns zu, noch bevor wir das Unglück entdeckten: Mischa Radugin hat euch das Autofenster eingeschlagen, wir haben alles gesehen, wir sagen aus! Vater rief die Milizija. Mischa Radugin bekam, was ihm zustand. Und die kleinen Ordnungshüter zur Belohnung einen Schulterklopfer von Kostja. Es gab keinen, der nicht nach einem anerkennenden Blick von ihm lechzte. Mich eingeschlossen.

Als meine Brüder zurückkamen, war aus ihnen kein einziges Wort herauszukriegen.

Iwan blieb eine Zeit lang verschwunden. Die Nachbarn spekulierten, seine Mutter hätte ihn in ein Umerziehungsheim geschickt. Ich stellte mir vor, wie meine Brüder ihn in acht Teile zerhackten und in Tuonis Totenfluss warfen. Aber als die Tage länger wurden, tauchte er aus dem Nichts wieder auf.

Er hatte abgenommen und war nach oben geschossen wie eine magische Bohnenranke. Jedes Mal, wenn er meinen Weg kreuzte, buckelte er unterwürfig und verkrümelte sich aus meinem Blickfeld. Dann ging er dazu über, Mutter die Einkäufe zu tragen und Vater bei der Reparatur seines Transporters zu helfen.

Alle meine Brüder duldeten Iwan, weil er ihnen Limonaden und Zigaretten aus dem Kiosk besorgte und über alle ihre Witze lachte. Sie riefen ihn freundschaftlich neckend Krupa, Grütze, von seinem Familiennamen Kruptschinski abgeleitet. Warum ich ihn dulden musste, wusste ich nicht genau, aber gerne hätte ich ihm andere Namen an den Kopf geworfen.

Zeitgleich passierte etwas Ungeheuerliches mit meinem Körper. Meine linke Brust hörte auf zu wachsen. Als hätte sie Iwans Anwesenheit gespürt und sich verkrochen. Mit Schrecken beobachtete ich ihre

Stagnation im Badezimmerspiegel. Der Spiegel hing zu hoch, ich musste einen Hocker vor das Waschbecken rücken und mich daraufstellen. Es wurde Teil meines morgendlichen Rituals. Das Ausziehen, der Hocker, die Bestürzung danach.

Wenn Mutter mich wie eine Puppe kleiden und frisieren wollte, begann ich mich zu wehren. Aber guck nur, wie schön du darin aussehen würdest, sagte sie. Zeig doch mal dein schönes Lächeln, bat sie. Aber ich wollte nicht lächeln. Ich wollte Hosen anziehen und meine Haare offen tragen, möglichst viel von mir verstecken.

Ich konnte keine runden Lebensmittel mehr essen. Nicht mehr auf dem Bauch schlafen. Die Jungs sahen mich anders an. Sie wussten, dass etwas nicht mit mir stimmte. Ich hörte das Tuscheln in meinem Rücken, spürte Blicke wie Brennnesseln an mir entlangstreifen. Als würde sich die Abscheulichkeit aus der Mitte meines Körpers wie ein Geschwür ausbreiten, sich auf meine Haare legen, meine Haut bedecken. Schließlich kam die Scheußlichkeit unten aus mir heraus.

Der Schreck fuhr mir in die Knochen, als ich auf der Toilette den rotbraunen, klumpigen Auflauf in meiner Unterhose sah. Erst dachte ich, ich sei krank. Die Ausscheidung roch nach Übel und Eisen. Ich inspizierte das schleimige, warme Zeug als den allerletzten Beweis meiner Grässlichkeit.

Nachdem Mutter meine mit Mühe zusammengeknüllte und im weitesten Winkel des Wäschekorbs verborgene dreckige Unterhose fand, bestätigte sie meine Sorge. Die Periode sei etwas, das ich vor der Welt und vor allem den Männern verstecken musste. Also klebte ich mir morgens Binden in die Unterhose und entsorgte abends klammheimlich das schwere vollgesogene Synthetikmaterial im Mülleimer, bis nichts Anstößiges mehr aus mir austrat. Was nur eine kurze Atempause von siebenundzwanzig bis dreißig Tagen bedeutete, bevor das Grauen wieder einsetzte.

Ich war zu einer Baba Jaga verkommen, einer hässlichen Schreckgestalt, kurz davor, in einen dunklen Wald zu ziehen und meinen Garten mit Schädeln zu dekorieren.

Verzweifelt suchte ich nach Rettung, und das Einzige, was mir einfiel, war, hinter den Garagen die Hand irgendeines Dimas zu drücken und meine Lippen auf seinen Mund zu legen. Er schmeckte nach nassem Fisch, und seine Hand war feucht von Schweiß. Er wischte sich mit dem Hemdärmel über die Lippen und befreite sich ungelenk aus meinen Fingern. Um meine Verlegenheit zu überspielen, schubste ich ihn gegen die Mauer und drohte ihm, meine Brüder auf ihn zu hetzen, wenn er irgendwem davon erzählte.

Auf dem Weg nach Hause sah ich sie vor dem Kiosk herumlungern. Iwan stand bei ihnen. Obwohl sich alle meine Brüder eigene Zigaretten hätten leisten können, teilten sie sich wie immer eine. Sie nahmen kleine Züge und ließen den gestopften Papierstängel liebevoll gegen den Uhrzeigersinn wandern. Iwan lief wie auf Knopfdruck hinein, um ein eiskaltes Getränk zu holen, und ich schloss den Kreis.

Um meinem Mund die schamvolle Erinnerung zu nehmen, verlangte ich selbst zu rauchen.

Kostja sagte: Nein.

Ich sagte: Doch.

Mischa, Fedja und Grischa traten unsicher von einem Fuß auf den anderen. Schließlich gaben sie nach. Sie zündeten eine neue Zigarette für mich an. Einer hielt das Streichholz, der Zweite formte seine Hände zum Windschutz, der Dritte machte den ersten Zug und der Vierte legte den vorgeglühten Stängel zwischen meine Finger.

Der Rauch kratzte in meinem Hals, mir schossen Tränen in die Augen, aber ich hustete nicht. Ich schluckte das Unbehagen einfach herunter. Alle meine Brüder waren beeindruckt von meinem gelungenen ersten Zug.

Iwan stolperte aus dem Kiosk. Die Dosenlimonade schmeckte nach Metall und die Zigarette einfach widerlich. Aber ich hatte sie für mich allein und rauchte sie bis zum Filter auf.

2

Streit war in unserer Familie wie Unkraut in Babuschkas Beeten: vertraut und ungemein anstrengend. Babuschka konnte nicht gegen Unkraut gewinnen, und trotzdem machte sie sich den Rücken krumm.

Wenn sich Mutter nicht mit Vater um Haushalt und Geld stritt, ging sie auf uns los: Räumt das weg, macht eure Hausaufgaben, warum kommt ihr erst so spät nach Hause! Mischa und Fedja führten ihre Fehde seit der Steinzeit. Sie stritten darüber, wer zuerst mit irgendetwas spielen durfte, wer das größere Stück Kuchen bekam, wer an der Reihe war, Kostjas rotes T-Shirt zu tragen. Das Ding war ausgeleiert und hatte überall Löcher, aber es anzuziehen war offenbar wie auf einem Thron zu sitzen. Weil Mischa der Ältere war, musste er oft nachgeben. Viel öfter jedoch artete das Ganze in einen Ringkampf aus. Mischa hatte mehr Kraft. Fedja war flink und fluchte wie ein Irrer. Wenn Grischa zwischen ihnen stand, konnte auch mal Blut fließen. Wenn einer seinen Scherz zu weit trieb, warf sich direkt der andere als Schutzschild vor den Kleinen. Dann waren es zwei gegen einen und Kostja musste eingreifen.

Ich brauchte keine Fäuste, um mich zu verteidigen. Meine Stimme reichte aus. Wenn mich Mutter zur Hausarbeit zwingen wollte, brachte ich eine Ausrede vor: Ein Test steht an, ich muss lernen, oder soll ich schlecht abschneiden? Wenn mich Vater ermahnte aufzuessen, argumentierte ich: Eine dicke Tochter frisst dir noch alle Haare vom Kopf – willst du das? Wenn mich Kostja vor dem Abendprogramm im Fernsehen ins Bett schickte, verhandelte ich: Nur, wenn du mir vorliest.

Er pustete genervt seine Backen auf, aber gab nach.

Kostja war derjenige, der bei uns Unkraut jätete. Er ging dazwischen, versöhnte oder fügte sich. Er hatte ein Talent dafür, Tiefpunkte mit einem kurzen Spruch abzutun.

Wie das eine Mal, als Mutter zu Mischas Geburtstag ein Festmahl veranstaltete und dann überschnappte, weil Vater vergessen hatte, Wurst vom Markt mitzubringen.

Sie heulte und warf ihm vor, das ganze Essen ruiniert zu haben, und stürzte theatralisch nach draußen, um den versäumten Einkauf nachzuholen. Die Haustür fiel mit einem Knall ins Schloss und wir in betretenes Schweigen.

Keiner rührte auch nur einen Finger. Als hätte sie uns mit einem Fluch belegt, der besagte, dass wir so lange vor der kalt werdenden Tafel sitzen bleiben mussten, bis die Dame des Hauses zurückkehrte. Wer sich widersetzte, dem würde Schreckliches bevorstehen.

Da streckte Kostja seinen Arm nach dem Plov aus, hievte eine große Portion auf seinen Teller und sagte lapidar: Wir heben ihr was auf.

Die Leichtigkeit in seiner Stimme erzeugte ein kollektives Aufatmen.

Fedja stimmte mit ein: Solange wir ein paar Scheiben Brot für die Wurst übrig lassen, sind wir fein raus. Selbst Vater schmunzelte: Achtet nun darauf, später ganz schuldbewusst dreinzublicken, wenn sie wiederkommt. Auf keinen Fall darf eure Mutter mitkriegen, dass wir nicht genauso gelitten haben wie sie.

Kostja war drei Jahre älter als Mischa, vier Jahre älter als Fedja, sieben Jahre älter als Grischa und zehn Jahre älter als ich. Obwohl uns so viele Jahre trennten, war er immer der Erste gewesen, zu dem ich gerannt kam, wenn mich jemand ärgerte, wenn ich eine gute Note bekam, wenn es etwas zu erzählen gab. Zumindest bis er wegging.

Nach der Schule wurde Kostja ausgemustert. Mutters Freude darüber währte nicht lang. Er heuerte auf Fischereischiffen an, dann auf einem Frachter, schälte monatelang Kartoffeln und half im Maschinenraum aus.

Er sei für etwas Besseres gemacht, klagte sie und versuchte ihn zu einer höheren Ausbildung zu überreden. Die hiesige Universität sei fußläufig erreichbar, er könne weiter zu Hause leben, hätte keine Unkosten.

Erst wurde sie zornig, und dann weinte sie. Als Wut und Tränen ihre Wirkung verfehlten, strafte sie ihn mit Schweigen. Kostja nahm das nächste Boot und verschwand. Und Mutter ging mit erhobenem Haupt durch die Stadt und erzählte jedem, wie unermüdlich ihr Ältester arbeite, in seinen jungen Jahren Geld nach Hause schicke, um die Familie zu unterstützen. Dabei kam nicht ein einziger Brief.

Sobald er zurückkam, fiel ich ihm zur Begrüßung um den Hals. Mutter sagte abschätzig, Kostja solle aufhören, mich zu verhätscheln. Um auf seinen Schultern zu reiten, war ich zu groß geworden, also war ich wohl auch zu alt für Umarmungen. Die anderen nahmen mich noch Huckepack und in den Schwitzkasten – dafür kam man als kleine Schwester nie aus dem Alter.

Ich überhäufte ihn mit Fragen, wollte wissen, was er gesehen, was er erlebt hatte, aber er sagte nur: später. Er blieb nie lange genug für später.

Unsere kleine kalte Hauptstadt war ihm wohl zu eng geworden und zu bieten hatte sie eh nicht viel. Wir hatten Wälder und Werften und so viel Kultur, dass es für ein paar Postkarten reichte. Die berühmtesten Söhne und Töchter der Stadt waren Athleten und nach Berühmtwerden nicht mehr gesehen. Hier lebte man, weil die Eltern hier lebten, und die lebten hier, weil die Großeltern vom Land gekommen waren, um hier zu arbeiten. In den Wäldern und den Werften. Bevor

Kostja die Stadt verließ, wusste ich gar nicht, dass die Welt größer und weiter war als bis zum Horizont.

Über die Flüsse und Kanäle konnte er mit dem Schiff jedes Land der Küstenmeerzone erreichen. Wir legen morgen ab, hörte ich ihn mit den Eltern sprechen. Es geht nach Deutschland.

Nach der Schule nahm ich den Bus zur Bibliothek, um mir dieses Deutschland anzusehen. Ein Land voller Märchenschlösser und Kriegsniederlagen. Ich versuchte mir vorzustellen, wie es wäre, wenn mich Kostja mitnähme. Aber aus irgendeinem Grund sah ich uns nie weiter als bis zum Seeufer gehen.

Als Kostja zum letzten Mal zurückkam, war ich fünfzehn.

Der Sommer auf der Datscha startete regnerisch und kalt. Babuschka war die ganze Zeit gereizt, weil die Jungpflanzen verrotteten. Dann setzte eine Affenhitze ein und sie kam mit dem Gießen nicht hinterher. Kostja verlegte irgendwo im Norden Telefonkabel und Mischa, Fedja und Grischa langweilten sich. Da kam das Angebot des Nachbarn ganz recht.

Er hatte ein undichtes Dach, konnte aber nur mit Schnaps bezahlen, Selbstgebranntem aus Äpfeln und Birnen. Manche hatten sich schon an dem Gesöff vergiftet. Tante Katjuscha zum Beispiel, die nach einem Umtrunk zwei Tage bettlägerig war.

Meine Brüder hatten zwei Tage auf seinem Dach verbracht und bekamen dafür ihre Lorbeeren: eine Flasche Hochprozentigen pro Kopf.

Babuschka war an einem der heißesten Tage über Nacht in die Stadt gefahren, und Deduschka war liberal. Die perfekte Gelegenheit für meine Brüder, auf dem Basketballplatz ihre Trinkfestigkeit unter Beweis zu stellen. Das wollte ich mir nicht entgehen lassen.

Der Basketballplatz war kein richtiger Platz, sondern nur ein Basketballkorb ohne Netz, der an einen Baumstamm zwischen Waldrand und Seeufer genagelt war. Vor langer Zeit hatte jemand den Boden davor asphaltiert, aber Baumwurzeln und Witterung spalteten den Straßenbelag, sodass hier schon lange niemand mehr punktete. An einem der dicken Äste hing eine Schaukel, die aus einem Holzbrett an Seilen bestand. Ein Baumstumpf und ein aus dem Wald gezerrter Stamm dienten als Sitzmöglichkeiten. Die Enkelinnen und Enkel und Söhne und Töchter trafen sich hier gelegentlich in den Abendstunden, um Zigaretten und Küsse zu teilen.

Als ich mit meinen Brüdern auf den Platz kam, hatten ihn bereits einige in Beschlag genommen. Zwei Jungs in Fedjas Alter warfen sich einen Federball zu, ich erkannte Jurij und Dima, die Söhne vom Hof am Rande der Genossenschaft. Sie hielten Hühner und eine Kuh und rochen auch so. Und einer, der viel jünger aussah, versuchte mit einigen Zweigen und Streichhölzern ein Feuer zu entfachen. Ein Mädchen in einem Kleid stand daneben. Später erfuhr ich, dass sie Aljona hieß und auf unsere Schule ging.

Mischa trug den Samogon in einer Plastiktüte. Fedja

hatte einen Laib Brot und ein großes Glas sauer eingelegte Gurken dabei. Grischa folgte mit einem breiten Grinsen.

Als sie die erste Flasche köpften, kamen Jurij und
Dima wie aufgeregte Welpen angerannt. Es gab keine
Gläser, also tranken sie aus der Flasche. Erst Mischa,
dann Fedja, zuletzt Grischa, der hustete und rot im
Gesicht wurde. Sie klopften ihm auf den Rücken und
lachten. Anschließend durften auch Jurij und Dima
probieren. Der kleine Junge kam auch angerannt und
verlangte zu trinken.

Lass erst mal ein Brusthaar sehen, sagte Mischa,
dann kriegst du was.

Der Junge hob sein T-Shirt und begann zu suchen.
Alle lachten. Seine Brust hätte mit einem vom See
polierten Steinchen verwechselt werden können.

Aljona stand abseits und musterte uns, neugierig,
aber auch missbilligend, wie ich fand. Mit ihren ordentlich in Zöpfe geflochtenen Haaren und dem sau-
beren weißen Bubikragen ihres Kleides schien sie
meinen Aufzug zu verspotten – ein zerschlissenes
übergroßes T-Shirt, das in ausgeleierten Shorts
steckte. Sie war mir ein Dorn im Auge, und trotzdem
oder genau deshalb konnte ich nicht aufhören, sie anzusehen. Ihre langen Wimpern und ihre Porzellanlip-
pen und ihre symmetrischen Knie.

Ohne groß zu überlegen, griff ich auch nach der
Flasche. Mischa hielt sie umklammert und gab sie
nicht frei, fragte: Was tust du da?

Ich hab eins, sagte ich. Ein Brusthaar. Ich schwör, grinste ich, willst du sehen?

Mischa kapitulierte.

Ich musste die Flasche mit beiden Händen halten, um einen Schluck zu nehmen, weil sie so schwer war. Das trübe Getränk schmeckte kalt und leise nach Frucht und brannte ein bisschen im Hals, aber schon im nächsten Augenblick verwandelte sich das Brennen in Wärme, also nahm ich direkt noch einen. Der zweite Schluck war schärfer, und mir schossen Tränen in die Augen.

Die Jungs pfiffen anerkennend. Ich warf Aljona einen Seitenblick zu. Sie sah zu Boden.

Eineinhalb Flaschen später war ich unbesiegbar. Niemand konnte mir etwas anhaben. Ich hätte den Baum hochklettern und mein Leben im Schutz der Baumkronen verbringen können. Mit den Armen in der Luft stand ich auf dem Baumstumpf, die Bäume umkreisten mich, ihre Wurzeln brachen die Erde auseinander, ihre langen Stämme bewegten sich wie Giraffenhälse, tanzten um mich herum. Die anderen zu meinen Füßen hatten rote Nasen und rote Wangen und schielten aus rot geäderten Augen. Sie sangen Lieder der Pioniere. Клич пионеров – всегда будь готов! Mischa verzog das Gesicht, als ihm Dima ein Gürkchen reichen wollte. Er konnte Saures nicht ausstehen. Es roch nach Erbrochenem. Fedja rief, Jurij solle weiter in den Wald hineingehen, habe er keinen Anstand? Aljona sah Fedja mit einem solch verliebten Blick an, dass ich mich gestört fühlte.

Haltet euch fest, sagte Fedja gerade.

Er erzählte, dass Kostja bei seiner letzten Reise bis zum Ural gekommen war, wo er Streitkräften einer Raketenmilitäreinheit begegnete. Der Ort war praktisch leer gefegt und die Basis trotzdem abgeriegelt wie ein Tresor voller Schätze. Jedem Normalsterblichen war der Zugang verboten, aber Kostja könne sicher behaupten, dass die Regierung einen geheimen unterirdischen Militärkomplex gebaut habe, einen versteckten Bunker im Inneren des Berges.

Was ein Schwachsinn, rief Dima und schluckte und rülpste. Er hatte Schluckauf.

Fedja soll weitererzählen, bat Aljona mit kleiner Stimme.

Genau, trompetete Mischa, halt's Maul und lass ihn ausreden. Fedja würde nie lügen.

Fedja räusperte sich und sprach weiter.

Kostja war eines Abends in einer Dorfkneipe mit seinen Kollegen was essen, als sich am Nebentisch ein betrunkener Unteroffizier ausplauderte. Er war im Inneren der Basis stationiert und bestätigte die Gerüchte. Der Berg könnte Unterschlupf für über zwei Milliarden Menschen bieten. Auf dem Gipfel befände sich ein Landeplatz für Hubschrauber, zwei Fußballfelder groß.

Wofür ist die Basis?, fragte Grischa. Seine Augen glänzten fast noch mehr als die von Aljona.

Das liegt doch auf der Hand, sagte Fedja. Nach dem Krieg arbeiteten dort Gefangene in Uranminen. Drum

herum gibt es Beweise dafür, verlassene Schmalspur-
bahnen, Geistersiedlungen. Die Regierung hat sich die
nötigen Ressourcen gesichert und bereitet sich auf
einen thermonuklearen Krieg vor.

Vom See stieg Nebel auf, als würde die Erde ausatmen. Die aufgeheizten Wälder kühlten ab. Ich stellte
mir vor, wie es wäre, der letzte Mensch auf Erden zu
sein. Um mich herum nur Trümmer und Asche, die meinen Hals zerkratzte. Über mir ewiggraue Wolken, die
säuerlichen Regen über die Landesgrenzen schleppten.
Das Atmen fiel mir schwer. Meine Haut juckte. Wenn
ich sie kratzte, löste sie sich und blieb unter meinen
Fingernägeln hängen. Meine Tage verbrachte ich mit
Zählen. Menschen: eins. Bäume: zwei kahle. Finger:
zehn schmutzige. Schritte: drei, vier, fünf. Mehr hatte
ich nicht zu tun. Schließlich war ich der letzte Mensch
auf Erden. Es war auszuhalten. Man fühlte sich weniger einsam, wenn niemand sonst existierte.

Ist dir nicht kalt, fragte jemand.

Ich öffnete meine Augen und sah Kostja über mir
stehen. Den Blick kannte ich gut. Den setzte er auf,
wenn meine Brüder Blödsinn verzapft hatten und er
vor ihnen den Großen spielen musste. Mich hatte er
noch nie so angesehen. Die Adern auf seiner Stirn traten hervor.

Ich richtete mich auf, mein Kopf fühlte sich voll an,
der Magen leer. Das verschwitzte Unterhemd klebte
am Körper. Die anderen neben mir, Mischa trug nur

eine Unterhose, Fedja eine Krone aus Ästen und Blättern, schüttelte Grischa wach, der seine Wange auf
einem Stein abgelegt hatte. Jurij und Dima waren
schon dabei, ihre Sachen aufzusammeln und sich zu
verkrümeln. Aljona und der kleine Junge waren weg.
Meine Gummistiefel auch. Mein T-Shirt lag ein paar
Meter weiter in wilden Moosbeerensträuchern.

Ach, antwortete ich, was ist schon Kälte. Das hat
sich doch irgendein Perverser ausgedacht, um Tiere
zu häuten und ihr Fell zu tragen.

Mischa lachte.

Kostja sagte: anziehen.

Mischa verschluckte sich und hustete.

Ich sagte: Willst du mein Brusthaar sehen?

Kostja sagte: Warte, bis wir nach Hause kommen,
dann kannst du was erleben.

Ich sagte: Das habe ich schon.

Das Einzige, was er hervorbringen konnte, war ein
erbostes: Pass auf.

Worauf denn?, erwiderte ich. Der Rausch hob mich
über alle und jeden. Von hier oben konnte ich die
Sprünge in Kostjas Maske sehen, wie viel Kraft es ihn
kostete, den strengen Bruder zu spielen.

Er schnappte sich den übrig gebliebenen Samogon
– zu meiner Überraschung hatten wir zusammen nicht
mal zwei Liter geleert – und kippte ihn in die Büsche.
Gluckgluckgluck machte es.

Wir hätten doch teilen können, jammerte Fedja
beim Anblick dieser Verschwendung.

Grischa berührte mich vorsichtig an der Schulter, reichte mir mein T-Shirt.

Schura, komm, sagte er sanft.

In der anderen Hand hielt er meine Gummistiefel. Mischa und Fedja versuchten aufrecht zu stehen.

Kurz zögerte ich, griff dann aber nach meinen Sachen. Kostja sollte kapieren, dass ich es tat, weil Grischa mich darum bat, nicht er.

Ich zog mich demonstrativ langsam an, brachte meine Haare in Ordnung, wischte mir den Dreck aus den Augen, während Kostja missmutig mit dem Fuß scharrte. Schließlich spuckte er auf den Boden und ging voran. Meine Brüder liefen ihm hinterher wie frisch geschlüpfte Küken.

Ich wusste nicht, warum Kostja früher zurückgekommen war als geplant, hätte mich aber auch nicht herabgelassen zu fragen.

Frauen bringen Unglück auf dem Wasser, sagte er. Wenn nichts beißt, bist du schuld.

Warum hast du mich dann geweckt, erwiderte ich leise.

Natürlich wusste ich, warum. Um mich zu bestrafen. Mein Rücken war steif und schmerzte dumpf. Erst ließ mich Kostja Fenster putzen, dann verbrachte ich den halben Tag in der Hocke, um die Ausläufer der Erdbeerpflanzen zurückzuschneiden. Seit dem Trinkgelage machte er mir das Leben schwer. Hätte ich vor ihm gebuckelt, wäre es mit einer Schimpftirade getan gewesen, aber ich musste ja vor den anderen seine Autorität untergraben.

Kostja trug die gleichen olivgrünen Gummistiefel wie Deduschka, ich sechs Größen kleinere in Hellblau. Babuschka hatte Kaffee gekocht. Zwei Löffel schwarzes Pulver pro Tasse mit kochendem Wasser aufgegossen. Die anderen schliefen noch unter dem Dach, wir konnten sie schnarchen hören, die Glücklichen.

Ich trank meinen Kaffee nie aus. Ich wollte nicht meine Zukunft sehen.

Babka Jasja las am Ende der Straße Kaffeesatz und Handflächen. Sie hatte einen großen Hof mit zwei Pferden, drei Ziegen und einem gelben Hund mit schwarzem Gesicht. Die Leute erzählten, selbst Bären würden zur Seite gehen, um sie vorbeizulassen. Wenn Tante Katjuscha einmal die Woche zum Helfen kam, vergaß sie nie, mit einer glänzenden Schachtel Vogelmilchkonfekt und einem teuer verschweißten Päckchen Kaffee an ihrer Tür zu klopfen. Sie blieb fast eine Stunde fort und kam stets mit großen Erfolgen, Wohlstand und Glück in der Liebe zurück. Wenn sie jedoch Woche um Woche aus ihrem zerbeulten Moskwitsch stieg, schien sie nichts davon mitzubringen.

Es regnete leicht, als wir aufbrachen. Alles, was im Regen anfängt, hat ein gutes Ende, sagte Deduschka immer.

Kostja trug die Ausrüstung für den Fang. Ich trug den Rucksack für den Hunger. Deduschka trug nichts außer seinem Taschenmesser. Wir mussten eine halbe

Stunde durch den Wald laufen, um zum Ufer zu gelangen, an dem das Boot lag. Wir machten einmal Pause, zum Pinkeln. Ich beneidete alle, die es im Stehen konnten.

Deduschka und Kostja schwiegen den ganzen Weg über. Sie verstanden sich auch ohne Worte. Wenn ich ihnen auf dem schmalen Pfad folgte, Äste beiseiteschob und über dicke Wurzeln stieg, sah ich ihnen dabei zu, wie sie Gedanken austauschten, ohne miteinander zu sprechen. Deduschka zeigte an einem Baum hoch, und Kostja lächelte und nickte. Dabei war es nur ein ganz gewöhnlicher Laubbaum, nicht einmal besonders prächtig.

Für Deduschka war der Wald etwas Heiliges. Er war nie böse auf irgendeinen von uns, das Schimpfen war Babuschkas Metier. Nur einmal wurde er mir gegenüber laut. Ich hatte aus Langeweile auf Sträucher eingeschlagen. Für ihn war es wohl so, als hätte ich ein anderes Kind verprügelt. Er bläute uns ein, alles Lebende zu respektieren. Er dankte dem Wald, bevor er für Pilze oder Beeren hineinging. Er dankte dem See, bevor er zum Fischen hinausfuhr. Er räumte stets liegen gelassene Zigarettenstummel und Plastikverpackungen, die andere gleichgültig hinterlassen hatten, von den Wegen. In der Natur durften wir weder fluchen noch Äste abbrechen, auf keinen Fall in den See spucken. Jeder Wald, jedes Gewässer hat einen Herrn, sagte Deduschka, wir sind nur Gäste.

Es gab eine Zeit, in der meine Brüder ständig mit

Karte und Plattenkompass in den Wald liefen. Die Erwachsenen wollten es ihnen verbieten, aber das hätte geheißen, sie von morgens bis abends zu überwachen, und dafür hatte keiner Nerven. Sie hielten sich für Entdecker, aber so richtig entdeckt haben sie nie irgendetwas.

Ich bettelte, mitgenommen zu werden. Klar, sagten sie überlegen, kannst du einen Kompass lesen? Beibringen wollten sie es mir aber nicht. An einem dieser Tage, als sie mich wieder zurückgelassen hatten, bat ich Deduschka darum.

Deduschka war immer in der Nähe, aber ich musste ihn stets teilen. Der Tag, an dem er mir den Umgang mit dem Kompass zeigte, war aber einer, der nur uns gehörte. Er erklärte mir, wie das Instrument aufgebaut war, wie ich meinen Standort und meine Laufrichtung bestimmte. Wir übten im Garten, liefen mit Kompass und Karte in der Nachbarschaft herum. Deduschka erklärte Schritt für Schritt, wurde nie ungeduldig. Am Ende braucht es nicht viel, um sich einem anderen Menschen verbunden zu fühlen.

Als wir aus dem Gehölz traten, war die Luft warm und Horden von Moskitos schwirrten am Ufer. Möwen kreisten über dem See, einzelne ließen sich vom Wasser schaukeln. Der Morgen würde bewölkt bleiben.

Deduschka und Kostja setzten ihre ganze Kraft ein, um das Boot zu drehen und es über den Kies ins Wasser zu schieben. An den Seiten löste sich bereits der grüne Lack. Die blaue Bootsfarbe, die sie letztes Jahr gekauft hatten, stand noch unberührt im Schuppen. Es gab immer etwas anderes zu tun und nie genug Sommertage.

Deduschka stieg als Erster ein, dann ich, zuletzt Kostja. Deduschka setzte sich in den Bug, mein Platz war am Heck, Kostjas in der Mitte. Er übernahm das Rudern, ich das Ausschöpfen des einlaufenden Wassers. Dafür war der kleine rote Eimer vorgesehen, mit dem wir früher im Sandkasten gespielt hatten.

Vor einigen Jahren hatte Deduschka die Schaukel abgebaut, und wo der Sandkasten einmal war, wuchsen nun Sonnenblumen. Einzig die Klimmzugstange zwischen dem Apfelbaum und der Scheunenwand hatte unseren Spielplatz überlebt. Meine Brüder maßen ihre Stärke daran. Wenn sie mit roten Köpfen aus der Banja kamen, trugen sie Wettkämpfe aus. Kostja hielt den Rekord für die meisten Klimmzüge. Die Zahl war in eine Holzlatte am Schuppen eingeritzt. Ein Türrahmen im Haus bezeugte mit Namen und Größen unser jährliches Wachstum. Kostja führte. Der betonierte Gartenweg zur Veranda trug unsere Fußabdrücke. Kostjas waren das Fundament, auf dem sich unsere einreihten.

Lauft den anderen Weg ums Haus herum, hatte uns Babuschka aufgetragen, während Deduschka den feuchten Beton glatt strich. Wehe, einer von euch tritt mir rein.

In der Nacht weckten mich meine Brüder, und ich folgte ihnen vors Haus. Niemand sprach ein Wort, aber unsere Blicke suchten herausfordernd, nein, versichernd, die der anderen. Barfuß stellten wir uns in einer Reihe auf und hinterließen unseren rechten Fußabdruck in dem noch feuchten Zement.

Die vielen eisigen Winter hatten dem Gartenweg hart zugesetzt, er hatte Sprünge, und Babuschka stolperte immer über die eine Kante, einen Spalt im Stein, aus dem Gras spross. Sie hatte nur auf ein paar sonnige Tage gewartet, und als Kostja kam, ging es ganz schnell. Er schlug unsere einbetonierten Fußabdrücke auf, und Mischa, Fedja und Grischa trugen sie ab. Die glatte Fläche trocknen zu sehen, hatte mir die Brust zugeschnürt.

Wie Deduschka seine Netze fand, war mir immer ein Rätsel. Sie schwammen verborgen unter Wasser und Fische blieben mit ihren Köpfen darin stecken. Obwohl seine Stellnetze keine farbigen Schwimmer hatten, war es trotzdem schon vorgekommen, dass ein anderer Fischer sie entdeckte und stahl. Wenn Deduschka an einem dieser Tage mit leeren Händen zurückkam, sah er aus, als hätte er die Traurigkeit erfunden.

Das letzte Mal habe er so ausgesehen, als der Rentenbescheid kam, sagte Babuschka. Deduschka hatte sein ganzes Leben im Traktorenwerk gearbeitet, und als er den Brief öffnete, wurde ihm klar, wofür. Er weinte, und Babuschka verschlug es zum ersten Mal die Sprache.

Deduschka tippte Kostja auf die Schulter, wenn er vom Kurs abkam, dann musste Kostja sich nur kurz umsehen und korrigieren, ohne weitere Erklärungen zu benötigen. Wenn er ruderte, machte er keine Pausen, und seine Stirn glänzte bald von dicken Schweißperlen.

Er trug ein langärmliges Hemd, das er hochgekrempelt und vorne bis zum Unterhemd aufgeknöpft hatte, sodass ich seine lange Narbe am Schlüsselbein sehen konnte. Sie leuchtete rot unter der Anstrengung. Ein unglücklicher Sturz vom Fahrrad, hatte Mutter gesagt. Ein Rennen, aus dem Kostja siegreich hervorgegangen war, sagten meine Brüder.

Es war nicht seine einzige Narbe. Er hatte auch eine an der Stirn, die seine Haare verbargen, und eine an der Wange, die aussah wie eine dünne Kerbe. Er hatte noch viele mehr, weshalb er selbst an den heißesten Tagen des Jahres darauf achtete, lange Hosen und Oberteile zu tragen.

Er manövrierte das Boot, Deduschka holte das schwere Netz ein, mit einer Leichtigkeit, als wäre es lediglich ein Seil. Mit einem Ruck zog er das grüne Flechtwerk an die Oberfläche und in seinen Wirren den Fang: Lachs, Forelle, Äsche. Wenn sich ein besonders großer Fisch verfangen hatte, fasste Deduschka mit beiden Armen ins Wasser, hob ihn heraus und legte ihn auf seinem Schoß ab. Egal wie sehr sich das Schuppentier in die Schnüre verschlungen hatte, Deduschka brauchte nur wenige Sekunden, um es zu

befreien. Seine Finger geschickt, fast liebevoll bei der Arbeit. Vorsichtig entwirrte er den Fisch aus der schieren Unordnung, bevor er mit einem klatschenden Geräusch im Bottich landete. Dort bewegten sich seine Genossen aufgeschreckt, doch nach wenigen Sekunden legte sich die Aufregung, aber nie die Unruhe. Wachsam warteten sie auf eine Chance zu entkommen.

Kostja saß mittlerweile mit dem Rücken zu mir. Ich hatte mich aufgerichtet und nach vorne gelehnt, die Hände neben ihm auf dem hölzernen Sitz. Sechs Fische zählte ich, und das Netz wollte und wollte nicht enden. Im Eimer lag ein Hecht, fast so lang wie mein ganzer Arm und so dick wie mein Kopf, und bewegte sich nicht mehr.

Ich hatte auf Felchen gehofft. Wenn Deduschka Felchen fing, säuberte er sie mit Zeitungspapier, salzte und wickelte sie in Bettlaken ein. So kamen sie ins unterste Kühlregal und wurden am dritten Tag aufgeschnitten. Stattdessen landete eine Quappe im Bottich. Widerliches Tier. Niemand von uns mochte Quappen, aber verschmähen durften wir sie auch nicht. Schließlich hatten die Karelen den Krieg nur dank ihnen überlebt.

Als ich glaubte, dass nichts mehr kommen würde, hing ein kleinerer Fisch mit goldenen Flossen im Netz. Die Sonne kam kurz zwischen den Wolken hervor, und seine Schuppen glänzten im Licht wie kleine Edelsteine. Eine Karausche.

Aufkommender Wind schlug größere Wellen gegen das Boot, es schaukelte ungestüm, und ich verlor kurz mein Gleichgewicht. Kostja zog mich mit einem Arm an sich, um mich vor Schlimmerem zu bewahren.

Setz dich, sagte er streng, und ich tat es beschämt.

Er ließ die Ruder wieder ins Wasser gleiten. Deduschka war fertig mit dem ersten Netz.

Meine Hand glitt in das eiskalte Wasser, der See gelb auf meiner Haut, schwarz in seiner Tiefe. Kostja hatte uns allen das Schwimmen beigebracht. Wir mussten uns an seinen Schultern festhalten und die Beine zusammenschlagen wie ein Frosch. Die anderen starben allesamt tausend Tode, sobald Kostja sie nicht festhielt, und Mischa, obwohl er schon Stoppeln im Gesicht hatte, heulte am lautesten, während ich mich weiter und weiter vorwagte, weil ich mich nirgends sicherer fühlte als mit Kostja neben mir. Schwimm nie zu weit raus, hatte er mir damals eingeschärft. Der See hat eisige Wasserströme, die dich hineinziehen wie in einen Sumpf.

Er erzählte mir vom Wadinoj, dem Wassermann, der sich in einen Baumstamm verwandeln konnte und jeden ertränkte, der ihn berührte. Manchmal hörst du sein Lachen und Quaken im Schilf, sagte er. Damit lockte er die Menschen zum Wasser. Die verstorbenen, jungen und unverheirateten wurden zu Russalkas, Wassernixen, die für immer in die Unterwelt verdammt wurden, eine Welt der ewigen Stille.

Ich hörte es planschen. Das goldene Fischlein war

aus dem Bottich herausgesprungen. Sein schlüpfriger Körper zappelte, wurde zu mir gespült. Ich beugte mich vor und bekam ihn direkt zu fassen.

Das Fischlein bewegte aufgeregt sein Maul, riss seine Kiemen auf und zu, als wollte es mir etwas sagen. Ich hatte das Gefühl, dass seine kalten Augen auf mich gerichtet waren. Meine Hände, fest um ihn geschlossen, öffnete ich erst unter Wasser, das goldene Fischlein verschwand in der Tiefe des Sees.

Deduschka hatte es nicht mitbekommen, aber Kostja grinste, als könnte er meine Gedanken lesen. Verlegen griff ich nach dem Eimer, um meine Aufgabe wieder aufzunehmen, und da fiel es mir auf.

Blut, sprach ich laut aus und zeigte mit dem Finger auf die Stelle, von der eine rote Spur bis auf den Grund des Bootes verlief. Hell löste sie sich im eingelaufenen Wasser auf.

Kostja folgte meinem Zeigefinger und hob den linken Arm. Sein Hemd war am Ellenbogen blutdurchtränkt. Panik lag in Deduschkas Stimme: Wie hast du ...?

Kostja sah sich um. Er war so ruhig, als würde er bloß nach einem heruntergefallenen Gegenstand suchen.

Der Nagel, sagte er und sah mich kurz an. Ein rostiger Nagel stand an der linken Rudergabel ab. Als das Boot so heftig geschaukelt und er mich aufgefangen hatte, musste ich ihn mit meinem ganzen Gewicht gegen die Bordkante gestoßen haben.

Er zog sein Hemd aus, damit sich Deduschka die Wunde näher ansehen konnte. Nicht so schlimm, versuchte ihn Kostja zu beruhigen, aber Deduschka fuhr ihn wütend an: Woher willst du das wissen? Das Blut tropfte stetig weiter. Das Wasser zu meinen Füßen färbte sich weiter rosa. Ich schöpfte es mit dem roten Eimer und kippte es in den See, als könnte ich damit den Unfall ungeschehen machen. Mein Magen überschlug sich, das Schaukeln des Bootes machte mich seekrank.

Deduschka zerriss das Hemd und wickelte einen Ärmel fest als Verband um Kostjas Arm, sagte: draufdrücken, und wollte mit ihm die Plätze tauschen.

Ich hatte Deduschka selten so aufgebracht erlebt. Er setzte sich an die Ruder und drehte das Boot wieder Richtung Ufer. Schon nach kurzer Zeit rann ihm der Schweiß an den Schläfen herunter. Seine Augen waren so schmerzverzerrt, als wäre er verletzt und nicht Kostja.

Ich musste an einen längst vergangenen Sommer denken. Wenn meine Brüder loszogen und ich nicht mitdurfte, verbarg ich meine Enttäuschung hinter Hammerschlägen. Babuschka hatte mir gezeigt, wie ich das Werkzeug hielt und handhabe und mir dabei nicht die Finger zertrümmerte. Ich schlug so lange Nägel in einen dicken Holzklotz, bis keine mehr übrig waren. Dann zog ich alle wieder heraus und fing mit den halbwegs geraden von vorne an. Vorausgesetzt, ich hatte alle meine Hausarbeiten erledigt und Mutter war nicht in der Nähe.

Beim Nägelschlagen spürte ich weder Müdigkeit noch Hunger, und die Zeit schien dahinzufliegen. Ich war so konzentriert, dass ich selten mitbekam, was um mich herum geschah. So passierte es einmal, dass ich unerwartet Kostja an meiner Seite vorfand. Nur einen Augenblick war ich unaufmerksam, Übereifer packte mich, und ich rutschte aus. Der schwere Metallkopf landete mit voller Wucht auf meinem Daumen. Scharf nach Luft schnappend, blickte ich zu meinem Bruder hoch.

Kostjas Gesicht veränderte sich. Die Augenbrauen lagen wutschwer über den Augen, die Lippen verschwanden in einem Strich.

Tut gar nicht weh, presste ich hervor, während das Pochen in meinem Finger lauter wurde und ich jämmerlich dabei versagte, meine Tränen zurückzuhalten.

Noch mehr als der verletzte Finger schmerzte mich seine Reaktion. Ich wünschte, er hätte mich in den Arm genommen oder wenigstens gesagt, alles werde wieder gut, der Schmerz sei bald vorbei, so sei das mit Schmerzen, sie blieben nicht lang.

Stattdessen funkelte er mich böse an, und mir blieb nichts anderes übrig, als mein Leid wegzustecken. So wie er das immer tat.

Wir waren wieder an Land. Kostja und Deduschka kämpften mit dem Ruderboot wie mit einem Sumoringer. Sie atmeten schwer, während sie es auf den Kies schleppten und wieder umdrehten. Der provisorische Verband an Kostjas Arm war dunkelrot gefärbt.

Er fing meinen Blick auf und lächelte: Was hast du dir gewünscht?

Ich brauchte einen Augenblick, um zu begreifen. Deduschka sah ihn fragend an.

Die Karausche, erklärte er, und Deduschka warf einen Blick in den Bottich, musste für einen Wunsch herhalten.

Kostja wollte sich nicht über mich lustig machen – im Gegenteil. Sein Ton erinnerte mich daran, wie Erwachsene applaudieren, wenn ein Kind zum ersten Mal das Töpfchen benutzt. Viel schlimmer also.

Deduschka fragte: Ein guter Wunsch?

Was soll ein guter Wunsch sein?, erwiderte ich aus Trotz.

Ein Wunsch, der nicht aus Mangel entsteht, schlug er vor.

Ich fragte mich, was das für Wünsche waren. Nicht um alles in der Welt hätte ich verraten, wie einfach meine waren, wie sie nur auf das ausgerichtet waren, was mir fehlte.

Kostjas Verletzung schien wirklich nicht so schlimm zu sein, wenn er die Muße fand, mich zu necken. Auf dem Weg zurück sagte keiner mehr ein Wort dazu. Deduschka und Kostja waren wieder in ihrem eigenen Universum. Wir blieben nur einmal stehen, damit ich hinter den Bäumen pinkeln konnte.

Der Wald war licht, das Gras und Unterholz standen gerade mal knöchelhoch. Ich entfernte mich ein gutes Stück vom Pfad, bis ich einige junge Birken fand, die sich zwischen den Mutterbäumen reckten. Hinter ihnen konnte ich mich verstecken. Während ich hockte, fiel mir etwas ins Auge.

Vielleicht hundert Meter weiter sah ich einen eigenartigen grauen Stein. Eigenartig war er, weil er sich bewegte. Erst als sich der Stein aufgerichtet hatte, erkannte ich, dass es eine winzige alte Frau in Lumpen war.

Ich hörte Deduschka nach mir rufen. Die Frau drehte sich in meine Richtung, und ich erschrak. Schnell zog ich meine Hose hoch und rannte so schnell ich konnte zurück.

In der Stadt wurde Kostja mit drei Stichen genäht. Trotzdem rückte sein Unfall schnell in den Hintergrund, nachdem alle die Geschichte von meinem goldenen Fischlein hörten. Noch Tage danach war ich eine Witzfigur. Beim Mittagessen machten alle Listen, die ich bei nächster Gelegenheit meinem Fischlein bringen sollte. Die Wünscherei verbreitete sich wie eine ansteckende Krankheit, bis sie schließlich meine Eltern befiel, die übers Wochenende zum Sonnenbaden (Mutter) und zum Arbeiten (Vater) gekommen waren.

Wäre es nicht schön, Gedanken lesen zu können?, sagte Mutter von ihrer Sonnenliege aus.

Überhaupt nicht, erwiderte Vater, der währenddessen die Veranda strich. Bei dem vielen Schwachsinn, was die Leute so denken, киса, mein Kätzchen, kriegst du sofort Kopfschmerzen.

Wäre es nicht schön, überlegte Mutter weiter, fliegen zu können?

Kein bisschen, erwiderte Vater. Bei den kalten Wind-
zügen da oben, киса, kriegst du sofort einen steifen
Nacken.

Aber wäre es nicht schön, versuchte es Mutter erneut, unter Wasser atmen zu können?

Vergiss es, erwiderte Vater. Bei der vielen Schwim-
merei, киса, kriegst du sofort Wadenkrämpfe, und
was gibt es da unten schon zu sehen, was nicht eh auf
dem Teller landet?

Sie lachten drauflos wie kleine Kinder. Da konnte
ich beim Blumengießen nur die Augen verdrehen.
Babuschka rief zum Essen und trug mir auf, Kostja zu
holen.

Ich trat vorsichtig heran, wie es mir beigebracht
wurde, wenn jemand eine Axt schwang. Kostja hackte
auf dem Nachbargrundstück Feuerholz für Tante
Larissa, eine junge Witwe, die die Datscha ihrer verstorbenen Eltern übernommen hatte. Er musste nur
einmal ausholen und der Stammabschnitt sprang in
zwei saubere Hälften auseinander. Auf seinem Hemd
zeichnete sich eine große Schweißspur entlang der
Wirbelsäule ab. Das große Pflaster auf seinem Unter-
arm blitzte auf, sobald er die Axt gen Himmel hob und
der Hemdärmel verrutschte.

Seit Tagen ging ich wie auf Eierschalen um Kostja
herum, und mit jedem weiteren Tag, an dem er so tat,

als wäre nichts geschehen, wurde es schwerer und schwerer, eine Entschuldigung auszusprechen.

Bevor ich mich bemerkbar machen konnte, sah er meinen Schatten auf dem Boden, den die Abendsonne lang machte, und drehte sich um.

Was machst du da?, fragte er mich mit einem Ausdruck, der wild und unfreundlich war. Dabei kniff er nur die Augen zusammen, weil ihn die untergehende Sonne blendete. Ich wurde augenblicklich klein, fühlte mich ertappt, ihn zu lange beobachtet zu haben, suchte nach Erklärungen, brachte kein Wort heraus.

Das kannst du in die Holzlege tun, er zeigte auf die sich türmenden Viertel zu seinen Füßen.

Während er die letzten Holzblöcke teilte, lud ich die Scheite vom Boden in die Sackkarre und brachte sie zum Schuppen. Beim Stapeln der Klötze holte ich mir einen Splitter, und der spitze Schmerz entfachte einen so bitteren Zorn, dass ich nicht anders konnte, als mit ganzer Kraft gegen die Sackkarre zu treten. Sie fiel um, und das restliche Holz begrub das Blumenbeet. Die Mohnblumen schauten mit ihren Köpfen armselig auf.

Was ist denn jetzt schon wieder?, seufzte Kostja.

Seine gehobene Augenbraue verriet, dass er genau gesehen hatte, was passiert war.

Heb das auf und entschuldige dich bei Tante Larissa, sagte er.

Was glaubst du, wer ich bin?, rief ich, und mein Kopf lief rot an. Also rief ich noch lauter, um meinen

Versprecher zu überspielen: Was glaubst du, wer *du* bist? Immer kommandierst du mich rum. Solltest *du* dich nicht um das blöde Feuerholz kümmern? Ich habe echt Besseres zu tun, als dir hinterherzuräumen.

Kostja hatte dafür nur ein müdes Lächeln übrig, was mich nur noch mehr anstachelte.

Wie einfach du es hast, wie einfach dir alles zufällt, regte ich mich auf. Du musst nur auf etwas zeigen, schon bekommst du es. Du kannst mit erhobenem Haupt durch die Welt gehen, während ich mich die ganze Zeit ducken muss. Wenn ich nicht freundlich und gefällig bin, fangen die Leute an, sich das Maul zu zerreißen. Dir dagegen klopfen sie auf den Rücken und ermutigen dich noch, die Sau rauszulassen.

Nichts davon meinte ich wirklich ernst, ich hatte nur Schießpulver gebraucht, aber sobald die Worte ausgesprochen waren, fühlten sie sich realer an als mein anfänglicher Unmut. Die Wut hatte mich verschluckt, und ich rumorte in ihrem Magen wie etwas Unverdauliches.

Kostjas Miene verlor jeglichen Ausdruck. Er richtete die Sackkarre auf und begann das Holz behutsam einzusammeln.

Ich will einfach, sagte er leise, meine Ruhe.

Dann fahr doch wieder, erwiderte ich ungehalten. Das tust du doch eh. Geh und komm einfach nie wieder zurück. Aber merk dir eins: Wenn ich an einer Blutvergiftung sterbe, hast du mich auf dem Gewissen.

Wie dankbar ich war, als Tante Larissa aus dem Haus kam, um meinem Treiben ein Ende zu setzen. An einem Holzsplitter ist noch keiner gestorben, sagte sie entwaffnend.

Sie bestand darauf, dass ich hereinkam. Am Küchentisch entfernte sie den Splitter mit einer Pinzette, trug auf meine lächerliche Wunde Jod auf und ging so behutsam mit mir um, dass ich mich schämte. Ihr grauer Kater Mischka lag auf der Bank neben mir und ließ sich für alle gefangenen Mäuse im Umkreis den Bauch streicheln.

Kostja hatte mittlerweile mein Chaos beseitigt und wartete vor der Tür auf mich, aber sagte nichts. Die Mohnblumen blieben auf der Erde liegen, ihre Stängel geknickt.

Beim Abendessen sahen wir uns nicht in die Augen, und keinem in der Familie fiel es auf. Kostja und ich hielten Abstand wie zwei gleiche Magnetpole, unfähig, einander zu berühren. Ich konnte mich nicht überwinden, unseren Streit zu beenden, und wurde mit jedem Tag frustrierter, an dem Kostja auch nichts tat. Schließlich ging er, wie ich wollte, und ich bereute tausendfach meine Worte.

3

Niemand sagte: Er ist gestorben. Sie sagten: Er ist weggegangen. Richtig wäre es zu sagen: Er ist nicht wiederaufgetaucht. Schließlich gab es keine Leiche.

Deduschka fuhr jeden Tag mit dem Boot raus, die Milizija und die blauen Schiffe der Küstenwache unternahmen eine großräumige Suchaktion, aber niemand fand ihn.

Kostja war mit den anderen für ein bisschen Taschengeld Fundament gießen gewesen, bei einem Neureichen, der direkt am See ein Grundstück erworben hatte. Nach der schweißtreibenden Arbeit hatten sich meine Brüder abkühlen wollen. Von unserem Ufer brauchte Kostja eine halbe Stunde bis zur Landzunge auf der anderen Seite. Er war das Stück schon einige Male geschwommen und hatte von Babuschka jedes Mal eine Abreibung bekommen, wenn sie davon hörte.

Er sei gleich zurück, hatte er wohl gesagt.

Die anderen hatten gemurrt, wie immer traute sich keiner von ihnen, ihm zu folgen. So legten sie sich unbekümmert in den Kies und machten im Schatten der Bäume ein kleines Nickerchen. Von der unbequemen Unterlage tat ihnen bald der Rücken weh, sie wachten auf, aber Kostja war noch immer nicht zurück.

Zur gleichen Zeit musste ich mich mit Gedichten von Sergei Jessenin auf dem kleinen Stück Rasen vor der Datscha gesonnt haben. Vater rezitierte seine Lyrik besonders gern bei Feierlichkeiten, wenn er sentimental wurde.

In einem seiner Langgedichte schreibt Jessenin, es sei das Schwerste auf der Welt, fröhlich und einfach zu erscheinen, wenn dir nichts als Unglück geschieht.

Babuschka kam mit einer Handvoll Gurken aus dem Gewächshaus und bat mich, Frühlingszwiebeln und Dill für den Salat zu pflücken. Ich deckte den Tisch, während sie gekochte Kartoffeln stampfte. Mit reichlich Butter, geröstetem Sonnenblumenöl und ein wenig frischer Milch. Niemand machte Kartoffelpüree wie meine Babuschka. Sie war keine großartige Köchin – früher hatte sich Deduschka um Kindererziehung und Haushalt gekümmert – aber Kartoffelpüree war ihre Spezialität. Wie Wolken aus geschlagener Sahne.

Mutters Püree war zu wässrig, und das meiner Tante Katjuscha hatte zu viele Klumpen – als hätten sie die unzulänglichen Teile ihrer Persönlichkeit hineingestampft.

Mutter war ständig unentschlossen und ließ andere Entscheidungen treffen, damit sie am Ende sagen konnte: Ich hab's ja eigentlich schon geahnt. Wahrscheinlicher war es, dass Russland wieder zu einer Monarchie aufstieg, als dass sie einmal irgendeine Schuld traf.

Tante Katjuscha sah mit ihrer kräftigen Statur und den strengen Brauen so aus, als hätte sie in ihrem Leben mehr Ohrfeigen verteilt als Hände geschüttelt. Dabei war sie gutgläubig und fing tausend Sachen an, von denen sie keine zu Ende brachte.

Obwohl meine Brüder nur selten beim Mittagessen fehlten, machte ich mir keine Sorgen. Im Gegenteil, ich war froh darüber. Endlich konnte ich mich am kleinen Esstisch ausbreiten und musste mich nicht zwischen ihren Muckis dünn machen.

Jessenin hatte sich übrigens die Pulsadern aufgeschnitten, mit seinem eigenen Blut ein Abschiedsgedicht geschrieben und sich anschließend an einem Heizungsrohr aufgehängt. Am 28. Dezember 1925. Wenn Kostja nicht auf die andere Seite gewollt hätte, wäre er am 28. Dezember fünfundzwanzig geworden.

In den ersten zwei Tagen nach seinem Verschwinden schlief keiner. Mutter und Vater kamen, Tante Larissa kam, alle Nachbarn kamen und gingen und versuchten zu helfen, aber nichts half. Alle sprachen mit kleinen Stimmen und großer Angst. Ich saß tatenlos vor dem Telefon herum und wartete vergeblich auf einen Anruf.

Der Sommer war vorbei. Vater zwang uns, unsere Sachen zu packen. Babuschka und Deduschka blieben auf der Datscha zurück. Ich bewegte mich wie ein Roboter unter den Kommandos der Erwachsenen und beobachtete mit Entsetzen, wie alle langsam wieder ihr Leben aufnahmen. Dabei standen Kostjas Schuhe noch im Eingang, seine Schmutzwäsche lag im Wäschekorb, sein Bett war nicht gemacht. Überall waren Zeugnisse seines Daseins. Wie konnten die anderen sie so leichtfertig ignorieren?

Mutter wollte so schnell wie möglich aus dem Haus und allein sein. Vater wollte trinken und allein sein. Meine Brüder wollten jeder für sich sein oder zusammen allein sein. Nur ich wollte nicht allein sein, aber weil ich die Einzige war, die das wollte, ging ich leer aus.

Nirgendwo trieb ein Ertrunkener im Wasser, und trotzdem gingen alle davon aus, dass Kostja gestorben war, aber niemand sprach es aus. Währenddessen hatte ich die ganze Zeit das Gefühl, ich müsste die Luft anhalten, weil die Gewissheit, er würde jeden Moment zur Tür reinkommen und seinen Platz am Tisch einnehmen, mich wahnsinnig machte.

Auf dem Weg zur Schule sah ich ihn plötzlich einen Fußgängerüberweg kreuzen, in einen Bus steigen. Ich lief ihm hinterher, aufgeregt, erleichtert. Aber ich traf ihn nie an. Nur fremde Gesichter, die verständnislos dreinblickten. Meine Enttäuschung war so groß wie der Schmerz meiner Familie, wenn ich ihnen davon erzählte. Ich versuchte sie vergeblich davon zu überzeugen, dass er noch lebte. Vielleicht um selbst daran glauben zu können. Kostja spukte in meinem Kopf herum, also sollte er auch sie verfolgen.

Lass uns abschließen, sagte Babuschka einmal. Sie sah erschöpft dabei aus, und der sacht ausgesprochene Satz war wirkungsvoller als jeder Tadel.

Abschließen. Das konnte ich mir vorstellen. Eine Tür mit einem Riegel. Und jedes Mal, wenn mir Kostja wieder über den Weg lief oder ich an ihn erinnert wurde, brachte ich einen weiteren an. Bis die Tür tausend Riegel und tausend Schlösser hatte.

Mischa fing auf dem Bau an und verbrachte die Abende lieber mit seinem Feierabendbier als mit uns. Fedja hörte ich nur sprechen, wenn er über irgendetwas klagte: Kopfschmerzen, Appetitlosigkeit, Müdigkeit. Grischa hörte ich gar nicht mehr. Er versteckte sich immer in der hintersten Ecke und schnitzte an einem Stück Holz. Vater war ständig in seiner Garage, und Mutter kam von der Arbeit manchmal gar nicht nach Hause.

An einem dieser Tage, vielleicht zwei, drei Monate nach Kostjas Verschwinden, weckte mich das Geräusch von fließendem Wasser. Die Uhr verriet, dass ich in ein paar Stunden für die Schule aufstehen musste. Tonlose Schritte im Bad nebenan, etwas fiel ins Waschbecken – vielleicht der Verschluss der Zahnpasta. Jemand drehte den Wasserhahn zu und stieg in die Wanne.

Ein großes Mondgesicht stand weiß im Fenster und beobachtete. Ich schloss die Augen und versuchte wieder einzuschlafen, drehte mich auf die Seite, auf den Bauch, wieder auf den Rücken. Mit klopfendem Herzen horchte ich in die zunehmende Stille. Schließlich stand ich auf.

Mutter?

Niemand antwortete. Die Tür war nicht verriegelt. Ich öffnete sie und sah sie in der Badewanne liegen. Ihr Blick war gefroren.

Mutter?

Sie schaute nicht auf. Ihre Lippen waren lila, ihre Haut schneeweiß, ein Büschel Haare zwischen den Beinen und dicke Brustwarzen, die spitz zur Decke zeigten.

Ich trat zwei Schritte vor und kniete mich vor die Badewanne. Als ich sie an der Schulter berührte, spürte ich die Kälte, die sich wie eine neue harte Hautschicht auf die alte gelegt hatte. Das Wasser war eiskalt.

Mama?

Sie reagierte nicht. Ihre Augen starrten ins Nichts, sie blinzelte, aber genauso gut hätte sie schlafen können.

Ich ließ das kalte Wasser ablaufen und drehte heißes Wasser auf. Der Schwamm sog sich mit Wärme voll und ich tropfte sie über ihre Schultern, stellte mir vor, wie Eisberge schmolzen. Als sich ihre Hautfarbe normalisierte, nahm ich das große Handtuch vom Hänger.

Komm jetzt raus, Mutter, sagte ich und erschrak selbst über meine Stimme. Sie war laut und hart. Lass

uns wieder ins Bett gehen, versuchte ich sanfter auszusprechen.

Mutter sah mich an und lächelte.

Gut, sagte sie leise. Ihre Stimme war belegt. Ihre
Lippen zitterten, die Zähne schlugen aneinander.

Sie erhob sich und stieg mit wackeligen Beinen aus
der Wanne. Ich stützte sie. Meinen Versuch, sie abzu-
trocknen, wehrte sie ab. Das geht schon, sagte sie mit
gesenktem Blick. Ich stand neben ihr und hielt ihren
Bademantel, bis sie fertig war.

Das winzige Fliesenbad kesselte uns beide zwischen
Wanne, Toilette, Waschbecken und Tür ein. Ohne darüber nachzudenken, tat ich einen halben Schritt nach
vorne und umarmte sie. Es war anders, als ich es mir
vorgestellt hatte. Ihr Körper war knochig, hart, mehr
Skelett als Fleisch. Mutters Arme hingen schlaff zu beiden Seiten hinab, und als ich begriff, dass sie meine
Umarmung nicht erwidern würde, ließ ich sie los.

Warum bist du noch so spät wach?, fragte sie fast
verärgert und fummelte am Gürtel des Bademantels
herum. Dann schritt sie an mir vorbei und löschte das
Licht im Bad.

Ich rührte mich nicht vom Fleck, als bräuchte die
Zeit eine Erlaubnis dazu, wie gewohnt weiterzulaufen.

Nach einem halben Jahr konnte die Familie Kostja auf
dem Papier für tot erklären lassen und ihn beerdigen.
Babuschka bedeckte die wenigen Spiegel im Haus mit
schwarzem Stoff.

Die ersten Tage nach dem Begräbnis war ich wie betäubt. Während Mutter Rotz und Wasser heulte, bei jeder Gelegenheit Klagelieder anstimmte und sich vor jedem Nachbarn, jedem dahergelaufenen Fremden in Mitleid suhlte, blieb ich trocken.

Ich war die Ruhe selbst. Bis zum neunten Tag. Wie es der Brauch war, versammelte sich die engste Familie zum Essen. Als alle heißen Speisen auf dem Tisch standen, mussten wir in Stille darum herumstehen und darauf warten, bis der Dampf verschwunden war. Später erklärte mir Deduschka, der Geruch und der Dampf des Essens gehöre unseren Vorfahren. Die Toten empfingen die Mahlzeit, während der Dampf aufsteige. Sobald er verdunstet war, konnten die Lebenden zu Tisch.

Mutter hatte den ganzen Tag in der Küche gestanden. Wer also nicht ordentlich zulangte, bekam eine Predigt. Vater trug ein Gedicht vor, das ich nicht kannte, aber zum Sterben schön fand. Babuschka sah an diesem Tag sehr alt aus und aß wenig. Deduschka erzählte Anekdoten aus der Zeit, als Kostja klein gewesen war, die wir bereits in- und auswendig kannten. Die beiden ledigen Schwestern meiner Babuschka waren aus Nowosibirsk angereist. Die eine schielte, die andere nicht. Ihre Cousine aus dem blauen Haus am See war mit ihrer Tochter gekommen. Sie hatte mich zur Begrüßung an der Tür auf den Mund geküsst, seitdem versuchte ich Abstand zu halten. Tante Katjuscha kam mit einem Strich als Lächeln und einem gewissen

Maxim, der aß wie ein Bagger und aus mir völlig unerfindlichen Gründen heulte. Onkel Wassja heulte auch. Er hielt sein Schnapsglas unter sein Kinn, sodass seine Tränen punktgenau im Wodka landeten. Er war nicht mein richtiger Onkel, aber trotzdem ein Teil der Familie, weil er immer da war und immer da sein würde.

Jedes Mal, wenn jemand anfing zu schniefen, verließ ich den Raum. Als meine Mutter auf die Tränendrüse drückte, stand ich auf und ging in die Küche. Als ich eine Tasse schwarzen Tee vor ihr abstellte, griff sie nach meiner Hand und drückte sie viel zu fest und sagte etwas Rührseliges, das mein Herz um einen weiten Bogen verfehlte.

Nach dem Essen fand ich mich mit meinen Brüdern – Mischa, Fedja und Grischa – vor dem Kiosk wieder. Iwan war auch da. Wir rauchten und ließen eine Zwei-Liter-Plastikflasche Kwass im Kreis herumgehen. Die Limo war zu warm und hatte zu wenig Kohlensäure. Der Zigarettenqualm brannte in den Augen.

Aus dem Nichts fing Iwan an, eine Laudatio auf meinen Bruder zu halten. Er sei der Beste von ihnen gewesen, habe immer anderen in Not geholfen, seinen letzten Bissen stets einem Streuner gegeben. Er redete und redete, ein unendlicher Kotzschwall landete vor meinen Füßen.

Wenn ein Mensch glaubt zu ertrinken, klammert er sich aus einem Überlebensinstinkt heraus so fest an seinen Retter, dass er ihn mit unter Wasser zieht. Iwan wollte mein Retter sein, also konnte ich nicht anders, als ihn mit runterzuziehen.

Hör auf, sagte ich. Es kam zu laut aus mir heraus.

Iwan sah mich aus großen wässrigen Augen an und erwiderte, es tue ihm leid, wie blöd von ihm und so weiter und so fort.

Wenn du noch ein Wort sagst, unterbrach ich ihn, drücke ich die Zigarette auf dir aus.

Und er sagte noch ein Wort: Извини.

Was soll ich dazu sagen, ich hatte ihn gewarnt. Meine Hand, zur Faust geformt, die Zigarette noch zwischen den Fingern, traf ihn am Kinn. Die Glut warf kleine Funken. Erschrocken trat er einen Schritt zurück und stolperte, über seine eigenen Füße oder einen Stein, und als er am Boden lag, blieb mir nichts anderes übrig, als mich auf ihn zu stürzen.

Ich weiß nicht, was meine Brüder für Gesichter machten, aber sie gingen nicht dazwischen. Iwans Gesicht sah aus wie ein umgeworfener Mülleimer.

Ich hörte auf, als ich Blut schmeckte. Einer meiner Brüder – Mischa, Fedja oder Grischa – half mir auf die Beine und hielt mir ein Taschentuch hin. Ich musste vor Aufregung Nasenbluten bekommen haben. Vielleicht hatte ich mich auch aus Versehen selbst getroffen.

Iwan blieb liegen.

Kostjas Bestattung und die ganzen Rituale drum herum weckten etwas in mir. Etwas Gewaltiges, das ich nicht zurückhalten konnte.

Niemand konnte es mir recht machen. Ein unacht-samer Blick, ein geflüstertes Wort, ein Wutanfall reihte sich an den nächsten. Die Raserei war wie ein Gift, das mein gebrochenes Herz durch meinen ganzen Körper pumpte.

Mutter hatte es wohl am schwersten. Zumindest sagte sie immerzu: Du machst es mir so schwer. Von Mischa und Fedja habe sie Aufstände erwartet, aber nicht von mir.

Seit Kostja nicht mehr da war, rechneten alle damit, dass es zwischen Mischa und Fedja nun um Leben und Tod ginge. Aber von einem Tag auf den anderen schie-nen sie aus dem ewigen Kämpfen herausgewachsen zu sein. Sie hielten zusammen, als hätten sie einen geheimen Klub gegründet. Und ich war nicht einge-laden. Was mich nicht davon abhielt, ihn zu sprengen.

Bei einem meiner Anfälle sagte der frustrierte Mischa: So eine herrische Hexe wie dich will keiner um sich haben.

Da ein Schlag von mir auf seine Körperrüstung einem Mückenstich geglichen hätte, warf ich seine ge-liebte Comicsammlung weg – aber er vermisste sie nicht einmal. Er machte freiwillig Überstunden, ging am Wochenende auf Montage. Wenn er nach Hause kam, verriegelte er die Badezimmertür und weinte eine halbe Stunde, um dann mit geschwollenen Augen ins Bett zu gehen. Mein abenteuerlustiger Bruder, der immer ein Lachen auf den Lippen und nur Blödsinn im Kopf gehabt hatte, bekam jetzt Falten auf der Stirn.

Fedja schaffte es wiederum erfolgreich, mich auszublenden. Er guckte mich nicht einmal an, wenn ich mit ihm sprach. Stattdessen stürzte er sich wie ein Wahnsinniger auf Formeln und Vokabeln, lernte bis in die Nacht und am Wochenende. Er war zweimal sitzengeblieben, weil er noch bis vor Kurzem regelmäßig die Schule verschlief, und nun würde er bis zu seinem Abschluss Klassenbester werden.

Meine Mitschüler gingen mir aus dem Weg. Einmal hörte ich einen Jungen sagen: Sie sieht ja gut aus, aber wenn sie ihr Maul aufreißt, sieht man, wie schmutzig sie ist.

In der Pause suchte ich einen großen Stock und schlug ihm damit von hinten auf den Kopf. Mutter trug ihr bestes Kleid, als sie in die Schule gerufen wurde. Meine Lehrer hatten mehr Nachsicht mit mir.

Als ich zu Hause einen meiner Anfälle hatte, schloss sie mich in dem kleinen fensterlosen Badezimmer ein und machte das Licht aus. Sie ließ mich stundenlang nicht mehr heraus. Ich schrie, ich bringe mich um, ich fülle die Badewanne und ertränke mich. Sie drehte einfach das Wasser ab. Meine Brüder pinkelten ins Spülbecken in der Küche, und meine Mutter wartete.

Die Dunkelheit war schwärzer als die Nacht. Sie war nur zu ertragen, wenn ich schrie, aber je lauter ich schrie, desto mehr kehrte sich mein Innerstes nach außen. Erst als das Licht wieder anging, wurde ich mir der unwiederbringlichen Veränderung meines Körpers bewusst.

Ich sah mich im Spiegel und erkannte mich nicht wieder. Mein Haar war ausgefallen. Stattdessen standen dünne trockene Triebe ab. Meine Haut war frosthart geworden, eine dicke Borke war darum gewachsen, verbarg das bisschen linke Brust unter ihr und stülpte sich bei der rechten wie Baumkrebs geschwulstartig nach außen. Meine Arme Äste, die nichts mehr zu fassen kriegen würden, meine Beine entwurzelte Wurzeln, die sich unter mir verzweigten, das Weiterkommen erschwerten. Das starre eingeritzte Gesicht zeigte keine Emotion.

Als Mutter die Tür wieder öffnete, machte ich mich auf ihre Reaktion gefasst, aber sie sah mich nicht einmal an. Keiner sah, was mit mir geschehen war.

Nachdem Kostja weg war, gab Grischa nur noch einsilbige Antworten von sich. Er sprach eh wenig. Mutter hatte vor langer Zeit daraus geschlossen, dass er von schwacher Intelligenz war. Einmal hörte ich sie einer Nachbarin vortragen, dass es wohl daran lag, dass sich bei seiner Geburt die Nabelschnur um den Hals gewickelt hatte.

Nachdem Kostja beerdigt war, schlief Grischa nicht mehr durch. Mehrmals in der Nacht wurde er wach, ging durch alle Zimmer und überprüfte, ob alle noch atmeten. Bei einem seiner Kontrollgänge wachte ich auf und erschrak: Was ist passiert?

Da nahm er mich mit auf einen seiner Nachtspaziergänge. Es war so kalt draußen, dass der Wind im

Gesicht wehtat. Ein paar leuchtende Katzenaugen trieben sich auf der Straße herum, ansonsten war die Stadt ausgestorben.

Grischa sagte, er könne nicht vergessen, wie er auf dem Baumstamm gesessen habe, allein gelassen von den älteren Brüdern, die die Arbeit auf der Baustelle beenden wollten. Warten sollte er, bis Kostja zurück sei. Die untergehende Sonne glitzerte auf der Wasseroberfläche und machte es unmöglich, irgendetwas in der Weite auszumachen.

Es ist, sagte er, als säße ich noch immer da und warte.

Er sagte: Ich will Fahren lernen. Onkel Wassja besorgt mir ein Auto. Wenn ich erst den Führerschein habe, ein Auto, dann …

Er schluckte und verzichtete darauf, den Satz zu beenden.

Für jeden Schritt, den er tat, musste ich zwei machen. Grischa war zwei Köpfe größer als ich und so breit wie ein Schrank. Er trug Flaum über der Oberlippe und sprach mit einer tieferen Stimme. Dabei war es gar nicht so lange her, dass wir zusammen mit Puppen gespielt hatten.

In der Dunkelheit gelten andere Regeln. Ein Mädchen kann sich in einen Baum verwandeln und ein Junge in einen Mann.

Wir waren blindlings in irgendeine Richtung gelaufen, ließen unsere Beine entscheiden und fanden uns vor dem Haus wieder, in dem unsere Großeltern ihre

Stadtwohnung im fünften Stock heizten. Im Küchenfenster brannte noch Licht.

Grischa sagte, er habe von Kostja geträumt.

Im Traum saß er Kostja an einer langen gedeckten Tafel gegenüber. Auf dem Teller seines Bruders lag ringförmig drapiert eine weiße Schlange. Grischa wollte rufen, dass er aufpassen solle, aber dann sah er, dass die Schlange bereits tot war. Ihr fehlte der Kopf.

Kostja nahm eine Gabel in die Hand und versuchte damit ein Stück Schlangenfleisch abzutrennen. Grischa griff zu einem Messer und wollte es ihm reichen, aber Kostja sagte: Wenn etwas geteilt werden muss, sollte es zerbrochen werden.

Mit den Worten hatte er ein Stück Fleisch abgelöst. Von der Konsistenz hatte es Ähnlichkeit mit einem trockenen Fischfilet, aber im Inneren war die Schlange blutrot. Grischa wurde speiübel.

Warum tust du das?, fragte er seinen Bruder. Kostja kaute sehr lange und ausgiebig. Erst als er das Stück Fleisch heruntergeschluckt hatte, antwortete er: Es ist ein Geheimnis, aber wenn du versprichst, es niemandem zu erzählen, verrate ich es dir.

Grischa gab sein Versprechen.

Wenn du das Fleisch einer weißen Schlange isst, sagte Kostja, kannst du Tiere verstehen und mit ihnen sprechen.

Nachdem er die ganze Schlange verspeist hatte, stand er vom Tisch auf und ging in den Wald. Erst dann fiel Grischa auf, dass die Tafel die ganze Zeit auf einer Lichtung gestanden hatte. Hinter ihm dunkle Tannen, vor ihm ein lichtgetränkter Laubwald. Er musste über die Tafel steigen, um auf die andere Seite zu gelangen.

Er folgte seinem Bruder, der nach einiger Zeit bei einer großen, kräftigen Eiche stehen blieb. Kostja rief nach den Vögeln über ihm, und sie setzten sich auf seine Schultern und Arme. Es sah so aus, als könnten sie sich verstehen. Die Vögel zwitscherten, und Kostja antwortete in der Vogelsprache. Ein Eichhörnchen kam neugierig einen Baum herunter, damit sie ein paar Worte in der Sprache der Eichhörnchen wechseln konnten. Von allen Seiten strömten immer größere Tiere auf ihn zu: Hasen, Dachse, Füchse, Rehe, Wildschweine. Sie unterhielten sich köstlich. Am Ende kam ein riesiger Braunbär auf allen vieren. Er blieb in einiger Entfernung stehen, als würde er auf Kostja warten.

Grischa wollte wissen, was die Tiere erzählen. Kostja legte seine Hand ans Ohr, er hatte ihn nicht verstanden. Als Grischa ihn abermals fragte, machte sein Bruder große Augen. Als er antworten wollte, kamen nur unverständliche Laute aus seinem Mund.

Grischa konnte sich nicht mehr verabschieden. Er hob die Hand und hoffte, sein Bruder erkannte noch, was die Geste bedeutete. Kostja blieb im Wald zurück und lebte fortan zusammen mit den Tieren.

Wir waren auf die Rutsche im Hof geklettert. Am Himmel hingen kleine Wolken, ein halber Mond und Abermillionen glitzernder Punkte.

Du hast dein Versprechen gebrochen, sagte ich.

Das war doch nur ein Traum, versuchte Grischa zu beschwichtigen, und außerdem habe ich es sonst keinem erzählt.

Dabei bleibt es, sagte ich. Kein Wort zu Mischa oder Fedja, auch nicht zu den Eltern, nicht mal zu Babuschka und Deduschka. Sprich nie wieder davon, dann verzeihe ich dir.

Er versprach es, aber ich verzieh ihm nicht.

Das Küchenfenster war noch immer erleuchtet.

Wir überlegten, was passieren würde, wenn wir einfach an der Tür klopften. Ob Tee und Prjaniki auf uns warten würden oder eine Standpauke. Wir überlegten, so lange zu bleiben, bis das Licht erloschen war. Doch der Gedanke daran, dass es vielleicht bis zum Morgen dauern könnte, verursachte ein solches Unbehagen, dass wir uns auf den Weg zurück machten.

Als Mutter nach einem Nervenzusammenbruch ins Krankenhaus kam, beschloss sie, mich zu Babuschka und Deduschka abzuschieben. Dabei hatte sie nur ein paar Pillen verschrieben bekommen. Am nächsten Tag hörte ich sie wieder mit einer Freundin am Telefon gackern.

Du musst sie auch verstehen, hatte Vater mit gesenktem Kopf gesagt, deine Mutter hat es gerade nicht

leicht. Wir meinen es nur gut. Meine Brüder schwiegen, und ich machte keine Anstalten, mich zu wehren.
Ich verbarg meine Gefühle, weil es alle taten und weil
ich nicht wirklich gegen den Umzug war.

Genau wie Grischa suchte ich nach einer Flucht-
möglichkeit. Ich konnte nicht mehr alleine herumsit-
zen und mich fragen, ob Mutter abends zu Hause sein
würde, ob Vater wieder betrunken heimkäme, ob
meine Brüder mich diesmal ausreden ließen, ohne die
Augen zu verdrehen oder mit der Tür zu knallen.

Babuschka und Deduschka hatten eine Auszieh-
couch für das Zimmer besorgt, das ihnen als Abstellkammer diente. Alte Klassenarbeiten und Kinderbü-
cher, dicke Fotoalben, eine verstaubte Uniform,
getrocknete Blumen in selbst geschnitzten Rahmen
und viele andere Dinge, die ihren Wert verloren hatten, sammelten sich darin. Das Zimmer hatte einen
kleinen geschlossenen Balkon, und Tomaten und Kartoffeln lagen dort auf Zeitungspapier, daneben eingelegtes Gemüse in großen Einweggläsern in einem
Schrank an der Wand, der von der Sonne ausgebli-
chen war. Von der Decke hingen bündelweise getrocknete Kräuter.

Als ich einzog, tischten Babuschka und Deduschka
alle meine Lieblingsspeisen auf. Schtschi, Piroschki,
Blini, Wintersalat, Kartoffelpüree.

Ich nahm einen großen Löffel Kartoffelpüree in den
Mund, und mir kamen die Tränen. Es war das erste
und einzige Mal nach dem Verschwinden meines Bru-

ders, dass ich geweint habe. Babuschka dachte bestimmt, ich habe Heimweh. Aber eigentlich vermisste
ich nichts und niemanden in diesem Moment.

Nicht einmal Kostja.

Winter

4

Der Schnee türmte sich. Schwer wog er auf der Stadt. Parkende Autos schienen in den Schneemassen zu versinken, die über Nacht auf Kniehöhe angewachsen waren. Ladenbesitzer und Räumungstrupps schaufelten die Wege frei. Kommunale Einsatzfahrzeuge kämpften mit Salzen und chemischen Streumitteln gegen den Wintereinbruch, verwandelten das flaumige Weiß in braunen Matsch. Angestrengt stapfte ich durch den dreckigen Schmand, ruinierte mir Stiefel und Laune. Der eisige Wind raubte mir den Atem, aber weckte mich erbarmungslos.

Zur Pharmakologie kamen wir im stockfinsteren Morgen zusammen. Für Ethik nahm die Sonne irgendwo trüb hinter grauen Wolken Platz. Sie war faul im Winter, schaffte es nicht ansatzweise, den Vorlesungssaal zu erhellen. Die Deckenleuchten arbeiteten durch. Ich trug eine Jacke über einem Pullover, der einen anderen Pullover umarmte. Die Heizung war wieder ausgefallen.

Fünf Jahre waren seit Kostjas Verschwinden vergangen. Mit oder ohne meine Zustimmung – das Leben ging einfach weiter. Die Zeit zog an mir vorbei, überholte mich Jahr um Jahr schneller und schneller. Wie eigenartig sich das anfühlte, älter zu werden, sich zu verändern, aber gleichzeitig immer dieselbe zu bleiben.

Meine Tage bestanden aus Pflichtveranstaltungen und lausigen Versuchen mitzukommen. Zum Mittagessen gab es feuchte Sandwiches aus der Cafeteria, die mir schwer im Magen lagen. Jede Pause verbrachte ich über einem Lehrbuch, wiederholte lateinische Bezeichnungen, wie ich früher Gedichte auswendig gelernt hatte. Meine Augen zwiebelten. Hätte ich meinen Kopf nur kurz auf die Seite über Arzneidrogen abgelegt, wäre ich direkt eingeschlafen.

Ich hatte es mir selbst ausgesucht, und trotzdem dachte ich oft daran, wohin es mich verschlagen hätte, wäre Deduschka nicht ins Krankenhaus gekommen.

Rund zwei Jahre nach Kostjas Verschwinden war ihm aus dem Nichts schwarz vor Augen geworden. Das war die neue Zeitrechnung in unserer Familie: Soundsoviele Jahre v.K., soundsoviele Jahre n.K. Ich hatte gerade die Schule beendet und verbrachte meine Tage damit, Babuschka und Deduschka im Haushalt und auf der Datscha zu helfen und mich vor allem anderen zu drücken.

Bis ich mich mit Babuschka hilflos an Deduschkas Bett in der Notaufnahme wiederfand, darauf wartend, dass ihn jemand abholte, um Bilder von seinem Kopf zu machen. Das Krankenhauspersonal huschte an uns vorbei, alles schien wichtiger und dringender zu sein als unser Fall. Auf meine drängenden Nachfragen, wann wir endlich an der Reihe seien, reagierten die Kittel unbeeindruckt, genervt.

Erst als der Computertomograf einen schwarzen Fleck in der rechten Gehirnhälfte zeigte, sahen sie uns richtig an. Eine Arterie war geplatzt. Sie mussten Deduschkas Kopf mit einer Säge öffnen, um Blut und Gerinnsel zu entfernen.

Babuschka war verwirrt und ängstlich. Ich war wütend. Auf die Ärzte, die die Diagnose verschleppt hatten, um uns dann mitzuteilen, dass bei Schlaganfällen eine schnelle Reaktion entscheidend sei und wir uns nun auf das Schlimmste gefasst machen sollten.

Halte die Doktoren nicht weiter auf, hatte Babuschka flehend gesagt und mich von ihnen weggezogen, da ich den Weg versperrte. Sie wissen schon, was sie tun.

Bestimmt wussten sie das, aber was nützte es, wenn Deduschka für sie ein Niemand war? Als ich Babuschkas Gesicht sah, wurde mir klar, dass sie dasselbe dachte. Ich werde Ärztin, sagte ich kurzerhand. Deduschka wird noch lange leben, und du auch.

Nach der Operation war er zwei Wochen bettlägerig. Erst dann schickten sie jemanden für die Rehabilitation. Die massige Frau mit lauter Krankenhausanekdoten zeigte mir, wie ich die gelähmten Körperteile bewegte, um ihn wieder zu mobilisieren. Die Ärzte sagten, er wäre für den Rest seines Lebens an einen Rollstuhl gefesselt. Ich sah Deduschka verbissen den Kopf schütteln, den Protest in seinen Augen. Nach Monaten mühsamen Trainings konnte er ihnen das Gegenteil beweisen.

Wie ein Kind lernte er wieder sprechen und laufen. Ich verschlang Bücher über Neuroplastizität und Logopädie, suchte Übungen für seine linksseitige Aufmerksamkeitsstörung heraus, wir trainierten jeden Tag, und als Deduschka wieder einigermaßen selbstständig war, musste ich mein Versprechen halten.

Babuschka besuchte den Universitätsrektor persönlich. Sie kannte ihn noch aus ihrer Zeit als Deputierte, und ich nahm an, dass er ihr etwas schuldig war. Nur so konnte ich mir das positive Ergebnis der Eignungsprüfung erklären.

Schließlich hatte ich in der Sekundarstufe alle meine Tutoren zum Teufel gejagt. Mein Reifezeugnis ließ dementsprechend zu wünschen übrig, und für meine Rehaerfahrung mit einem Schlaganfallpatienten gab es keine Pluspunkte. Trotzdem war ich am nächsten Tag immatrikuliert.

Die Ergebnisse der Aufnahmeprüfung zum medizinischen Studium waren öffentlich. Das sollte wohl die Elite bestimmen und die auf den hinteren Plätzen verschmähen. Dabei hatte es keinerlei Bedeutung, wer die höchste Punktzahl erreicht hatte oder wer auf dem letzten Platz landete. Die scheinbar Klügste aus unseren Reihen ging im ersten Jahr ab, weil sie schwanger wurde. Der Zweitbeste schaffte es auch nicht über das zweite Semester hinaus. Er vergeigte seine Testate und wechselte in die Geisteswissenschaften.

Die Leute interessierten sich nur für Erfolgsgeschichten oder Unglücksfälle. Ich musste nur den Kopf einziehen und keinem auf die Füße treten. So sollte ich für die zweihundert Erstsemester unsichtbar bleiben. Das war zumindest der Plan.

In einem der ersten Seminare hatten wir Gruppen bilden müssen. Ich war nicht gut in Gruppen. Ich war auch nicht gut in Histologie. Das stundenlange Betrachten der Präparate unter dem Mikroskop machte mir Kopfschmerzen. Bereits das Einstellen der Beleuchtung auf dem alten Ding aus der Sowjetzeit glich einem komplexen chirurgischen Eingriff. Ich hatte Schwierigkeiten, auf dem monströs vergrößerten Bild den Überblick zu behalten. Selten sah die Zelle genauso schön aus wie das Beispiel des Professors. Mit den Farben kam ich dauernd durcheinander, musste immer wieder im Ordner herumblättern, um nachzusehen, mit welcher Färbung das Präparat behandelt wurde.

Meine drei Laborkräfte waren keine Stütze. Danil war ein Schaf, und Natascha und Anzhelika hatten sich im Nu zu Gruppensprecherinnen ernannt und verteilten Aufgaben zu ihren Gunsten. Wenn ich nicht auffallen wollte, musste ich mitmachen.

Natürlich hole ich das tonnenschwere Mikroskop allein aus dem Lager, kein Problem. Ihr habt nicht aufgepasst? Nehmt doch gerne meine Notizen und verlegt sie dann zur nächsten Stunde. Ach, ihr macht nur die Zeichnungen fürs Referat, während an Danil die ganze Recherche hängen bleibt und ich das gesamte Material verschriftlichen muss? Давай, давай, hört sich doch super an. Was bringt es, darüber zu streiten? Vielleicht taucht ja eine gute Fee auf und bewahrt uns mit einem Zauber vor einer mittelmäßigen Punktezahl.

Unsere Arbeit sehe aus, als hätten wir sie innerhalb einer Nacht heruntergeschrieben, bemerkte der Professor ärgerlich und traf damit ins Schwarze. Nach dem Unterricht regten sich Natascha und Anzhelika über die ihrer Meinung nach ungerechte Note auf. Ich wiederum kochte in einer ungenießbaren Suppe aus Wut.

Da kann ich nur zustimmen, platzte es aus mir heraus. Wäre es gerecht zugegangen, hätte er uns durchfallen lassen.

Direkt nachdem ich meinen Mund aufgemacht hatte, bereute ich es schon. Ihre Blicke sagten alles. Es war vorbei mit dem Unsichtbarsein.

Mit einem Lächeln kamen sie auf mich zu. Der Kurs sei verschoben, sagten sie, oder: Der Raum für die Prüfung habe sich geändert. Zunächst war ich dankbar. Bis ich mich in leeren Seminarräumen wiederfand und zu spät zu Klausuren kam. Wo ich denn gewesen sei, fragten sie mit Unschuldsmienen, und: Ob ich mir ihre Mitschriften ausleihen wolle. Nicht nötig, erwiderte ich und schwelgte in Mordfantasien. In Chemie vertauschten sie Reagenzgläser. Ein Missverständnis sei das gewesen, verteidigte die eine die andere.

Vielleicht würden sie mich vergessen, dachte ich, wenn ich es nur schaffen könnte, ihnen nicht zu begegnen. Doch meine Bemühungen bewirkten das Gegenteil. Ich lief den größten Umweg zum Seminar, nur um bei der Hintertür ihren geheimen Raucherplatz vorzufinden. Ich kam vorsätzlich zu spät, um ausgerechnet den letzten freien Sitzplatz neben ihnen einnehmen zu müssen. Sosehr ich sie aus meinem Leben verbannen wollte, eine gewaltige Kraft zog sie immer wieder hinein.

Zumindest würde ich jetzt die Klappe halten, dachte ich, ihnen keinen Zündstoff mehr geben. Ihre Worte sollten an mir abprallen wie Kiesel an einem gigantischen Felsbrocken. Leider war ich nicht so gigantisch als Felsbrocken, denn am Ende blieb ich immer in Trümmern zurück. Bald brauchte es nicht viel, um mich aus der Fassung zu bringen. Wenn sich unsere Blicke trafen, errötete ich und schwitzte wie verrückt. Verzweifelt hoffte ich darauf, dass sie abgehen würden. Schließlich glaubte ich zu wissen, wie defizitär ihre Leistungen waren. Aber sie schafften das erste Jahr problemlos, während ich fast in jedem Fach einen zweiten Versuch brauchte.

Während die anderen nach dem Unterricht zum Selbststudium zusammenkamen, verkroch ich mich unter die Schneedecke, die über der Stadt lag. Dicke weiße Flocken schwebten sorglos hinab. Sie blieben liegen wie die Autos, die durch sie an Batterieleistung verloren. Manchmal lief ich nach der Uni so lange durch die Stadt, bis ich meinen Körper nicht mehr spüren konnte. Die Kälte kroch so weit ins Innere vor, dass sie meine Gedanken stillte und meine Angst sich legte.

Ich blickte in den ewigdämmernden Himmel, sah meinen Atem aufsteigen. Das knirschende Geräusch unter meinen Stiefeln hatte etwas Beruhigendes. Abgehetzte Passanten drängten sich an mir vorbei, zu einem Ziel, einer Aufgabe, einem Zuhause. Ein Vater zog sein Kind auf einem Schlitten hinter sich her. Schneller, rief der Kleine, dessen Wangen so rot glühten wie sein Schneeanzug.

Auf diese Weise hatte mich früher Kostja vom Kindergarten abgeholt. Unter den enormen Kleidungsschichten konnte ich mich kaum bewegen, also setzte er mich auf den alten Holzschlitten und lief los. Ich klammerte mich an die vorne geschwungenen Kufen und schrie vor Vergnügen.

Ein Auto blieb neben mir stehen und hupte. Der gelbe Kasten gehörte Dima, einem der Freunde meiner Brüder. Er war als Kurier unterwegs. So trafen wir uns häufig.

Ich stieg ein. Dima schaltete und legte seine Hand auf meinem Oberschenkel ab. Sie war warm, also sagte ich nichts. Die Scheibenwischer kamen kaum gegen den Sturm draußen an. Die Hebelarme schoben die auftreffenden Schneeflocken nur mangelhaft über die Front. Die Sicht tendierte gegen null, vor uns verschwommene Rücklichter.

Er roch nach frischem Teer und schmeckte auch so. Schwer und beißend. Meine männlichen Kommilitonen rochen ganz anders. Nach holzigem Deo über kaltem Schweiß. Wahrscheinlich beschäftigten sie sich gerade mit Fachartikeln zur Krebsforschung. Ich musste auch lernen. Ein dicker Schinken über den Aufbau des menschlichen Körpers wartete auf mich. Stattdessen erlaubte ich Dima, meinen zu studieren.

Das neue Semester hatte gerade erst begonnen, und ich fühlte mich bereits im Rückstand. Mit Dimas Zunge kam ich auch nicht mit. Er hatte sich dazu eingeladen, meine Mundhöhle zu erforschen. Ich versuchte, seiner Zunge Einhalt zu gebieten, doch es war aussichtslos. Er verstand mein Anliegen genauso wenig wie ich seinen Drang, mich mit seinem Sprechwerkzeug zu ersticken. Seine Hände schienen von einem ähnlichen Begehren gesteuert zu werden.

Er fasste meine rechte Brust an und drückte zu. Ich biss ihm auf die Zunge und schlug seine Hand weg. Das schien ihm zu gefallen. Sein Mund saugte sich an meinem fest, und die andere Hand bewegte sich zu meiner linken Brust, wo wenig zu kriegen war, außer Rippen und das bisschen Herzschlag. Ich hielt die Luft an, bis sie eine andere Route nahm. Lass es, presste ich zwischen den Lippen hervor. Seine Hand zwängte sich in meine Hose.

Dima, sagte ich laut und versuchte ihn von mir zu schieben.

Er schmunzelte, hielt meinen hölzernen Körper noch immer umklammert. Sag doch Mitja, bot er an. Seine Pupillen waren schwarze Lackteller.

Dima, sagte ich lauter. Hände sind ein Paradies für Bakterien.

Soll ich die andere nehmen?

Weißt du nicht, was passieren kann, wenn du sie mir reinsteckst?

Er grinste.

Juckreiz, Brennen, übel riechender Ausfluss.

Sein Grinsen rutschte weg. Seine Hand auch.

Mit einem Seufzer ließ er sich auf den Fahrersitz zurückfallen. Kannst du auch einfach mal loslassen?

Sicher, erwiderte ich lustlos und streckte mich nach meiner Jacke und Tasche auf dem Rücksitz aus. Die Autofenster waren beschlagen. Das Licht der Straßenlaternen schien als zwei große gelbe Augen durch die dünne Schneeschicht auf der Heckscheibe. Ein Ungeheuer, das nur darauf wartete, dass ich einen falschen Schritt tat.

Kann ich dich anrufen?, lenkte Dima ein.

Nein, steuerte ich dagegen.

Wir stiegen aus. Es hatte aufgehört zu schneien. Zu meinem Leidwesen bestand Dima darauf, mich bis nach Hause zu begleiten: Ich kann doch Kostjas Schwester nicht allein im Dunkeln rumlaufen lassen.

Da war er wieder. Ein toter Bruder, der ungefragt über mich wachte. Auch in seiner Abwesenheit anwesend.

Fünf Jahre waren vergangen, aber Kostjas ausgedrückte Zigaretten und zerbrochene Bierflaschen lagen noch immer irgendwo unter dem Schnee zwischen dem Beton. Die Stadt wuchs in die Höhe, aber der Boden blieb derselbe. Ein mit Rissen und Löchern übersäter Grund, in den Schnee schmolz und wieder gefror und ihn sprengte. Egal wie sehr sich die Zeit bemühte, über Kostja hinwegzugehen, bei diesem Untergrund konnte sie nicht weit kommen.

Deshalb bauten sie die Häuser so hoch. Um eine möglichst große Distanz zum Boden aufzubauen. In der fünfzehnten Etage konnten sie sich wahrscheinlich leichter etwas vormachen.

Ich war nie weiter als bis zur fünften gekommen. Im Wohnblock meiner Großeltern ging es nicht höher. Über uns war nur noch Dach. Ich war einmal oben gewesen. Die Treppe zur Dachluke ließ sich leicht ausfahren, und die Lukentür war nicht abgeschlossen. Oben gab es Bitumen und Himmel, und der Himmel war so schwarz und zäh gewesen wie das Bitumen und das Panorama trostlos. Nur ein verrosteter Spielplatz und verrostete Autos, ein paar Laternen und ein bisschen Gras, Mütter mit Einkaufstaschen oder Kindern in der Hand und Großmütter, die auf Bänken saßen und sich aus Fenstern lehnten, und der eine Mann, der in Unterhose und Mantel auf dem Balkon rauchte.

Die Plattenbauten fügten sich wie Tetrisbausteine in die Höhe, wie ein Labyrinth in die Breite, als wollte uns jemand das Entkommen erschweren. Im kackbraunen wohnten noch immer Mutter und Vater und meine Brüder. In dem grauen daneben, eine Fassade wie ein Matheheft, lebte Dima. Und in all den anderen eingekesselt all die anderen Freunde meiner Brüder. Die ärmeren hatten Teppichböden, die wohlhabenderen Bodenheizung, aber alle dieselbe einheitliche Fensterfront, höchstwahrscheinlich um uns vor Neid und Missgunst zu bewahren. Dabei wüsste ich nicht, worauf ich neidisch sein sollte. Ein Zimmer am Ende der Welt bleibt ein Zimmer am Ende der Welt, auch wenn es eine Aussicht hat.

Dima erzählte mir Geschichten von meinen Brüdern, die sie bei meinen wöchentlichen Abendessen im Elternhaus ausließen.

Dass Mischa als Fahrer in einer Firma für Tiefbau angefangen hatte, wusste ich. Er transportierte Schalung und Schotter, Aushub und Anlagen. Gute Bezahlung, unbefristeter Vertrag. Sein Chef mochte ihn. Keiner sei so schnell wie er. Mischa mochte den Job, fühlte sich wie ein Cowboy in seinem Vierzigtonner. Aber dass er zwei Tage nicht zur Arbeit erschienen war, nachdem ihm ein Streuner unter die Räder gekommen war, musste ich von Dima erfahren.

Fedja war wieder auf Kriegsfuß mit der Schullei-
tung. Er hatte sich geweigert, zusätzliche Aufgaben
neben seiner Lehrtätigkeit zu übernehmen. Als sie
ihn daraufhin versuchten zu suspendieren, streik-
ten seine Schüler. Jemand schrieb darüber in der
Zeitung, kritisierte das streng hierarchische Schul-
system, die Eltern wurden laut und Fedja wieder-
eingesetzt.

Grischa machte noch seine Lehre zum Steinmetz.
Werktags haute er Naturstein und am Wochenende
Boxsäcke. Er half Dima im Sportklub aus, unterrich-
tete morgens die Sechs- bis Zehnjährigen in Karate,
wenn Dima seinen Rausch ausschlafen wollte. Die Bezahlung musste er Grischa regelrecht aufdrängen.
Dein Bruder wird mal auf der Straße landen, wenn er
keine Frau findet, die sich um sein Geld kümmert,
kommentierte er lachend.

Plötzlich veränderte sich sein Gesicht. Schau an,
wer wieder da ist, rief er.

Jemand kam uns entgegen, den Abschnitt des Weges erleuchteten keine Laternen. Außerdem hatte ich
ihn seit Jahren nicht mehr gesehen. Erst als Iwan vor
uns stand, erkannte ich ihn. Die militärische Camouf-
lage hatte er gegen eine gefütterte Jacke mit Kapuze
und Jeans eingetauscht. Die Mütze saß tief in seinem
Gesicht, verdeckte die Augenbrauen.

Iwan gab Dima die Hand.

Seit wann bist du zurück?, fragte dieser. Das muss
gefeiert werden!

Fedja und die anderen warten schon in der Stolovaya, antwortete Iwan und ließ mich dabei nicht aus den Augen.

Es war die Stammkneipe meiner Brüder, in der sie jeden Freitagabend ihre alltäglichen Sorgen wegtrinken konnten.

Ich holte die Hausschlüssel aus meiner Tasche, sie fielen auf die Straße. Bevor ich mich bücken konnte, war Iwan schon in der Hocke und hielt sie mir hin.

Schura, привет, salutierte er im Spaß.

Ich nickte passiv, nahm die Schlüssel an mich.

Grüßt mir meine Brüder, wollte ich beiläufig sagen, heraus kam es als Drohung.

Im Küchenfenster brannte Licht. So müssen sich verlorene Kinder in Märchen fühlen, dachte ich, wenn sie im tiefen, dunklen Wald einem Lichtlein folgen.

Egal zu welcher Uhrzeit ich zurückkam, Babuschka blieb so lange auf, bis ich durch die Tür trat. Dann erhob sie sich aus dem schweren Sessel im Wohnzimmer, schaltete den Fernseher aus und fragte: Hast du was gegessen? Auf dem Herd steht ein Teller für dich. Soll ich's dir aufwärmen? Wie immer verneinte ich, und wie immer zog sie sich ins Schlafzimmer zurück, in dem Deduschka längst schnarchte.

Ich schlüpfte aus meinen Stiefeln, legte meine Sachen ab und ging ins Bad. Es war warm und feucht und roch nach Seife. Babuschka und Deduschka mussten gebadet haben. Sie taten es immer zusammen, um sich gegenseitig den Rücken zu schrubben. Als ich eingezogen war, wollte es Babuschka auch für mich tun. Sie klopfte sachte an der Tür, ob sie meinen Rücken einseifen solle. Der Gedanke daran, dass mich irgendwer nackt sah, war mir unangenehm. Ich lehnte ab, versuchte, den Schrecken in meiner Stimme zu verbergen. Babuschka bestand nicht darauf und wollte keine Erklärungen. Das nächste Mal, als sie auf den Markt ging, brachte sie mir einfach eine Badebürste mit langem Griff aus Buchenholz mit.

Ich entledigte mich der Pullover, der Hose, streifte die Socken von den Füßen und zum Schluss das T-Shirt über den Kopf. Einen Hocker brauchte ich nicht mehr, um mich im Badezimmerspiegel zu sehen.

Wenn ich meinen Körper nicht sah, war die Welt in Ordnung. Ich benutzte ihn wie das Werkzeug, das er war. Er erlaubte mir, von A nach B zu gehen und Dinge zu greifen. Doch sobald mir mein Spiegelbild entgegenblickte, beim Zähneputzen oder wenn ich an einem Schaufenster vorbeiging, fing ich an, ihn auseinanderzunehmen. Dann maß ich ihn nicht mehr daran, wie weit ich mit ihm laufen konnte oder wie viele medizinische Termini er speichern konnte. Ich erhob das Gewicht und die Umfänge meiner einzelnen Teile, ich zählte Pickel und Muttermale, begutachtete Härchen, Streifen und Beulen und registrierte alle unförmigen oder verfärbten Komponenten.

Es wäre besser gewesen, den Blick abzuwenden, aber das schaffte ich nicht. Der Körper hatte eine

Anziehungskraft, gegen die ich nicht ankam. Auch wenn es wehtat, hinzugucken, ich tat es mit einer eigenartigen Sehnsucht – dass ihn jemand, irgendwer, auch ansehe und genau die Stellen berührte, die mir am qualvollsten waren zu zeigen.

5

Ich hatte nie verstanden, was das Ganze sollte. Sich im tiefsten Winter in zwei Autos quetschen und an ein kaltes Stück Erde fahren, um dann was zu tun? Stumm die Beine in den Bauch zu stehen und sich den Arsch abzufrieren? An einer Grabstätte, unter der nicht einmal Knochen lagen?

Beim ersten Mal war ich stur im Auto sitzen geblieben, und Onkel Wassja hatte neben mir geraucht und erklärt, dass es wie Zähneputzen sei: Vielleicht macht es jetzt keinen Sinn für dich, aber du musst da trotzdem durch, sonst bereust du es später.

Demonstrativ öffnete er seinen Mund und zeigte mir seine Goldzähne. Der erstickende Zigarettenqualm war für mich das überzeugendere Argument. Ich stieg aus, kam jedoch nur bis zum Tor, da sah ich meine Familie bereits den Rückweg antreten. Bist du jetzt glücklich, sagte Mutter und sprach den ganzen Rückweg nicht mit mir.

Umso ärgerlicher war es, als im fünften Jahr nach

seinem Verschwinden plötzlich keiner mehr Zeit hatte. Der alljährliche Friedhofsbesuch zu seinem Geburtstag war an letzte Stelle gerückt, und Babuschka, die mit Deduschka zum Arzt musste, bat mich, allein mit dem Bus rauszufahren. Obwohl mich die Uni kurz vor Jahresende mit allerlei Abgaben bedrängte, konnte ich ihr ihre Bitte nicht abschlagen.

Unsere Familie betete nicht. Aber sie sprach mit Toten. Bevor wir den Friedhof betraten, mussten wir uns bei den Verstorbenen entschuldigen, dass wir ihre Ruhe störten. In Reihen stand polierter schwarzer Granit mit eingravierten Namen und Fotos. Kostjas Grabstätte ging darin fast unter. Anstelle eines Steins markierte sie ein Holzpfahl mit einem kleinen Dach, das eine quadratische Öffnung hatte. Dadurch haben die Toten Zugang zu uns, erklärte mir damals Deduschka. Am Holzbalken war eine kleine Plakette mit Namen und Lebensdaten meines Bruders drangenagelt.

Warum brauchen die Toten einen Zugang, hatte ich Deduschka gefragt.

Es ist nicht so, dass sie Eintritt brauchen, erwiderte Deduschka, vielmehr soll es uns daran erinnern, dass sie nie ganz aus unserem Leben verschwinden.

Ich tat die Plastikblumen, die ich unterwegs gekauft hatte, in die kleine Vase vor dem Holzpfeiler. Fröstelnd stand ich davor und hoffte, dass der Bus zurück in die Stadt sich nicht verspätete.

Ein Kuckuck machte Lärm. Ich sah in die Baumkronen über mir, versuchte den Vogel zwischen den Ästen auszumachen. Nichts rührte sich. Ich wartete, aber es blieb still. Beim Verlassen des Friedhofs bückte ich mich nach einem frischen Klumpen Schnee und wusch mir damit Hände und Gesicht.

Es war wieder Feiertag und nicht zu verhindern, dass die Familie zusammenkam. Mutter weckte mich mit den Worten, ich solle zum Markt, sie habe nicht genug Eier für den Olivier.

Sie platzte einfach in mein Zimmer bei Babuschka und Deduschka, wie sie es immer getan hatte. Sie verstand nicht den Sinn von verschlossenen Türen. In Familien waren immer alle Türen offen, ihrer Überzeugung nach. Früher kam sie auch einfach ins Badezimmer herein, egal ob wir uns gerade erleichterten oder anderweitig zugange waren. Das Geschrei war groß, bis Mischa irgendwann auf die Idee kam, ein Schloss anzubringen. Mutter servierte daraufhin Soljanka mit reichlich Oliven und einem so kräftig säuerlichen Geschmack, als hätte sie eine Flasche Essig verschüttet. Mischa blieb regungslos vor seinem Teller sitzen.

Wer nicht aufisst, bekommt in diesem Haus nie wieder was zu essen, sagte Mutter amüsiert, und Mischa würgte alles in sich hinein. Bis ihm alles wieder herauskam. Das Schloss blieb.

Babuschka stand bereits am Herd. Fisch und Fleisch brutzelte in den Pfannen. Die Fensterscheibe war beschlagen. Mutter schleppte den Staubsauger an.

Was willst du damit?, rief Babuschka aus der Küche. Schura hat erst gestern aufgeräumt.

Das sehe ich, erwiderte Mutter in einer Stimmlage, damit nur ich das mitbekam, und schob mich zur Seite, um an die Steckdose zu kommen.

Die Wut baute sich vertraut und unvermeidlich in mir auf. Ein feuriger Ball, der rotierte und immer größer wurde, kurz davor zu explodieren. Ich rollte meine Zehen zusammen und spannte sie an. Drei, zwei, eins. Es war auszuhalten.

Neben einem Zehnerpack Eier sollte ich noch Brot, gezuckerte Kondensmilch, frischen Dill und Toilettenpapier – vergiss ja nicht das Toilettenpapier! – mitbringen. Mutter drückte mir Geld in die Hand.

Lass das Kind doch erst mal frühstücken, intervenierte Babuschka, aber ich schüttelte den Kopf, wollte nur noch weg, bevor ich etwas sagte, das ich nicht zurücknehmen konnte.

Im Treppenhaus traf ich auf Grischa, der einen Tannenbaum unter dem Arm trug und einen Läufer aus grünen Nadeln hinter sich ausbreitete.

Mischa bringt eine Frau mit, erzählte er im Vorbeigehen.

Muss er sie vorher aufblasen?, entgegnete ich.

Grischas Lachen hallte bis zum Dach.

Vor der Tür zog der Winter augenblicklich nasskalt durch die Kleidung. Ich steckte die Hände in die Jackentaschen und atmete aus.

Der Andrang in der Markthalle war groß. Die Leute kauften Geschenke, Lebensmittel, machten letzte Besorgungen in einer solchen Hektik, als würde am nächsten Tag die Welt untergehen.

Zwischen den Ständen war es laut, aber in der Menge wurde mir wärmer. Ich kannte die Verkäufer vom Sehen, Babuschka kannte alle ihre Mütter, wusste, wer mit wem ein Kind gemacht hatte und auf wen Verlass war.

Wir kaufen nicht mehr beim Schestakow, hatte sie mir noch an der Tür zugerufen. Geh zum Kusmin.

Der mit dem Schnurrbart?

Der mit der Mütze!

Mit den Einkäufen war ich schnell fertig. Ich verabschiedete mich vom Kusmin, ignorierte gekonnt die zwei Riesenbommel auf seiner rosa Strickmütze. Da ich noch nicht zurückwollte, kaufte ich mir so viele Pyschki, wie das Wechselgeld reichte – der Mann hinter der Theke war in meine Babuschka verknallt, also tat er mir heimlich einen Zuckerkringel mehr in die Tüte.

Ich sah den Verkäufern gerne dabei zu, wie sie geschäftig ihre Kolbasa anpriesen, sich nach Enkeln erkundigten, falsche Komplimente verteilten und über schwere Zeiten klagten. In der Menge begegnete ich Nachbarn, die ich höflich grüßte, und wenn sie sich nach der Gesundheit meiner Großeltern erkundigten, gab ich Phrasen von mir und lächelte. Der Puderzucker klebte an meinen Fingerkuppen und meinen

Lippen und hatte sich flockig auf dem Schal verteilt, also konnte mich Iwan auslachen, als er vor mir auftauchte.

Wir kaufen nicht mehr beim Schestakow, wiederholte ich die Worte meiner Babuschka, weil ich nicht wusste, was ich sonst sagen sollte. Iwan nickte, wissend oder fügsam, ich konnte seinen Blick nicht deuten.

Ob ich letztens gut nach Hause gekommen sei, brachte er nur heraus.

Du bist zu neugierig, entgegnete ich und wollte weitergehen, aber er packte mich am Arm. Mit einem Nachdruck, den ich kurz danach übertrieben fand, riss ich mich los, wollte einen Schritt zurücktreten, aber es waren zu viele Menschen im Durchgang.

Können wir uns nicht vertragen?, fragte er.

Sein Gesicht war viel zu ernst. Es störte mich, zu ihm aufsehen zu müssen.

Warum machst du immer so einen Wirbel um nichts?, wich ich aus. Es ist doch alles bestens.

Im Wohnzimmer stellte Vater den ausziehbaren Esstisch auf. Deduschka versuchte ihm zu helfen, konnte aber den Kommandos seines Sohnes nur schwer folgen.

Zieh, Deda, zieh, sagte Vater energisch, doch Deduschka hatte nicht genug Kraft, das Tischende auf seiner Seite rauszuziehen. Seine Finger rutschten immer wieder an der gebeizten ovalen Holzfläche weg.

Vater bemerkte mich, ich sollte ran. Deduschka setzte sich brav auf den Sessel neben den nackten Tannenbaum. Sein Lächeln war so weich wie das Fell eines Lamms.

Meine Tischseite klemmte, aber nach einem kräftigen Ruck gab sie ihren Widerstand auf. Wir legten die zwei schweren Holzplatten in die nun klaffende Mitte und schufen so Platz für vier weitere Gäste. Trotzdem sah ich uns schon Schulter an Schulter zusammengerückt sitzen. Nur Babuschka und Vater würden den Luxus der Tischenden in Anspruch nehmen und ihre Ellenbogen ablegen können.

Wo warst du so lange?, begrüßte mich Mutter, die mit einem feuchten Lappen, der in einem früheren Leben ein T-Shirt gewesen war, aus der Toilette kam.

Iwan hat mich aufgehalten.

Sie machte ein langes Gesicht. Der arme Junge hat wirklich Pech gehabt, kein Vater und die Mutter ein Pflegefall. Sie kann kaum mehr ohne Hilfe laufen. Der arme Wanja, aus dem Militärdienst direkt in den Sozialdienst. Wer will schon jemanden mit so viel Gepäck?

Mutter, fiel ich ihr hart ins Wort. Keiner mag Mitleid.

Babuschka kam aus der Küche. Hör endlich mit dem Putzen auf, sagte sie und zu mir: Deine Mutter bringt mir alles durcheinander.

Ich hab doch nur ein bisschen, schmollte sie und beeilte sich, den Lappen verschwinden zu lassen.

Grischa kam mit einer Einkaufstüte und Klopapier unter dem Arm zur Tür rein. Wir wechselten einen Blick.

Warum hast du Grischa geschickt?, rief ich Mutter zu, die wieder im anderen Raum war.

Du tendierst nun mal dazu, kam es aus der Toilette, ohne aufgetragene Einkäufe zurückzukommen.

Ich fing Feuer.

Das ist nur ein Mal passiert, erinnerte ich sie. Als ich sieben war!

Du hast nur Brot holen sollen, sagte sie, und kamst mit leeren Händen und ohne Geld nach Hause zurück.

Ich war sieben, betonte ich.

Ich weiß bis heute nicht, wo du dich rumgetrieben hast, aber deinem aufgedunsenen Gesicht nach konnte ich mir vorstellen, wie viel Zucker du hattest.

Ich hatte Löcher in den Taschen, ich habe das Geld einfach verloren!

Da wusste ich, dass ich dich von Süßigkeiten fernhalten muss.

Ich war sieben!

Zum Frühstück gab es den Schmortopf mit Graupen und eingelegten Pilzen vom Vortag. Die Pilze waren weich und die Graupen noch weicher. Wir aßen am nicht gedeckten Esstisch im Wohnzimmer. Im Fernsehen lief *Ironie des Schicksals*, aber weil jeder die Dialoge hätte mitsprechen können, redeten alle wie immer durcheinander. Nur Mutter tat beleidigt, weil ich – wie sie sagte – die Stimme gegen sie erhoben hatte und Babuschka ihr in ihrer resoluten Art den Wind aus den Segeln nahm. Из песни слов не выкинешь, sagte sie. Weil wir den Streit nicht mehr rückgängig machen konnten, sollten wir's dabei belassen.

Grischa und ich räumten den Tisch ab und schmückten den Tannenbaum, bis er seine Arme schwer von buntem Plastik und kaltem Glitzer hängen ließ. Anschließend wurden wir an den Küchentisch gesetzt und zerteilten alle Lebensmittel, die kalt und lauwarm auf unseren Schneidebrettern landeten, in die vorgeschriebenen Formen. Mutter panschte alles zusammen, ein Berg Mayonnaise war ihr dabei behilflich. Vater war noch mal raus, um mehr Schnaps zu besorgen, und Deduschka machte ein Schläfchen.

Während ich den Festtagstisch deckte, legte mir Mutter ein Kleid aufs Bett, das ich tragen sollte, und wollte mir die Haare flechten. Wir einigten uns darauf, dass ich anzog, was sie wollte, aber dass sie dafür die Finger von meinen Haaren ließ. Das Kleid war schwer von Pailletten und kratzte, sodass ich dicke Strumpfhosen und einen Rollkragenpullover als Schutz anziehen musste. Im Spiegel sah ich aus wie ein Fisch an Land – mit schwarzen glänzenden Schuppen und aufgerissenen Augen, in denen sich sein trauriges Schicksal abzeichnete.

Onkel Wassja kam mit Akkordeon. Fedja kam mit Nachtisch. Und Mischa tatsächlich mit einer Frau.

Am gedeckten Tisch ging es hektischer und lauter zu als am Marktmorgen. Alle wollten wissen, wer Mischas Freundin war und wie sie sich kennengelernt hatten. Aber ausreden ließ sie keiner.

Sie wurde auf den Stuhl zwischen Mutter und Vater platziert. Mutter baggerte ihren Teller voll, sie sei viel zu dünn. Vater schenkte stetig ein, um seine Gastfreundschaft zu demonstrieren. Babuschka wollte ihre Zukunftspläne wissen. Fedja packte die Geschichte aus, wie sich Mischa einmal in der Schule die Hosen vollgekackt hatte, und Grischa prustete los, sodass Essensbrocken über den Tisch flogen und in meinem Gesicht landeten. Zu meiner Linken saß Mischa und schwitzte.

Ich biss von meinem getoasteten Weißbrot ab, das mit dicken Fischeiern belegt war, die auf der Zunge salzig zerplatzten, und war froh darüber, nicht im Rampenlicht zu stehen.

Vater erhob sich für einen seiner gefühlsbeladenen Toasts. Mit dem Glas in der Hand zitierte er einen seiner Dichter, dankte seinen Eltern, seiner Frau, referierte über das herausfordernde Jahr, betonte die Standhaftigkeit und die Zusammengehörigkeit unserer Familie. Zum Schluss sagte er: Lasst uns auf Väterchen Frost und Snegurotschka anstoßen. Seht nur, wie die Jahre vergehen, aber sie werden nicht alt. Egal, wie hart die Winter sind, sie werden nicht krank. Auch wenn es mit der Wirtschaft bergab geht, finden sie immer Geld für Geschenke. Auf dass wir so werden wie sie!

Auf dass wir so werden wie sie, wiederholten alle und riefen: Zum Wohl! Und auf das eine Glas folgte rasch das nächste.

Wann bringst du endlich mal einen Mann mit nach Hause?, fragte Onkel Wassja zu meiner Rechten und rückte näher.

Wenn's mehr Platz am Tisch gibt, erwiderte ich und schob ihn weg.

Er ließ sich spielerisch zur Seite fallen, auf Deduschka, der gerade seine Hand nach dem Hering im Pelzmantel ausstreckte, jedoch an das volle Rotweinglas von Mischas Freundin stieß, das lautlos auf ihrem Teller landete – die weichen Speisen federten den Fall des Glases ab, aber das Innere klatschte in seiner ganzen Farbintensität auf die Bluse des Gastes. Für zwei Sekunden wurde es still.

Mutter war ein Teekessel kurz vorm Dampfablassen. Sie hatte wohl auch etwas abbekommen.

Schura!

Deine Familie ist so fürsorglich, sagte Mischas Freundin, als wir allein in meinem Zimmer waren.

Oh ja, warum der Papst sie noch nicht heiliggesprochen hat, ist mir ein Rätsel, erwiderte ich.

Zu meiner Überraschung lachte sie. Laut und übertrieben lange. Scheinbar hatte sie bis vor Kurzem in einer Höhle gelebt.

Um etwas Passables zu finden, das ihr passen könnte, hatte ich eine Schublade meiner Kommode nach der anderen rausgezogen, jedoch schien meine Garderobe nur aus Mottenlöchern, Flicken und Fusseln zu bestehen.

Bei uns herrscht immer Totenstille beim Essen, erzählte sie ungefragt. Es gab nur sie und ihre Eltern, die eh nicht miteinander sprachen – und am Esstisch schon gar nicht. Keiner stellte Fragen, niemand wollte wissen, wie der Tag des anderen war. Die Atmosphäre war immer so bedrückend, dass sie die Speisen nur schnell in sich hineinstopfte, damit sie wieder in ihr Zimmer konnte. Manchmal wurde ihr davon so schlecht, dass sie sich später übergeben musste.

Sie sah mich fast entschuldigend an, mit Augen, die fragten, ob sie zu viel enthüllt hatte. Ich kommentierte es nicht, also sprach sie weiter.

Sie hatte die erste Gelegenheit ergriffen, von zu Hause wegzugehen. Raus aus dem erstickenden Elternhaus und dem ewigdunklen Murmansk. Nur einmal kam ihre Mutter zu Besuch. Sie war für eine Nacht gekommen und konnte nicht eine Sekunde aufhören, herumzunörgeln. An allem und jedem hatte sie etwas auszusetzen. Die Frauen im Zugabteil waren zu laut, das Wohnheim zu schmutzig, das Essen ungenießbar und überhaupt regnete es zu viel. So viel am Stück hatte sie ihre Mutter nie sprechen gehört. Als sie am nächsten Morgen am Gleis warteten, war sie wieder die schweigsame Frau aus ihrer Kindheit. Zum Abschied umarmte ihre Mutter sie und sagte, sie habe ihren Aufenthalt sehr genossen. Bedauerte sie, nicht länger geblieben zu sein? Oder war es die Traurigkeit darüber, in ein Leben zurück-kehren zu müssen, das sie nie wollte?

Eine längere Pause entstand. Ich wusste nicht, was ich dazu sagen sollte.

Sie gab zu, nervös gewesen zu sein, Mischas Einladung anzunehmen. Aber jetzt war sie froh darüber.

Ich fragte mich, wie Mischa es geschafft hatte, eine Universitätsstudentin kennenzulernen, wenn er den ganzen Tag in seinem Lkw saß.

Das ist doch hübsch, sagte sie schließlich und fischte aus der Kommode eine preiselbeerrote Bluse. Ich hatte das Stück Stoff ganz vergessen, das mir Mutter zu irgendeinem Geburtstag geschenkt hatte und das ich gezwungen gewesen war, einen ganzen Tag lang zu tragen.

Kannst du haben, sagte ich. Die perfekte Farbe, falls noch jemand auf die Idee kommt, dich mit Rotwein zu taufen.

Sie lachte wieder. Mit zugekniffenen Augen und aufgerissenem Mund. So frei hatte ich eine Frau noch nie lachen gehört. Ich spürte ein Kitzeln und lächelte auch.

Ganz selbstverständlich knöpfte sie ihr Oberteil vor mir auf. Beim Anblick ihres Busens stieg mir das Blut in den Kopf, und ich tat so, als hätte ich etwas auf dem Balkon zu verrichten.

Die Verglasung war entlang der Rahmen beschlagen. Ich sah den schmalen Weg, der vom Haus zum Flüsschen Lososinka führte, in dem an heißen Tagen

Stadtkinder badeten. Eine einzige Straßenlaterne erleuchtete den Pfad. Ein Mann trat aus der Dunkelheit der Flussseite heraus. Er blieb stehen, legte den Kopf in den Nacken, und unsere Augen trafen sich.

Ist das Kostja?

Ich schreckte hoch, sah Mischas Freundin ungläubig an.

Sie betrachtete ein Foto, das vor vielen Jahren aufgenommen worden war und nun in einem billigen Rahmen im Regal Staub fing: wir fünf bei den Apfelbäumen auf der Datscha.

Ich in der Mitte, mit geflochtenen Haaren, einem schmutzigen Unterhemd und Blumenrock. Meine Brüder mit Gummistiefeln und freien Oberkörpern. Die Sonne blendet uns, und wir haben ganz kleine Augen, aber ein sehr breites Grinsen. Es gab noch eine andere Aufnahme, in der ich auf Kostjas Schultern saß und so tat, als würde ich nach einem Apfel ganz weit oben greifen, während meine Brüder zu mir aufsahen und lächelten. Ich mochte das Bild viel lieber, aber ich konnte es nicht finden. Vielleicht existierte es auch nur in meiner Erinnerung.

Sie hieß Wiktoria. Wika. Im Flur trafen wir auf Tante Katjuscha. Von ihrem Pelz stieg die Winterluft in Schwaden auf. Ich war froh, dass sie sich verspätet hatte und Wika sich noch einmal vorstellen musste.

Wo bleibt Maxim?, rief Babuschka aus der Küche. Sie richtete die Warmspeisen an.

Ich will nicht darüber reden, erwiderte ihre Tochter mit einer Miene, die sagte, dass sie am liebsten die ganze Nacht damit verbringen würde, darüber zu reden.

Wie du meinst, sagte Babuschka. Den Gefallen würde sie ihr nicht tun.

Der Esstisch schien unter dem Gewicht der vielen dampfenden Gerichte einzusacken. Mit Tante Katjuscha gab es ein Gedeck mehr, sodass Grischa praktisch auf dem Armteil des Sofas sitzen musste, damit alle Platz hatten. Trotzdem wurden die vollgeladenen Schüsseln und Servierteller nur langsam leerer. Der Mund war mit Wortwechsel beschäftigt. Keiner ließ den anderen ausreden. Anekdoten und Meinungen flogen wie Bälle im Zickzack über die Tafel, prallten am anderen ab und blieben irgendwo in der Ecke liegen, wenn ihnen die Luft ausging.

Nur Deduschka schwieg. Er sprach erst, wenn er angesprochen wurde und dann antwortete er auf Fragen, die ihm niemand gestellt hatte. Wenn er den Löffel behutsam zum Mund führte, hatte das Essen genug Zeit, um zu entkommen. Es fiel zurück auf den Teller, auf den Tisch, schaffte es manchmal bis auf den Boden.

Was hast du wieder angerichtet?, sagte Babuschka dann immer und räumte ihm hinterher, aber ihre Stimme klang nicht so streng wie sonst. Sie wischte seine Kleckse, sammelte die Krümel auf und verzehrte, was er verloren hatte. Deduschka lächelte währenddessen nur sein unschuldiges Deduschka-Lächeln und kaute langsam auf dem bisschen herum, das er zwischen die paar Zähne bekam.

Vater füllte sein Schnapsglas. Hier, Deda. Будем здоровы, prostete er ihm zu.

Übertreib's nicht, warnte ihn Babuschka.

Ist doch nur Balsam, Mama, erwiderte Vater mit seinem Kopf zwischen den Schultern. Kräuter, Öle, das ist mehr Hustensaft als Alkohol.

Je mehr Vater und Onkel Wassja tranken, desto rührseliger wurden sie. Die Männer sprachen dann von einer Zeit, die nicht mehr zurückzuholen war. Ihre Leier spielte immer dasselbe Lied.

Früher waren die Menschen gütig und ehrlich, Beziehungen waren anders, es gab kein Misstrauen, keine Intrigen, Geld war nicht wichtig, jeder hatte genug zu essen. Nach dem Zerfall haben sie uns alle im Stich gelassen.

Hast du gesehen, dass die in Galikovka ein neues Einkaufszentrum bauen?

Ist ja klar, dass die einen Haufen Geld für *Made in China* ausgeben, aber die Dostojevskowo Straße muss ich schon seit Jahren umfahren, außer ich will da meinen Stoßdämpfer lassen.

Vielleicht sieht es nach außen so aus, als hätten wir ein besseres Leben, aber unterm Strich wird alles schlechter. Die Oligarchen geben dieselben dreizehn Prozent ab wie wir, und da wundern sich alle, weshalb es so viel Kriminalität gibt? Wenn dich der

Staat ausbeutet, bist du gezwungen, dir deinen Anteil woanders zu holen. Eine einfache Rechnung ist das.

Wika setzte sich zu mir. Sie hatte aufgeschnappt, dass ich auch an der medizinischen Fakultät studierte, und wollte sich austauschen. Sie war desillusioniert vom russischen Gesundheitssystem, den niedrigen Löhnen, der Benachteiligung von Frauen. Ich wiederum wusste nicht, was ich zur Unterhaltung beitragen sollte, nickte nur unsicher und war heilfroh, dass sie in ihrem Studium viel weiter war, schon in ihrem Praktischen Jahr, und keine Geschichten über mich gehört hatte.

Onkel Wassja schnallte sich das Akkordeon um und Vater holte die Gitarre. Sie sangen Lieder aus ihrer Jugend, bis sie Tränen in den Augen hatten. Um sie zu trocknen, drehte Tante Katjuscha Boney M. auf. Der Teppich verwandelte sich in eine Tanzfläche, auf der die Erwachsenen von Disco-Beats durchgeschüttelt wurden. So verdauten sie schneller und konnten, wenn sie müde wurden, noch mehr essen.

Uns Kindern war die Hüpferei immer peinlich gewesen. So war es umso erstaunlicher, als Wika mit schwingenden Hüften in den Tanzkreis der älteren Generation einbrach und kurze Zeit später Mischa, Fedja und sogar Grischa dazuholte. Als ich die ungelenken Tanzbewegungen meiner Brüder sah, bog ich mich vor Lachen.

Nur einmal brachte jemand das Gespräch auf Kostja. Ich kam gerade aus der Küche, also wusste ich nicht, wer Schuld daran war, ob es aus dem Übermut eines Trinkspruchs oder einem Versprecher resultierte. Manchmal rief Vater einen meiner Brüder mit seinem Namen – vielleicht wollte er nur die Hähnchenschenkel vom anderen Tischende haben und merkte zu spät, was er getan hatte. Das Gläserklirren erstarb, und eine Melancholie legte sich über die Tafel.

Über ihn zu reden, war wie Süßigkeiten essen. Zuerst schießt der Blutzucker in die Höhe und ein Gefühl des Wohlbehagens setzt ein, doch schon bald kommt es zum Überdruss. Das dumpfe Völlegefühl im Magen steigt einem säuerlich den Hals rauf, und Nervosität breitet sich aus. Zu spät merkt man, dass es zu viel war, und am liebsten würde man alles wieder erbrechen, nur für einen kurzen Augenblick der Erleichterung.

Wisst ihr noch?, sagte einer.

Typisch Kostja, sagte ein anderer.

Meine Familie käute die gleichen Geschichten wieder und wieder und dann wurde über Kleinigkeiten gestritten: Ob er ein blaues oder gelbes T-Shirt getragen habe, ob es morgens oder abends gewesen sei. Wenn sein Name fiel, kam auch Deduschka aus seinem Schneckenhaus und sprach vom Fischen. Fischen mit Kostja. Das größte Unglück seines Lebens war es, dass er laut ärztlicher Verordnung nicht mehr mit dem Boot rausfahren durfte. Onkel Wassja versuchte ihm gut zuzureden: Kaum einer macht heutzutage einen guten Fang. So viel Raubfischerei, so viel Umweltverschmutzung. Sei froh, dass du das nicht mehr erleben musst, Deda.

Meine Brüder erzählten wieder, wie Kostja mal vom Baum gefallen war. Es waren sicher vier Meter, sagte Fedja. Fünf, sagte Mischa. Sechs, sagte Grischa. Er hat nicht mal mit der Wimper gezuckt, sagte Fedja. Nur ein paarmal geblinzelt, sagte Mischa. Sein Gesicht war ganz ruhig, sagte Fedja. Nur ein bisschen überrascht, sagte Mischa. Dann stand er einfach auf, als hätte er nur kurz das Gleichgewicht verloren, sagte Fedja. Wie lässig er sich den Dreck von der Kleidung geklopft hat, sagte Mischa. Von seinem Haaransatz lief ein Tropfen Blut runter, sagte Fedja. Jeder normale Mensch hätte beim Fall die Arme vors Gesicht gehalten, sagte Mischa. Aber nicht Kostja, sagte Grischa. Stand einfach auf, als wäre er nicht gerade vier Meter mit dem Kopf voran vom Baum gefallen, sagte Fedja. Fünf, sagte Mischa. Sechs, sagte Grischa.

Wika lauschte gebannt allen Geschichten und fütterte die Erzählenden gelegentlich mit Und-dann?s und Ach-ja?s.

Onkel Wassja grinste. Kostja hatte schon immer einen harten Schädel, sagte er stolz. Unser eigener Ilja Muromez.

Er hatte es nicht leicht, sagte Deduschka plötzlich. Er sprach langsam, zu langsam für die angetrunkene Meute, die direkt dazwischenfiel: Er hatte doch ein schönes Leben, sagten sie. Aber Deduschka war nicht fertig.

In seinem Zustand war es ein Geschenk, brachte er mit viel Anstrengung heraus, dass er so lange durchgehalten hat.

Die anderen hatten keine Geduld, dem Murmeln des alten Mannes zu folgen. Ja, ja, hast ja recht, sagten sie, die Jahre mit Kostja waren ein Geschenk, pflichteten sie ihm bei, nur um sich wieder ihren eigenen Themen zu widmen.

Was für ein Zustand, fragte ich Deduschka.

Er sah mich nur an.

Sein Zustand, versuchte ich es lauter. Du sagst es so, als wäre er krank gewesen.

Was er nicht alles gehabt hat, sagte Deduschka. Jede Schramme, jeder blaue Fleck hätte ihn ins Krankenhaus bringen können. Dabei hat er sich keinen einzigen Tag krank gefühlt. Er hatte keine Kopfschmerzen, keinen Muskelkater. Wenn ihm die Nase lief, war ihm der Rotz lästig, wenn das Knie blutete, bekam er es nicht einmal mit. Man musste mit dem Finger drauf zeigen, man musste ihn schimpfen, dass er langsamer machte.

Mir fiel ein, dass er als Kind eine schwere Ohrenentzündung gehabt hatte. Beim Schwimmen war Wasser in den Gehörgang eingedrungen, und Bakterien hatten sich ausgebreitet. Bemerkt haben es alle erst, als Flüssigkeit aus dem Ohr austrat. Der Arzt stellte hohes Fieber fest und sagte, er habe noch nie ein so tapferes Kind gesehen. Das Ohr musste tagelang wehgetan haben, aber Kostja hatte alles stillschweigend ertragen.

Aber was für ein Zustand denn?, versuchte ich es wieder.

Deduschka sah mich verständnislos an.

Er wusste es nicht, sagte er mit fester Stimme.

Was wusste er nicht?

Deduschka stocherte mit der Gabel in seinem kalt gewordenen Kartoffelpüree herum und schwieg.

Als der Präsident im Fernsehen sprach, waren Vater und Onkel Wassja bereits ganz rot im Gesicht vom Trinken und Tanzen. Sie hatten den Arm auf der Schulter des anderen liegen und sagten Sachen wie: Eigentlich ist nur Napoleon schuld, vor ihm gab es keine Steuern.

Mutter und Tante Katjuscha unterhielten sich über wichtige Anschaffungen im neuen Jahr. Mutter wollte ein neues Auto. Tante Katjuscha ein Baby. Deduschka war im Sessel eingeschlafen. Babuschka kochte Tee und bereitete den Nachtisch vor. Wika hatte angeboten zu helfen, aber Babuschka sprach sich vehement dagegen aus, Gäste arbeiten zu lassen. Also setzte sie sich zu mir und meinen Brüdern auf den Teppich.

Wir spielten Durak, und ich hielt nur Trümpfe in der Hand. Mischa und Fedja stritten darüber, in welchen Klub sie gehen. Mischa wollte in den angesagtesten der Stadt, Fedja wollte nicht Schlange stehen. Wika fragte plötzlich, was ich machen wollte. Als hätte ich etwas zu sagen. Als hätten mich meine Brüder nicht vor Ewigkeiten aus ihren Freizeitaktivitäten ausgeschlossen. Als hätte ich nicht die ganzen letzten Jahre mit Babuschka das verklingende Feuerwerk vom Balkon aus gesehen und wäre dann ins Bett gegangen.

Ich wollte erwidern, dass mir tausend andere Dinge einfielen, die ich lieber täte, aber dann fiel mir der Mann unten vor dem Haus ein, und ich wurde von einem Drang überwältigt, mitzukommen.

Grischa nutzte die Stille, um einzuwerfen, ein Schulfreund von ihm sei Einlasser vom Begemot.

Sag das doch gleich, rief Fedja erfreut und klatschte in die Hände.

Die Zeit, die Zeit, rief Babuschka plötzlich und löste ein wüstes Durcheinander aus. Im Fernsehen wurde bereits heruntergezählt und Mutter sprang auf, um die langstieligen Gläser aus der Vitrine zu holen. Vater sprintete zum Kühlschrank für die Flasche Sekt, aber sein Fuß verfing sich in der Teppichkante, und er stürzte mit dem Kopf voran in die Eingangstür. Onkel Wassja warf seinen dicken Schädel zurück vor Lachen und schlug dabei selbst gegen die Wand, und mit dem Rumps kam das gerahmte Bild von Kostja runter. Ich war am nächsten und mit einem Sprung nach vorne bekam ich den Rahmen zu fassen, bevor er hinter die Couch fallen konnte, aber mein Fuß landete dabei in Onkel Wassjas Heiligtum und ein Schrei entwich ihm, der auch einem großen Tier hätte gehören können, das dabei war zu krepieren. Draußen gingen die Raketen.

Wika hakte sich bei mir unter.

Kalt, sagte sie, und: Brrr.

Meine Brüder gingen voran. Mischa überlegte laut, Iwan abzuholen. Aber Fedja meinte, er würde den Abend mit seiner Mutter verbringen, wo er sie so lange nicht mehr gesehen habe, und ich war beruhigt.

Grischa war der Held des Abends. Wir konnten einfach an der Menschenschlange vorbeigehen. Sein Kumpel zwinkerte vielsagend, als er uns die schwere Eisentür aufhielt.

Drinnen war alles so, wie ich es mir vorgestellt hatte: laut und stickig und voller Betrunkener, die in mir Ekel auslösten. Fedja fand uns einen Tisch mit zu wenig Stühlen, und wir legten unsere Jacken und Mäntel auf einen großen Haufen, bevor sich alle verstreuten. Der eine auf die Toilette, der andere an die Bar, Wika wollte tanzen, und obwohl ich mich wehrte, zog sie mich mit. Ich war überrascht, wie viel Kraft sie hatte.

Die letzten Trinksprüche im warmen Wohnzimmer hatten ihre Heiterkeit gesteigert. Ihre Augen schienen sich auf keinen Punkt fokussieren zu können, und sie lachte bei jeder Kleinigkeit.

Der Bass ließ meinen Kopf pulsieren. Die Musik gefiel mir nicht. Ich wusste nicht, was ich mit meinen Beinen und Armen tun sollte. Also versuchte ich, in der Masse schwellender Körper unterzugehen, während Wika ausholende Schritte und fließende Armbewegungen vollführte. Sie stolperte ein paarmal, aber die Menschenwände fingen sie wieder auf. Irgendein Typ schob sich zwischen uns. Sein schwitzender Nacken tanzte sie an, und sie ließ es geschehen. Ihre Ausgelassenheit machte mich nüchtern.

Wo ist Wika?, wollte Mischa wissen, als ich alleine an unseren Tisch zurückkam. Ich zeigte zur Tanzfläche. Er nahm einen großen Schluck von seinem Bier und ging. Ich nahm seinen Platz ein.

Fedja und Grischa beobachteten die Leute, und ich tat es ihnen gleich. Es war eh zu laut, um sich zu unterhalten. Die Eiswürfel in meinem Cocktail waren fast geschmolzen. Ich trank aus dem Strohhalm, aber was in meinem Magen landete, war wässrige Bitterkeit.

Ich will nach Hause, sagte ich, aber niemand verstand mich, also schrie ich es heraus. Fedja rief etwas zurück und stand auf.

Wohin will er?, fragte ich Grischa, und er bestätigte meine leise Ahnung: Er holt dir einen Whisky.

Ich will aber keinen Whisky, rief ich zurück, ich will nach Hause.

Grischa zuckte mit den Schultern und schüttelte den Kopf, wie um zu sagen, dass ich jetzt eh nicht gegen Fedja ankäme.

Plötzlich dürstete ich danach, mich mitzuteilen: Ich glaube, ich habe Kostja gesehen.

Grischa machte ein verwirrtes Gesicht.

Was?

Er zog dabei seine Augenbrauen zusammen, und ich erschrak über die Ähnlichkeit, die er auf einmal mit seinem verschwundenen Bruder hatte. Die Musik war zu laut. Er hatte mich nicht verstanden.

Egal, sagte ich, als ich Mischas Freundin sah, die auf unseren Tisch zusteuerte.

Was?

Egal!

Sie ließ sich mit ihrem ganzen Gewicht auf mich fallen, und die klebrige Hitze machte es mir schwer, sie anzusehen. Sie fächelte sich mit der flachen Hand Luft zu und bat Grischa, ihr Wasser zu bringen. Bevor ich erwidern konnte, sie könne sich selbst ihr Wasser … war Grischa schon aufgesprungen.

Erzähl mir von deinen Brüdern, forderte sie mich auf, und setzte nach: Auf was für Frauen steht Fedja?

Fedja steht nicht auf Frauen, erwiderte ich.

Hä?

Die Musik hatte meine Antwort übertönt.

Bist du nicht mit Mischa zusammen?, schrie ich.

Sie fing an zu lachen. Hast du das gedacht?

Jeder denkt das.

Mischa ist nur ein Freund.

Weiß Mischa das?

Hä?

Ist das Mischa auch klar?

Wie süß du bist, sagte sie.

Die rote Bluse war ihr über die linke Schulter gerutscht und zeigte den Träger ihres *BH*s. Sie sah mich mit einem Gesichtsausdruck an, der nahezu dazu verführt hätte, ihn mit einer Faust zu zerstören.

Auf der Tanzfläche kam es zu einem Tumult. Durch die lärmende Wand des elektronischen Gebräus drangen tiefe Rufe zu uns, ein abgehackter Schrei. Der Rhythmus der tanzenden Körper änderte sich. Sie stoben auseinander. Manche sahen genervt, andere verschreckt aus.

Mischa, fuhr es mir durch den Kopf, und ich sprang auf, aber da kam er auch schon angelaufen. Seine Lippe war aufgeplatzt.

Raus hier, sagte er.

Fedja und Grischa kamen gerade von der Bar zurück und verstanden sofort. Während Grischa in Eile unsere Sachen aufsammelte, kippte Fedja noch schnell meinen Whisky runter. Hinter ihnen kamen Sicherheitsleute angerannt, um unter dem Discoball aufzuräumen.

Ich sah mehrere Gestalten einander demolieren, eine rote Faust, eine blaue Fratze. Die bunten Scheinwerfer rotierten teilnahmslos weiter. Ein Lichtstrahl glitt über einen Mann hinweg, der an der Wand angelehnt saß. Mit dem rechten Arm hielt er sich den Bauch, der linke Arm stand verdreht vom Körper ab, in der offenen Handfläche sammelte sich Blut.

Er sah mich an und öffnete seine Lippen. Ich hörte meinen Namen.

Jemand zerrte an meinem Pulli, der Kragen schnitt in meinen Hals. Ohne dem etwas entgegensetzen zu können, wurde ich durch die Menschentraube gezogen, bekam einen Ellenbogen in die Rippen. Vor mir hetzende Hinterköpfe und die geballte Hand, die meinen Pulloverärmel ausleierte. Weiße Knöchel und hervortretende Adern, eine Hand wie jede andere, und doch konnte sie nur einem gehören.

Kostja, rief ich, Kostja! Kostja! Das tut weh!

Er drehte sich um, ließ meinen Ärmel los und griff nach meiner Hand. Wir preschten durch die offenen Brandschutztüren in die Kälte.

Im Freien rauschten Wellen in meinen Ohren. Wie gelähmt stand ich neben meinem Bruder und konnte meine Augen nicht von ihm lassen. Von seinen breiten Schultern, die mir so vertraut die Sicht versperrten. Von seinen buschigen schwarzen Augenbrauen, an denen die Schlupflider schwer trugen, die abfallenden Augen darunter sahen sich alarmiert um – versuchte er die anderen in der Menge auszumachen? Er schien sich länger nicht rasiert zu haben, seine Bartstoppeln wuchsen kreuz und quer über dem spitzen Amorbogen seiner Oberlippe. Sein Mund stand leicht offen, stieß Atemwolken in die Nacht. Er atmete, er lebte.

Ist dir nicht kalt?, fragte er. Bevor ich etwas erwidern konnte, zog er seine Jacke aus und legte sie mir um die Schultern.

Unter dem Gewicht der schweren Lederjacke knickte ich fast ein. Sie war mir so fremd wie der graue Pulli mit Zopfmuster, den er darunter trug.

Warte hier auf die anderen, sagte er.

Ich machte einen Satz nach vorne und schnappte mit beiden Händen nach seinem Arm. Mein Herz schlug heftig, die pure Angst, ihn wieder zu verlieren, hielt meinen Magen im Würgegriff.

Mach dir keine Sorgen, er lächelte und sah mich dabei das erste Mal richtig an. Ich finde dich.

Er verschwand im Inneren des Gebäudes. Ich überlegte eine Sekunde zu lange, denn als ich ihm folgen wollte, versperrten Sicherheitsleute den Weg. Geh nach Hause, Mädchen, sagten sie, die Party ist vorbei.

Links und rechts fluchten und rauchten die Herumstehenden. Ich lief zwischen ihnen umher, Mischa und die anderen waren nirgendwo zu sehen. Mehrere Autos wurden aufgeschlossen, sie blinkten mit ihren Standlichtern auf, fuhren mit quietschenden Reifen davon. Wir waren über den Notausgang auf die Parkplatzseite gelangt. Ein kalter Wind traf mich im Rücken, ich hatte Kostjas Jacke verloren. In der Ferne hörte ich Sirenen näher kommen.

6

In der Nacht lag ich noch lange wach, mit Bauchschmerzen und rasenden Gedanken. Wenn ich es
schaffte, einzuschlafen, sah ich Kostja in meinen Träumen. Bunte Lichter kreisten um ihn herum. Er öffnete
den Mund, sagte etwas, aber die Musik war zu laut
und er zu weit weg. Ich wollte zu ihm gehen, aber der
Boden war klebrig, machte es mir unmöglich, mich
vorwärts zu bewegen. Als ich zu meinen Füßen sah,
fand ich mich in einer schwarzen Blutlache stehen.
Sie verschluckte mich, und ich schreckte hoch, nass-
geschwitzt und mit flatterndem Herzen.

Zum Mittag taumelten meine Brüder zum späten
Katerfrühstück in die Wohnung. Mischa mit dicker
Lippe, Fedja ganz grün im Gesicht und Grischa mit
Augenlidern auf halbmast. Sie traten mit einer Selbst-
verständlichkeit ein, als wären wir verabredet gewesen. Dabei war es so lange her, dass ich mit ihnen allein war. Wir sahen uns immer nur bei Familienessen,
und ich konnte mich nicht erinnern, wann ich das

letzte Mal nur mit ihnen etwas unternommen hätte. Ich kam mir ganz deplatziert vor.

Babuschka und Deduschka sind nicht da, informierte ich sie steif.

Mischa überging gekonnt meine Feindseligkeit: Bist du froh, dass deine Brüderchen dir Gesellschaft leisten? Er kniff mich in die Wange, ich schlug genervt seine Hand weg, und für einen Augenblick war alles wieder an seinem Platz.

Obwohl es schon nach zwölf war, hatte der Himmel nicht vor, seine Vorhänge zu öffnen. Ich hatte den ganzen Morgen unruhig im Halbdunkeln gelegen, aber nun knipsten meine Brüder überall Licht an, bedienten sich an den üppigen Überresten des Silvesterfestmahls und holten mich aus meiner Höhle in ihr lautes Treiben.

Was du noch alles verpasst hast, holte Mischa aus.

Den Höhepunkt habe ich ja mitbekommen, erwiderte ich und zeigte auf seine angeschwollene Lippe.

Ach, der Mückenstich, sagte er großspurig, führte dabei den Löffel zu hastig an den Mund und verzog das Gesicht vor Schmerz.

Wir spülten die kalten Speisen mit heißem Kompott hinunter. Sie hatten ihren Lieblingsfilm auf *VHS* mitgebracht: Bruder. Grischa schob die Kassette in den eingestaubten Videorekorder und schaltete den Fernseher an.

Wie ein postsowjetischer Robin Hood streift Danila nach seinem Militärdienst durch St. Petersburg, auf der Suche nach seinem Bruder. Er hilft einem Kontrolleur, der sich nicht gegen zwei Typen ohne Fahrschein durchsetzen kann. Er rettet einen alten Mann, den ein Geldeintreiber auf dem Markt bedrängt.

Die Stadt ist eine schreckliche Gewalt, sagt der alte Mann, der Russlanddeutsche, den Danila fortan Njemez nennt. Und je größer sie ist, desto stärker ist sie. Sie zieht dich hinein. Nur die Stärksten können sich herauswinden.

Früher hielt mir Kostja bei der einen Szene die Augen zu, in der die Männer über Danilas Geliebte Sweta herfallen. Die anderen Gewaltszenen durfte ich alle sehen.

Meine Brüder holten Decken und Kissen aus den Schlafzimmern und breiteten sich auf der Couch und dem Teppich aus. Fedja musste nur einmal nachkotzen. Dann legte er sein bleiches Gesicht auf die Sofalehne und schlief in Embryonalstellung ein. Genau dann, als Danila die Wohnung seines Bruders betrat und von ihm mit einer Pistole begrüßt wurde.

Ich hatte die andere Lehne als Kopfkissen okkupiert und meine Beine auf Fedja abgelegt, aber das störte ihn wenig. Nicht einmal die Verfolgungsjagd mit Pistolenschüssen oder Mischa und Grischa, die fast alle Dialoge mitsprechen konnten, vermochten ihn zu wecken. Erst als Danilas Bruder Viktor weinend und zitternd in seinen Armen lag, schlug Fedja die Augen auf und hatte wieder Appetit. Er holte den Napoleon vom Balkon und vier Gabeln aus der Küche und wir aßen die Reste der Torte direkt von der Kuchenplatte.

Alles, was es über Geld zu wissen gibt, hat mir dieser Film beigebracht, sagte Mischa mit vollem Mund und sah dabei so ernst aus wie Kostja, wenn er mich etwas lehren wollte: mit erhobenem Zeigefinger. Nimm nie das Geld eines anderen. Wenn jemand Schulden bei dir hat, vergiss sie. Wenn du einen Obdachlosen auf der Straße siehst, gib ihm einen großen Schein.

Fedja schnaubte: Deshalb werden deine Taschen immer leer bleiben, Misch.

Meine Brüder brauchten nur ein paar Stunden, um die Wohnung ins Chaos zur stürzen. Dreckige Teller in der Spüle und klebrige Gläser auf Beistelltischen, auf links gedrehte Pullover über Lehnen und zerknautschte Schweißsocken in allen Ecken. Sie rülpsten und furzten, und das Bad konnte niemand mehr mit einem Geruchssinn betreten.

Ich hätte mich darüber ärgern können, wie Mutter und Babuschka das immer taten, aber mich erfüllte ihre Unordnung mit einer inneren Ruhe, auf die ich mich bettete wie auf zwanzig Matratzen und zwanzig Daunendecken. Das einzige Problem war die Erbse, ein Stich in die Seite, der mich nicht vergessen ließ, dass der Augenblick nur eine unvollständige Kopie einer Erinnerung war und die Geborgenheit eine Illusion.

Mit jedem Tag, an dem Kostja verschwunden blieb, wurde ich nervöser. Ich schlief schlecht, war schreckhaft und gereizt. Jeden Augenblick rechnete ich damit, dass er hinter einer Tür oder Abzweigung auftauchte. Wenn das Telefon klingelte, machte mein Herz einen Sprung. Nur schwer konnte ich mich in den Neujahrsferien auf den Lehrstoff konzentrieren, ich klappte meine Bücher nicht einmal mehr auf, saß stundenlang am Fenster, trank Tee und überwachte angestrengt, was im Hof vor sich ging. Wenn ich die Warterei in der Wohnung nicht aushielt, lief ich durch die frostige Stadt. Ich klapperte Geschäfte und Bars ab, Seitengässchen und Parkplätze. Ich presste meine Nase an Schaufenster und reckte meinen Hals im Gewühl. Wo war er? Was machte er? Warum ließ er mich warten?

Gerade hatte man noch das Alte neue Jahr begrüßt, schon verschmolzen die Tage wie gewohnt zu einem sehr langen Nachmittag. Alles war beim Alten, und nichts war richtig neu. Von einem auf den anderen Tag überrollte mich die Uni. Ich war unter dem Lehrplan begraben, musste mich mühsam nach oben kämpfen, mein Arbeitspensum wieder aufnehmen. Bis in die Nacht hing ich über dicken Lehrbüchern und schrieb Zusammenfassungen, versuchte mir Vorlesungsfolien mit kontextlosen Diagrammen und Kurven selbst zu erklären. Ich trotzte der Fülle an Lektionen und Arbeitsblättern ebenso wie der ewigen Kälte draußen. Mit derselben Beharrlichkeit, mit der ich auf Kostja wartete.

Zumindest sollte sie sich in der ersten Anatomiestunde des neuen Jahres auszahlen.

Im Leichenschauhaus nutzten wir einen Raum mit
alter Raufasertapete und schwer verstaubten gelben
Vorhängen über kleinen Fenstern. Auf den Tischen
lagen präparierte Knochen, Gelenke, Gehirnhälften
und Organe zwischen aufgeschlagenen Büchern. In
der Mitte lag eine Leiche, die alle Mumie nannten,
bereits geschält, zur Visualisierung von Muskeln,
Nerven, Gefäßen. Sie war alt und vertrocknet und
hatte mehr Gemeinsamkeit mit geräuchertem
Fleisch.

Professor Persikow leitete den Unterricht. So wurde
er nur hinter seinem Rücken genannt. Irgendjemand
hatte mal den Witz gebracht, dass er in einem Experi-
ment Bulgakows roten Strahl aus Versehen auf sich
selbst gerichtet hatte. Der Scherz passte zu gut auf
den Hundertkilomann, dessen Bauch immer zuerst
den Raum betrat. Professor Persikow musste über seinen Kosenamen Bescheid wissen, denn er brachte immer so eine miese Stimmung mit, als wollte er uns die
Häme heimzahlen.

Zu Anfang jeder Stunde mussten für gewöhnlich
alle nacheinander nach vorne treten und an der Mumie die gelernten Lektionen wiederholen. Erläutern
Sie die Blutversorgung des Magens und zeigen Sie
diese anhand des Körpers. Was ist das für ein Nerv,
und was würde passieren, wenn er an dieser Stelle
zerstört würde?

Egal, wie viele richtige Antworten er bekam, Professor Persikow fragte so lange weiter, bis die Nervosität den Blackout erreichte. Das gab ihm genug Grund, uns dafür runterzumachen. Das einzig Tröstliche war, dass Professor Persikow alle gleich behandelte.

Wie schwer kann das sein? Wir haben das doch schon tausendmal wiederholt ... Ich sehe schwarz für Ihre Zukunft in der Medizin ... Für Leute wie Sie müsste das Bildungsministerium eine schlechtere Note einführen ...

Anzhelika sah so mitgenommen aus, dass sie mir fast leidtat. Als sie wieder an ihren Platz durfte, sah ich, wie Natascha unter dem Tisch aufmunternd ihre Hand drückte. Aljona, die neben ihnen saß, bemerkte meinen Blick.

Professor Persikow machte sich Notizen, aber wie immer schien es mir, dass er die langen Pausen dafür nutzte, mehr Angst zu schüren. Es funktionierte. Meine Bauchschmerzen wurden schlimmer. Ich war dran.

Beschreiben Sie den Aufbau des Penis. Gehen Sie dabei bitte auf den Ablauf der Erektion ein.

Er war anscheinend noch schlechter gelaunt als sonst.

Zögerlich begann ich meine freie Rede. Es kostete mich bereits Überwindung, Wörter wie *Schwellkörper* und *Schaft* auszusprechen. Während ich meinen Vortrag hielt, unterbrach mich Professor Persikow mehrere Male.

Und wofür dient die Harnröhre? Was passiert vor der Ejakulation? Gehen Sie bitte auch auf die fünf Phasen sexueller Erregung ein.

Normalerweise verhaspelte ich mich schnell, wenn Professor Persikow dazwischenredete, und nicht selten stand ich gelähmt vor ihm und konnte nichts mehr sagen. Aber an diesem Tag wusste ich alle Antworten.

Erst am Abend zuvor hatte ich mich in die weiblichen und männlichen Geschlechtsorgane eingelesen. Ich war fasziniert davon, wie das, was nach außen hin so unterschiedlich aussah, sich im inneren Aufbau so ähnlich war.

Mit jeder richtigen Antwort stieg mein Selbstvertrauen. Ich hatte ein Hoch, aber dann schnitt mir Professor Persikow wieder das Wort ab: Gut, Sie können sich setzen.

Hatte ich mich verhört? Ich sah zu den anderen, die irritierte Blicke wechselten. Vielleicht war Professor Persikow müde geworden. Aber dass er so etwas wie ein Kompliment aussprechen würde, hätte ich nicht für möglich gehalten.

Die anderen sahen mich komisch an. Erst am Tisch fiel mir auf, dass ich lächelte.

In der Freistunde fand ich meinen Weg in die warmen Schlupfwinkel der Bibliothek. Alle Tische waren besetzt. Zuspätkommer hatten ihre Basis auf zweitbesten Plätzen auf dem Teppichboden mit dem Rücken zur Heizung errichtet. Der Bereich der Mediziner war überfüllt und roch nach Desinfektionsmittel.

Über die Treppe kam ich in die zweite Etage. Die Regale für Kunstgeschichte standen in kurzen Reihen in einem verborgenen Winkel hinter einer Säule. Hier gab es keine Schreibtische, aber die Fensterbank war breit genug, um im Schneidersitz darauf zu sitzen und die Birken im Hof zu beobachten. Schnee und Eiszapfen wogen schwer an ihren kargen Ästen. Die Kälte von draußen zog durchs Glas, als wäre die beschlagene Fensterfront eine hauchdünne Membran. Ich ließ meine Winterjacke an. Schinken über die allgemeine und medizinische Psychologie lagen vor mir, aber aus einem Impuls heraus nahm ich einen Kunstband aus dem Regal: Drucke von Ilja Repin.

Ich blätterte vorbei an einem Ungetüm aus Soldaten, Kosaken, Treidlern und einfachen Leuten, bis sich mein Blick auf eines seiner bekanntesten Werke legte: Не ждали. Unerwartete Rückkehr.

Die Mutter in schwarzer Trauerkleidung, ihre schwächelnde Hand am Sessel stützt sie nur unzureichend, die Mägde starren, wie es ihnen damals sicher nicht zustand, im Gesicht des kleinen Sohnes zeigt sich Freude, die Tochter sieht misstrauisch aus. Der Zurückgekehrte dunkel gegen das Licht, fast bedrohlich, angespannt und gleichzeitig wie selbst überrascht, dass er wieder vor ihnen steht. Was auch immer ihm zugestoßen ist, er würde es nicht erzählen.

Gutes Versteck, hörte ich und sah auf.

Michail stand vor mir. Er grinste, als hätte er mich beim Umziehen erwischt.

Ist der Intensivkurs zu Suchtmitteln schon vorbei?, fragte ich spitz.

Sein Lachen klang wie ein Hecheln.

Michail wiederholte das zweite Jahr, weil er sich das letzte auf Pillen und Partys konzentriert hatte. Um davon abzulenken, gab er mit seinem minimalen Wissensvorsprung an und spielte sich als großer Bruder des Jahrgangs auf. Bei mehreren Gelegenheiten hatte er mich auf ein Bier nach Seminarschluss eingeladen. Ich hatte den Fehler gemacht, im ersten Semester zwischen den Regalen für Ethik und Psychiatrie mit ihm zu knutschen. Seitdem bemühte ich mich, seine Annäherungsversuche abzuwehren.

Ich weiß nicht, wie du es geschafft hast, aber du hast den alten Persikow gezähmt, sagte er. Ich zuckte unbeeindruckt mit den Schultern und tat so, als würde ich eine Passage im Buch lesen.

Michail ließ nicht locker. Wir haben dich bei der Jahresabschlussfeier vermisst, sagte er und setzte sich ohne Aufforderung neben mich auf die Fensterbank. Selbst die Tutoren waren da. Du hast wirklich was verpasst.

Das höre ich in letzter Zeit oft, erwiderte ich monoton.

Michail hatte eine Neigung dazu, sein Gegenüber mit Blicken zu penetrieren. Es war mir so unangenehm, dass ich die meiste Zeit damit beschäftigt war, ihnen auszuweichen.

Sich so abzukapseln kann auf lange Zeit nicht gut gehen, predigte er plötzlich. Wenn du praktizieren möchtest, kommst du nicht daran vorbei, an deinen sozialen Fähigkeiten zu arbeiten. Schließlich willst du später, dass dir Patienten vertrauen.

Du solltest dir wirklich überlegen, in die Psychotherapie zu wechseln, sagte ich.

Warum verstehst du dich nicht mit Natascha und den anderen?

Er lehnte seinen Körper zur Seite und stupste mich mit der Schulter an. Mich überkam ein Ekelgefühl wie wenn dir jemand die Hand reicht, aber nicht zudrückt.

Wie kommst du darauf, dass wir uns nicht verstehen?, entgegnete ich.

Du gibst keinem eine Chance, schlussfolgerte er. Wenn wir uns nur ein bisschen besser kennenlernen würden, nur mal einen Tee zusammen trinken ...

Gut, unterbrach ich ihn und stand auf. Du kannst mir was am Automaten ausgeben, dann muss ich aber lernen. Es schien mir der einzige Weg zu sein, ihn loszuwerden.

Michail strahlte so sehr, dass ich mir gerne eine Röntgenschürze umgeworfen hätte.

Wir lehnten im Eingangsbereich an der vergilbten Wand neben den Automaten, und ich hatte absolut nichts zu sagen. Brauchte ich auch nicht. Michail unterhielt sich ausgezeichnet selbst.

Ich bin keiner dieser konkurrenzgetriebenen Professorenlieblinge, die prüfungsrelevante Infos für sich behalten und jede Chance nutzen, nach vorne zu preschen, erzählte er gerade. Die anderen sagen, ich bin altruistisch, aber ich bilde mir nichts drauf ein. Ich teile gerne und bisher haben sich für mich dadurch nur Türen geöffnet.

Er wackelte mit den Augenbrauen und fügte hinzu: Eine Hand wäscht die andere, wenn du verstehst.

Meine Zunge war pelzig von dem zu süßen Pulverkaffee und schwer vom Zuhören. Ungeduldig sah ich auf die Uhr, zählte die Sekunden, hoffte, dass er mit meinem kleinen Finger zufrieden war und mir nicht noch den ganzen Arm abverlangen würde. Am laufenden Band hob er die Hand zum Gruß, um zu signalisieren, dass er das ganze Unigelände kannte, und um sich wichtigtuerisch selbst zu unterbrechen: Wo war ich gerade? Ach ja.

Schließlich stellte sich Anton zu uns, ein Kommilitone, mit dem ich nie zuvor ein Wort gewechselt hatte. Sie sprachen miteinander, als wäre ich Luft, und je länger sie das taten, desto mehr wurde ich das. Jemand hätte beim Gestikulieren mit der Hand ausholen können, sie wäre einfach durch mich hindurchgegangen. Ich wollte weggehen, aber meine Beine bewegten sich nicht. Ich wollte sagen, dass ich losmüsse, aber meine Lippen blieben verschlossen. Ich steckte in flüssigem Sand fest, sank unweigerlich ein. Bald guckte nur noch mein Kopf heraus, aber niemand beachtete mich.

Wir sehen uns, sagte Michail plötzlich. Er verabschiedete sich nicht von Anton, sondern von mir. Die beiden ließen mich stehen.

Zurück im zweiten Stock erschrak ich über das Spiegelbild, das die Dunkelheit draußen kreierte. Mit den ungewaschenen Haaren und dem beigen Cardigan sah ich aus wie ein Geist, der nichts mit sich anzufangen weiß.

Sie waren zu dritt. Aljona gehörte jetzt auch zu ihnen. Sie standen vor der Bibliothek. Ihre Nasen waren spitz, ihre Wangen dick und ihre Münder launisch. Sie hatten gebürstete Haare und Pelzmäntel. Dagegen konnte Grischas braune Uniformjacke, die einmal Deduschka gehört hatte und nun mich wärmte, nicht verbergen, dass sie mir zwei Nummern zu groß war und zu oft geflickt wurde.

Mitkommen, sagte Natascha.

Dir muss mal jemand den Kopf waschen, sagte Anzhelika.

Von Angst gepackt, überlegte ich, was ich falsch gemacht hatte und was ich sagen, was ich tun könnte, um der Situation zu entkommen. Was hätte sie zufriedengestellt? Wenn ich auf die Knie gefallen und mich entschuldigt hätte? Wofür überhaupt?

Einige vorbeigehende Studenten sahen sich nach uns um. Da fiel mein Blick auf Kostja. Er lehnte unten am Treppengeländer, als hätten wir uns verabredet. Meine Freude hielt sich in Grenzen, als ich seinen angesäuerten Gesichtsausdruck sah. Endlich zeigte er sich und dann ausgerechnet in einem Moment der Schmach. Er schüttelte den Kopf, wie um zu sagen: Was hast du schon wieder angerichtet? Eine alte Wut brodelte in mir, und ich ließ mich von ihr mitreißen.

Wenn das so ist, bringen wir es hinter uns, erwiderte ich angriffslustig und kam die Treppen herunter. Ich habe noch eine Verabredung.

Hast du keinen Anstand?, tat Natascha empört. Dir reicht es wohl nicht, einem vergebenen Mann hinterherzulaufen, du lässt noch einen anderen auf dich warten.

Aljona stand in ihrem Schatten. Eine vage Erinnerung von ihr an Michails Arm flammte auf, und ich begann eins und eins zusammenzuzählen. Ich war ein einfacheres Ziel als der Goldjunge und er nur ein Vorwand, um ihren ganzen Frust an mir abzuladen.

Wie es aussieht, habt ihr eure eigene Wahrheit, an der ihr festhalten wollt, stand für mich fest. Was soll es für einen Sinn machen, etwas Gegenteiliges zu behaupten?

Natascha trat einen schnellen Schritt auf mich zu und packte mich an den Haaren. Ich spürte einen heftigen Ruck am Hinterkopf, meine Tasche fiel zu Boden, und dann sah ich Himmel, schmutzig und trostlos.

Was bildest du dir ein?, rief sie. Suchst du Streit? Bist du wahnsinnig?

Die Ironie ihrer Worte brachte mich zum Lachen. Eine ungeübte Handfläche schnellte nach vorne, auf den ersten Schlag aus. Mein Arm legte sich schützend vors Gesicht. Mein Lachen musste sie mehr beleidigt haben als meine Existenz.

Sie zögerte, für einen weiteren Versuch auszuholen, da packte ich sie an der Kehle. Nataschas Griff unnachgiebig an meinen Haarwurzeln, ich an ihrer Halsschlagader, drückte ich zu. Ihre Stimme vibrierte in meiner Hand, als sie fluchte.

Die anderen sahen nur zu.

Wir ließen voneinander, als eine grobe Männerstimme laut wurde. Da kommt also endlich mein großer Bruder, um aufzuräumen, dachte ich. Stattdessen tauchte Iwan an meiner Seite auf und machte einen Riesenaufstand.

Nur Deppen fangen einen Streit an, den sie nicht gewinnen können, schimpfte er mit mir.

Das hört sich an, als kennt sich jemand aus, erwiderte ich.

Was für ein hübsches Paar, stichelte Natascha. Den hat sie auch schon an der Leine.

Sie zieht ja nicht mal bei Professoren eine Grenze, fügte Anzhelika hinzu.

Ich musste an ihren Gesichtsausdruck denken, als ich bei Professor Persikow davongekommen war.

Fragt sich nur, wann er erkennt, was für ein Auslaufmodell sie ist, sprach sie weiter.

Habt ihr nichts Besseres zu tun, als eure Fingernägel an ihrem Betonkopf abzubrechen?, war Iwans unbeholfene Verteidigung.

Was geht dich das an?, bekam er zu hören. Sie schubsten ihn. Wag es ja nicht, uns anzufassen!

Als ob ich das nötig hab, spuckte er zurück. Da würde ich mir lieber die Hand abhacken.

Überflüssig zu erwähnen, dass er damit nur noch mehr Öl ins Feuer goss. Sie bildeten einen Kreis um ihn, von einem auf den anderen Augenblick wurde ich unwichtig.

Da hörte ich Iwan großspurig rufen: Frauen, die sich schlagen, haben keine Klasse.

Jemand anderes wäre vielleicht dankbar gewesen, ich war außer mir. Ich sah mich in ihren Kreis einfallen und mit aller Kraft gegen sein Schienbein treten. Iwan heulte auf und sank zu Boden. Die anderen wurden still.

Misch dich nicht in meine Angelegenheiten ein, fauchte ich.

Iwan sah mit heruntergeklappter Kinnlade zu mir auf, und meine Wut klang augenblicklich ab, verpuffte zwischen roten Köpfen und warmer Luft, die aufgeregt aus kalten Nasen gestoßen wurde.

Um uns herum hatte sich eine Traube aus Studierenden und Passanten gebildet. Ich hob meine Tasche vom Boden auf. Als ich mich aufrichtete, traf mich Kostjas Blick.

Im Winter war es leicht, den See zu ignorieren. Es war zu kalt und ungemütlich in seiner Nähe. Im Sommer grenzte es an eine Unmöglichkeit. Alle Straßen fielen zu ihm ab, alle Wege führten am Blau vorbei. Willst du nicht schwimmen gehen, fragte Babuschka, wenn es unter dem Dach der Datscha unerträglich heiß wurde. Keine Lust, erwiderte ich immer. Seit dem Sommer, in dem Kostja verschwand, war ich nicht mehr zum See gelaufen, und jetzt führte mein Bruder mich geradewegs hin.

Ich folgte ihm über den Lenin-Prospekt. Je näher wir dem Wasser kamen, desto nervöser wurde ich. Als wartete am Ende der Straße seine Strafpredigt. Erst als es nicht mehr weiterging, blieben wir stehen, zwischen zwei gusseisernen Kanonen, die ihren Lauf auf das dunkle Gewässer richteten.

Ein unmenschlicher Wind trug schwarze Wellen an die Promenade. Er rauschte mit einer Gewalt durch mich hindurch, dass mir meine Kleidung wie ein Sieb vorkam. Noch nie hatte ich solch forsche Kälte gespürt. Eine Kälte, bei der ich mich nackt fühlte. Eine Kälte, die ich glaubte, anfassen zu können. Jedes Mal, wenn die Wellen an der dicken Eisschicht brachen, die am Promenadenufer gewachsen war, trafen mich feine Tropfen im Gesicht. Ich sah Kostja von der Seite an. Der Wind schlug seine Haare zurück und zeigte die kleine Narbe am Haaransatz, die sich wie ein weißer Angelhaken bog – von der Platzwunde, die er sich zugezogen hatte, als er als Kind vom Baum gefallen war. Er trug eine kurze Arbeiterjacke aus Kord. Die Kleidung hing an ihm wie an einem Kleiderbügel, seine Schultern wirkten schmaler, überhaupt sah er aus, als hätte er an Substanz verloren. Seine Hände waren ganz rot vor Kälte.

An der Stelle, an der sich die Wut gelegt hatte, wuchs Scham. Endlich hatte ich mich gewehrt, aber ich fühlte mich nicht besser. Dann sollte Kostja halt denken, dass ich unreif war und Probleme machte. Das war mir lieber, als ihm die erbärmliche, kleinlaute Seite von mir zu zeigen, die sich alles gefallen ließ.

Verkrampft suchte ich nach Worten, die Situation herunterzuspielen: Natascha hat Talent, die Verspannung ist fast weg. Ich dehnte demonstrativ meinen Nacken.

Kostja hob eine Augenbraue, er kaufte es mir nicht ab.

Das Medizinstudium ist aufregender, als du denkst, versuchte ich es weiter. Mein gezwungenes Lächeln bat ihn mitzuspielen, mich zu erlösen.

Stattdessen wurde er ernst. Geht es dir gut?, fragte er und sah dabei aus, als wüsste er die Antwort längst.

Jetzt schon, sagte ich und musste grinsen, und plötzlich musste ich lachen, und dann kam ich aus dem Lachen gar nicht mehr heraus. Es kam aus meinem Körper, als schüttelte ihn jemand wie einen nassen Regenschirm. Ich presste meine Handflächen auf die Wangen. Meine Gesichtsmuskeln hörten nicht mehr auf mich.

Als ich mich halbwegs wieder beruhigt hatte, wollte ich nur eines wissen, aber meine Stimme brach weg, sodass meine Frage als Flehen herauskam: Wo warst du die ganze Zeit?

Kostja hatte diesen gespaltenen Gesichtsausdruck, wenn er seinen Mund zum Lächeln brachte, aber seine Augen ganz woanders waren.

Warte, warte, nicht alles auf einmal, du überschlägst dich noch, scherzte ich. Komm erst mal an. Zu Hause warst du noch nicht?

Er warf mir einen unsicheren Blick zu.

Natürlich nicht, sagte ich. Wenn dich Mutter erst in die Finger kriegt, lässt sie dich nie mehr vor die Tür.

Als wir Babuschkas und Deduschkas Wohnung betraten, fühlte ich mich fiebrig, aber vielleicht war es nur die trockene Heizungsluft, die auf meinen unterkühlten Körper traf. Die dunklen Räume lagen in Schweigen. Kostja blieb in der Diele stehen und sah sich um.

Sie besuchen Verwandte in der Wologda, erklärte ich.

Auf dem Herd stand die zugedeckte Pfanne mit den kalten Frikadellen vom Vortag. Ich tat sie auf zwei Teller und holte eingelegte Tomaten und Gurken aus dem Kühlschrank.

Im Sommer hatte ich Deduschka beim Konservieren geholfen. Wir hatten das reife Gemüse mit Blättern von der schwarzen Johannisbeere und einer Menge frischen Dill auf zehn Gläser verteilt. Deduschka maß mit dem Auge und den Fingern Salz, Zucker, Essigessenz und Meerrettich ab und sagte am Ende,

nächstes Jahr könne ich die Aufgabe allein übernehmen. Ein Unbehagen war in mir hochgestiegen, als
würde er damit seinen Fortgang ankündigen.

Wir setzten uns an den Küchentisch. Kostja schaute
zögerlich auf seine Portion.

Hast du ein Festmahl erwartet?, fragte ich.

Wir aßen mit Gabel und Fingern. Die Gabel hielt die
Frikadelle, die Finger eine knackige Gurke oder eine
saftige Tomate. Kostja kaute mechanisch, zunächst
auf der linken Seite, dann auf der rechten, schluckte
und nahm sich mehr. Mit jedem Bissen schien sein
Appetit zu wachsen.

Deduschka hatte einen Schlaganfall, erzählte ich.
Er ist in der Datscha umgefallen. Wir waren hier, hatten schon das Abendessen auf dem Tisch, und er war
noch immer nicht zurück. Babuschka rief bei Tante
Larissa an, sie solle nachsehen. Sie fand ihn auf dem
kalten Boden liegend, rief den Krankenwagen.

Du würdest ihn nicht wiedererkennen, sagte ich
noch.

Kostja machte große Augen.

Natürlich würdest du ihn wiedererkennen, berich-
tigte ich mich. Er sieht genauso aus wie früher, ein
paar Falten mehr, aber sonst alles an seinem Platz,
und dann vergisst man es leicht. Dass nicht alles an
seinem Platz ist, dass da ein Teil fehlt. Nur das meinte
ich.

Kostja sah mich lange an. Ob er erkannte, dass
auch bei mir nichts mehr an seinem Platz war?

Das Telefonklingeln ließ mich aufschrecken.

Während ich mit Babuschka sprach, beobachtete ich die ganze Zeit Kostja und fragte mich, was in ihm vorging. Er stellte die Teller in die Spüle, ließ Wasser ein und griff nach dem Schwamm. Er schrubbte die Teller so intensiv, als versuchte er, das blaue Dekor darauf auszuradieren.

Hörst du mich?, kam es aus dem Hörer. Du bist so abgelenkt. Alles in Ordnung?

Ja, Babuschka, ich bin nur müde, erwiderte ich, und es stimmte. Eine Erschöpfung befiel mich, als hätte ich seit Jahren alle Muskeln auf Spannung gehalten und könnte endlich loslassen.

Als ich auflegte, sah ich Kostja am Küchentisch sitzen. Sein Blick ging aus dem Fenster, aber es zeigte nur die trübe Reflektion eines Mannes, der höchstens Ähnlichkeiten mit meinem Bruder hatte. Der Kühlschrank begann unheilvoll zu brummen. Als er mich schließlich im Türrahmen bemerkte, brauchte er lange, um sein Gesicht aufzuräumen. Er hätte nicht weiter weg sein können. Er war zurück, aber in meinem Inneren fand ich noch das alte Loch klaffen.

Wir bezogen das Sofa. Ich spürte zunehmend, wie sich die unausgesprochenen Worte zwischen uns türmten, aber mehr als schöne Träume zu wünschen, brachte ich nicht heraus. Er wird schon irgendwann alles erzählen, dachte ich. Wir haben alle Zeit der Welt, versuchte ich mich zu beruhigen. Mein Herz pochte gegen das Ohr, auf dem ich lag, hielt mich noch stundenlang wach. Ich folgte den vorbeiziehenden Lichtstreifen an der Wand, wenn gelegentlich Autos vor dem Haus vorbeifuhren.

Grischas Kontrollgänge kamen mir in den Sinn. Als er nach Kostjas Verschwinden mitten in der Nacht von Zimmer zu Zimmer geschlichen war und bei jedem Atemzug der anderen selbst erleichtert aufatmete. Das war der Unterschied zwischen uns. Ich wäre nie im Leben aus dem Bett gestiegen und hätte nachgeguckt. Grischa war mutiger als ich.

Nach Ende des Unterrichts konnte ich mich kaum an den Stoff erinnern, und meine Notizen waren wirr und unlesbar. Alles erschien mir sinnlos. Die irreversiblen Stoffwechselwege in der Biochemie, die endlosen Rechnungswege in der Physiologie. Ich hatte Schwierigkeiten, zwischen fundamentalen Zusammenhängen und Nebensächlichkeiten zu unterscheiden, wusste nicht, was ich mir notieren, unterstreichen sollte, also notierte und unterstrich ich alles.

Am Morgen war ich mit einem Kratzen im Hals aufgewacht. Das Schlucken tat weh. Nach einer Tasse heißen Tees schien es besser zu gehen, aber dafür dröhnte mein Kopf. Als würde mich mein Körper dafür bestrafen, dass ich so zögerlich war. Die ganzen Fragen, die ich Kostja stellen wollte, aber mich nicht traute, verfaulten in mir, machten mich krank. Ein Teil von mir wollte die Uni schwänzen und sich an ihm festkrallen und nie wieder loslassen, ein anderer hatte so viel Angst davor, dabei ins Leere zu greifen, abgewiesen zu werden, dass ich ihm an der Tür nur eine Abschiedsformel zurief und ging.

Als ich aus dem Vorlesungssaal ins Leichenschauhaus wechselte, fiel mir auf, dass ich vergessen hatte, zu essen. Mein Magen knurrte. Ich fand ein Weichkaramell in der Tasche, trank viel Wasser und warf mir meinen Kittel über. Es war ungewöhnlich still. Natascha und Anzhelika fehlten. Michail und Aljona flüsterten miteinander.

Professor Persikow führte uns in den Sezierraum, einen kalten Kachelraum, der an eine leer geräumte Metzgerei erinnerte, in die jemand drei Tische aus Metall gestellt und eine geschäftige Lüftung installiert hatte. Wir umkreisten den noch in einer dünnen blauen Plastikplane und unter weißen formaldehydgetränkten Baumwolltüchern liegenden Verstorbenen, unser neues Lehrmaterial.

Es war keine Ruhe gewesen, die ich gespürt hatte, sondern Anspannung.

Der süßlich-beißende Geruch der Fixierlösung ließ eine Übelkeit anrollen, die meine Finger und Lippen zum Kribbeln brachte. Während ich noch versuchte, den Brechreiz zu überwinden, wurden die Plane entfernt und die Tücher zur Seite gelegt.

Professor Persikow fragte nach unseren Eindrücken und alle kamen näher heran.

Er war jung. Zu jung für jemanden, der in einem Leichenhaus von ungeübten Händen seziert werden sollte. Er hatte eine große Statur mit ausgeprägter Muskulatur, aber was meine Aufmerksamkeit vor allen Dingen erregte, waren die vielen Versehrungen der Haut.

Die lange rote Narbe entlang des Schlüsselbeins. Eine an der Stirn, die wie ein schneeweißer, spitzer Haken aussah. Die vielen Spuren an Armen und Beinen, die von kleineren Verletzungen stammten. Sein Gesicht sah geschwollen, aber nach ihm aus. Das Gesicht, das gelächelt hatte, als ich mich am Morgen verabschiedet hatte. Es war seine Nase, sein Kinn, alles seins. Alles war an seinem Platz.

7

Fasst ihn nicht an, rief jemand.

Ich konnte meinen Blick nicht von Kostjas Leiche nehmen, deshalb brauchte ich eine Weile, um zu begreifen, dass ich es war.

Professor Persikow räusperte sich und sagte, ich könne mir einen Moment nehmen.

Ein Moment hätte nicht gereicht. Mein Körper schlug Alarm, der Herzschlag beschleunigte. Alle sahen mich an. Ihre Geduldsspanne schien die Länge eines unbetonten Vokals zu haben. Das Formaldehyd schnürte mir die Kehle zu. Ich eilte aus dem Raum.

Draußen tat das Atmen weh. Ich spürte die Angst in den Zehen, langsam kroch sie nach oben. Die Männer, die in schmutzigen Ganzanzügen Streugut über die Treppenstufen verteilten, sahen mich komisch an. Jemand drehte die Farbsättigung runter und den Lautpegel der Straße auf. Ich hörte Hupen wie Sprengsätze losgehen, Stimmen einander überschlagen,

Vögel mit ihren Flügeln knallen, die Autos auf der Straße vorbeidonnern, als würde ich nur Zentimeter von ihnen entfernt sein und gleich mitgerissen werden.

Ich versuchte im Kopf die Nervenbahnen nachzuzeichnen, über die er im kleinsten Teil der Nebenniere die Ausschüttung von Stresshormonen veranlasste. Ich musste nur warten, bis das freigesetzte Adrenalin und Noradrenalin abgebaut waren, redete ich mir gut zu und wurde augenblicklich ruhiger. Das Parasympathische Nervensystem übernahm das Ruder, ich nahm wahr, wie mein Körper allmählich in den Normalzustand zurückkehrte.

Kostjas Narben gehörten zu seinem Körperbild wie Muttermale und hervortretende Adern an Händen und Armen. Doch wie viele mehr unter seiner Kleidung verborgen gewesen waren, hatte ich nicht geahnt. Das Mal am Oberschenkel hatte nach einer Verbrennung ausgesehen. Wie hatte er sich das wulstige rote Wundmal am Hüftgelenk zugezogen? War es möglich, dass ich mich irrte? Dass die Leiche nicht mein Bruder war?

Mir war klar, dass ich zurückmusste, dass ich ihn sehen musste, mir sicher sein musste, aber ich konnte mich nicht von der Stelle rühren.

Erst der Ruf meines Namens holte mich aus meinem Kopf.

Ich sah Iwan mit zwei Tüten die Straße überqueren und auf mich zusteuern.

Willst du dir eine Lungenentzündung holen?, fragte er. Erst da bemerkte ich, dass ich zitterte.

Verfolgst du mich?, entgegnete ich.

Meine Worte bremsten ihn ab, und er blieb eine Treppenstufe unter mir stehen, auf Augenhöhe. Er presste seine Besorgnis zwischen die Augenbrauen. Wo sind deine Sachen?, fragte er.

Drinnen.

Er zog seine Mütze aus und mir an. Es war zu kalt, um abzulehnen. Die Wolle war noch aufgeheizt von seiner Körperwärme, legte sich heimelig um meine Ohren.

Wehe, ich krieg jetzt Läuse, sagte ich.

Er grinste, und ich fragte mich, wie ich jemals Angst vor diesem Klotz mit seinem Bumeranglächeln haben konnte. Sein Kopf war rasiert, ein Souvenir vom zwei-jährigen Militärdienst. Jetzt, wo keine dicken Büschel aus Haaren seine Ohren verdeckten, fiel mir auf, dass sie ein bisschen abstanden. Die letzten paar Jahre hatten sein Gesicht gestreckt. Die einzelnen Teile, die immer grotesk an ihm gewirkt hatten, die lange Nase, die vollen Lippen, passten nun wie angegossen. Seine Augen waren grün und geduldig.

Musst du nirgendwo sein?, fragte ich und warf einen Blick auf seine Einkaufstüten.

Deine Lippen sind blau, erwiderte er nur.

Na und?

Ich konnte weder vor noch zurück, konnte mir weder vorstellen, die Leichenhalle wieder zu betreten, noch nach Hause zurückzugehen und Kostja nicht vorzufinden.

Iwan musste mein Zögern bemerkt haben. Komm, ich kauf dir einen Tee, schlug er vor.

Ich will keinen Tee, hörte ich mich sagen, ich will ein Bier.

Das Glöckchen an der Tür kündigte uns an.

Ich hatte keine Ahnung von Bars, aber irgendwann abgespeichert, wie Mischa einmal über diesen Laden gesagt hatte: Die haben das beste Bier für kleines Geld, aber seit Tatjana da nicht mehr arbeitet, hat es keinen Sinn mehr hinzugehen.

Das Letzte, was ich wollte, war zufällig in den Feierabend meiner Brüder reinzuplatzen und ihren Neckereien ausgesetzt zu sein. Ich suchte nach einem Versteck, nach einem Ort, an dem ich kurz vergessen konnte.

Es war ein Kellerladen ohne Fenster, schmal und eng, mit weißem Fliesenboden und grauen Wänden, auf die jemand grüne Netze als Dekorationsversuch genagelt hatte. Rechts an der Wand stand die Bar, in der gekühlten Vitrine lag Trockenfisch aus. Dahinter im Regal verschiedene Sorten importierte Kartoffelchips und heimische Sonnenblumenkerne, geröstet und gesalzen. Links an der Wand reihten sich vier leere Tische mit gepolsterten Bänken. Seit Tatjana hier nicht mehr arbeitete, schien wohl keiner mehr zu kommen.

Ein Riese in einem kuschligen Pullover trat statt ihrer durch einen Perlenvorhang aus der Küche. Es klimperte wie Plastik.

Iwan bestellte, während ich mich setzte und ihm noch zurief: Und Grenki mit Knoblauch! Weil Mischa immer sagte, ohne Grenki mit Knoblauch schmecke Bier nur halb so gut.

Iwan wollte seine Einkaufstüten unter dem Tisch parken, aber ich sagte, er solle sie auf den Sitz neben sich tun, es sei doch blöd, ständig mit den Füßen dagegenzustoßen.

Der muskulöse Ladenbesitzer stellte das Frischgezapfte auf dem Tresen ab und ging zurück in die Küche. Iwan holte das Bier, und bevor er es vor mir abstellen konnte, griff ich ungeduldig nach einem der Gläser.

За встречу, prostete er mir zu, auf unser Wiedersehen, und nippte nur an seinem, sodass es voll und unberührt aussah, als er es absetzte.

Seine Ohren waren rot. Gegen das Licht konnte ich durch sie durchsehen. Aus dem Kassettenrekorder tönte leise ein altes Lied.

Двенадцать из десяти не знают, что ты – это ты,
Двенадцать из десяти считают тебя луной.
Двенадцать из десяти боятся тебя,
Зная что ты – это смерть
Но я буду рад, если ты встанешь рядом со мной.

Iwan holte aus seiner Jackeninnentasche Tabak und Blättchen und rollte sich eine Zigarette, seine Bewegungen waren behutsam und präzise.

Meine Finger sollten eigentlich auch beschäftigt sein, mit Skalpell und Zange hantieren. Das Bild des reglosen Leibs, überzogen mit gelber, zäher, toter Haut, ging mir nicht aus dem Kopf.

Ich umklammerte das feuchte Glas mit beiden Händen und nahm einen weiteren großen Schluck. Zu hastig, die Flüssigkeit schwappte über, lief an meiner Wange entlang und perlte von meinem Pullover. Ich wischte mir verlegen über den Mund.

Du hast sicher noch keine Arbeit, stellte ich fest, wenn du mitten am Tag herumlungerst.

Meine Stimme klang gehässiger als sonst.

Wenn man Geld braucht, findet man immer was, sagte er und kam sich dabei sicher sehr lässig vor.

Als er mit Drehen fertig war, bot er mir die Zigarette an.

Nein danke, antwortete ich, ich habe keine Lust zu sterben, und kam mir dabei sehr lahm vor.

Aus Verlegenheit stürzte ich mich abermals auf das Bier.

Und was hast du gefunden?, versuchte ich das Gespräch am Laufen zu halten.

Ich helfe am Wochenende in einer Kneipe aus und zweimal die Woche an der Uni.

Meine Augenbrauen hoben sich ungewollt: Wo genau?

Stolovaya, in der Küche.

Ich unterbrach ihn: An der Uni, mein ich.

Im Gebäudeservice, antwortete er – was hieß, dass er Böden schrubbte und Mülleimer leerte, aber er sagte es so, als hätte er den Posten des Dekans inne.

Er wollte ein Streichholz entfachen, aber es brach in der Mitte. Also nahm er ein neues aus der Schachtel, rieb es an der Seite, aber auch das klappte zusammen.

Ich musste grinsen. Braucht man dafür neuerdings ein Diplom?

Selbstbewusst griff ich nach der Streichholzschachtel, aber trotz des eleganten Einschreitens hielt ich kurz darauf das dritte unbrauchbare Hölzchen zwischen den Fingern.

Anscheinend ja, erwiderte Iwan amüsiert.

Was ist das für eine Marke? Du solltest dein Geld zurückverlangen!

Bevor ich die Streichhölzer durch den Raum katapultieren konnte, nahm er sie mir ab. Beim vierten Mal schaffte er es, seine Zigarette anzuzünden.

Dann sah er mich an. Nicht wie früher, wie er immer nur Blicke riskierte und dann seine Augen beschämt abwandte. Er hielt meinem Blick stand.

Ich wurde nervös, musste Worte zwischen uns stellen: Und willst du Koch werden oder in die Reinigungsbranche gehen?

Sein rechter Mundwinkel hob sich.

In der Stolovaya gefällt's mir besser, sagte er, nahm einen Zug von der Zigarette und drehte dabei den

Kopf zur Seite, damit mich der ausgeatmete Qualm nicht traf.

Und wie hat's dir in der Armee gefallen?

Was glaubst du?

Eiserne Disziplin war also nicht so dein Ding?

Irgendwie nicht, nein.

Ilja Repins wiedergekehrter Soldat kam mir in den Sinn. Ein Strafgefangenenlager ließ sich wohl kaum mit ein paar Jahren Wehrpflicht in einer sibirischen Einheit vergleichen, und doch drängte sich plötzlich das Gefühl auf, etwas Einfühlsames sagen zu müssen. Stattdessen stichelte ich: Ich frage mich, ob du mehr eingesteckt oder ausgeteilt hast.

Kurz huschte so etwas wie Verärgerung über sein Gesicht, aber er tat es mit einem Grinsen ab, entwaffnete sich selbst.

Sagen wir mal so, sagte er, ich hatte mehr Glück als andere.

Das sagte mir natürlich gar nichts, aber ich verstand, dass er nicht darüber reden wollte. Das war mir ganz recht, fühlte sich der Boden unter meinen Füßen auch immer wackliger an, je weiter ich mich in das Gespräch manövrierte.

Sein volles Bier sah ohne Schaum ganz abgestanden aus. Meins war schon zur Hälfte leer.

Jetzt trink schon.

Er nippte wieder nur.

Da kann wohl jemand nichts vertragen.

Dabei war ich es, die nicht einmal eine Stunde später viel zu laut sprach und so ausholende Bewegungen vollführte, als würde ich in Euphorie ertrinken.

Das Leben als Baum hat seine Vorteile, hörte ich mich maßlos angeben. Ich habe immer die beste Sicht von da oben, und mit der dicken Rinde friere ich kaum. Im Winter sehe ich vielleicht ein bisschen karg aus, aber warte, bis der Frühling kommt und meine Blätter überall sprießen.

Iwan lachte mich aus, und in mir wuchs das Verlangen, mehr von seinem Lachen zu hören.

Ich schwör, ich schwör, rief ich, diese trockenen Stängel sehen bald zeitschriftenreif aus, Titelseite-National-Geographic-reif.

Das will ich sehen, sagte er, aber senkte seinen Blick, um sich eine zu drehen. Der Aschenbecher war voller abgebrannter Kanten. Ihr Anblick machte mich selbstsicherer.

Wenn du ein Baum wärst, fragte ich – er hob die Augenbrauen, welche Sorte wärst du?

Er legte den Kopf schief. Darüber habe ich noch nie nachgedacht.

Vielleicht eher ein Strauch?, schlug ich vor.

Iwan schaute zu lang in meine Augen.

Was guckst du so?, meinte ich. Bewunderst du meinen starken Wuchs?

Iwan nickte: Nicht nur das.

Aha?

Man merkt dir nie an ..., er unterbrach sich – auf der Suche nach Worten oder weil er feige war. Er begann den Satz erneut: Dass du trotz allem fröhlich bist ...

Was soll das heißen?

Er zuckte nur die Achseln.

Trotz was allem?

Ich wollte ihn in die Ecke drängen.

Seine Erwiderung war ein lahmes Lächeln.

Hast du gedacht, dass ich mir die Augen ausheule, weil Leute nichts Besseres zu tun haben, als mich in ihre Dramen reinzuziehen? Oder meinst du, dass ich unglücklich durch die Gegend laufen soll, weil mein Bruder tot ist?

Ich war selbst erschrocken über meine Worte. Iwan antwortete nicht, leckte bloß übers Blättchen und deckte den Tabak sachte zu. Das musste man ihm lassen. Auch wenn ich schweres Geschütz auffuhr, er war so hartnäckig wie ein Panzer. Meine Munition prallte einfach an ihm ab.

Ich lehnte mich zurück, legte mein Kinn auf der Brust ab, betrachtete die Wölbung des Bauchs unter dem Hosenknopf, wie ich atmete, zu schnell, zu flach. Früher hatte es mich gestört, dass Iwan immer so schuldbewusst vor mir herumdruckste, weil er mich nicht vergessen ließ. Aber dass er jetzt so tat, als hätte er mir nie irgendetwas angetan, störte mich noch mehr.

Menschen sind falsch konstruiert, sagte ich. Sollte jemand, der einen anderen verletzt, nicht denselben Schmerz empfinden müssen?

Es tut mir leid, erwiderte er.

Ich wartete, ob die Worte die Wirkung, die sie haben sollten, entfalten würden. Ich wartete lange.

Tut es das?, fragte ich ungläubig. Warum soll ich so großzügig sein, dich von deinem Gewissen zu befreien, wenn ich mich noch selbst gefangen fühle?

Ich traute mich aufzublicken, aber zu meiner Überraschung saß mir statt Iwan Kostja gegenüber. Wahrscheinlich hatte sich so Mutter gefühlt, als sie mich einmal im Supermarkt verloren hatte. Ihre Wut hatte ihre Erleichterung überschattet.

Bist du mir gefolgt?

Kostja erwiderte nichts.

Du kannst nicht einfach verschwinden und wiederauftauchen und dann nichts erklären, ließ ich meinen Frust raus.

Sein Lächeln war undurchschaubar.

Weißt du, was ich am meisten hasse? Wenn Menschen nicht sagen, was sie denken. Ich weiß nie, was die anderen denken. Ich weiß überhaupt nicht, was sie fühlen. Bei dir am allerwenigsten.

Ich wollte mir das Haar zurückstreichen und stieß dabei das leere Bierglas um. Es landete mit einem großen Knall auf dem Boden.

Iwan ging neben mir in die Knie. Er sammelte die Glasscherben auf, sie waren zu winzig und zu viele, aber er schnitt sich nicht daran. Mit dem kleinsten Lächeln der Welt fragte er: Sollen wir gehen?

Ich sah Kostja herausfordernd an: Sollen wir?

Iwan packte seine Einkaufstüten und ging an die Theke bezahlen. Der Inhaber wartete bereits hinter dem Tresen. Mir war schwindelig, und es drängte mich zu entkommen, an die frische Luft, raus, raus, aber Iwan kramte nach Kleingeld, weil die Scheine auf dem Tresen nicht reichten. Der Mann sah ungeduldig aus.

Soll ich dir noch den Schlüssel zum Geldschrank geben?, meinte ich schließlich zum mittellosen Soldaten und beglich unsere Rechnung.

Draußen auf der Straße dankte ich ihm hämisch für die Einladung. Er ließ sich nicht kleinmachen und erwiderte nur: Пожалуйста.

Scheinwerfer von entgegenkommenden Autos blendeten uns, als wir im Dunkeln den Weg in unser Viertel antraten. Kostja ging ein paar Meter vor uns. Sein breiter Rücken verbarg seine Gedanken. Die Temperaturen waren schlagartig gefallen, und der Asphalt war so glatt geworden wie eine Eislaufbahn. Ich rutschte ein paarmal aus und musste nach Iwan greifen, um nicht zu fallen. Beim dritten Mal hätte ich ihn fast mitgerissen, aber er hielt stand und sagte mit erhobener Stimme: Halt dich doch mal richtig fest! Kostja sah sich nicht um, ging einfach weiter. Also hakte ich mich bei Iwan unter.

Es war nicht unangenehm, seinen Arm zu halten. Aufgeregt wartete ich darauf, dass sich Kostja nach uns umdrehte, aber er tat es nicht.

Als wir am Wohnkomplex ankamen, in dem Iwan mit seiner Mutter wohnte, löste sich aus der Dunkelheit ein Schatten heraus, ein schwarzer Hund, der mit dem Schwanz wedelte und an Iwan hochsprang.

Ich ließ seinen Arm los und dachte kurz, er würde den Hund wegtreten. Aber er ging in die Hocke und streichelte ihn, am Kopf und hinterm Ohr. Das andere hatte der Streuner wohl bei einem Revierkampf verloren. Sein Fell glänzte ölig.

Ich kniete mich auch hin und wollte den Hund berühren, aber das Tier ließ mich nicht, machte ein paar Schritte zurück und sah meine ausgestreckte Hand nur wachsam an. Kostja schnaubte belustigt. Ich war gekränkt, und um meine Kränkung zu überspielen, sagte ich: Das kränkt mich jetzt aber schon.

Iwan begann, in den Einkaufstüten zu kramen, holte eine verschweißte Wurst hervor, öffnete die Packung mit den Zähnen. Der Hund fiepte aufgeregt und drehte sich im Kreis. Mit der Wurst im Maul verzog er sich in Richtung der Mülltonnen.

Ich konnte mich nicht zurückhalten. Vom Katzenkiller zum Tierliebhaber, sagte ich und hob meinen Daumen in gespielter Anerkennung. Was für eine Entwicklung!

Du glaubst auch jeden Scheiß, entgegnete er. Seine Stimme klang bitter.

Er sah nicht wütend aus, aber sein Gesichtsausdruck war nicht auszuhalten.

Ich lege nur kurz die Einkäufe ab, dann bring ich

dich heim, sagte er ruhig und verschwand im Hausein-
gang mit der flackernden Lampe über der Nummer 42.

Du solltest lernen und dich nicht mit irgendwem he-
rumtreiben, sagte Kostja plötzlich.

Mit *irgendwem*? Ihr könnt also mit ihm abhängen,
aber ich nicht?

So habe ich das nicht gemeint.

Da war etwas Qualvolles in seinen Augen, das ich
nicht zuordnen konnte.

Die Wirkung des Alkohols ließ nach. Meine Glieder
fühlten sich taub an, und ich war hundemüde. Auf
dem Hof stand eine Schaukel. Mit der Hand fegte ich
die Schicht Schnee vom Sitz und nahm Platz. Die Kette
war verrostet und beklagte sich laut darüber, bewegt
zu werden, also ließ ich es sein.

Nur die drei Lampen über den Hauseingängen erleuchteten den Hof, hinter mir Dunkelheit. Irgendetwas Unwichtiges, das keine Beleuchtung verdiente,
musste dort stehen, Garagen vielleicht oder ein paar
Bäume.

Kostja seufzte und bat mich, ihm keine Sorgen zu
machen.

Ich bin kein Kind mehr, erwiderte ich und fühlte
plötzlich genau das Gegenteil.

Er tat einen Schritt auf mich zu. Ich will mich nicht
streiten.

Wenn du dich nicht streiten willst, erwiderte ich,
geh doch zu Mischa, Fedja oder Grischa. Warum bist
du zu mir gekommen?

Kostja runzelte die Stirn. Ich kann mir das nicht aussuchen, sagte er nach einer Weile.

Wie meinst du das?, wollte ich wissen, aber er tat mir nicht den Gefallen zu antworten.

Er sah mich nur an. Unser Starren verwandelte sich in ein Tauziehen. Bis ich aufgab und mich mit der Schaukel herumdrehte.

Iwan war noch oben. Wie kam ich eigentlich darauf, dass er früher Katzenkinder im See ertränkt hatte? Ich konnte mich nicht einmal daran erinnern, ihn je mit einer Katze im Arm gesehen zu haben. Sein Vergehen an mir hatte auch alle seine sonstigen Untaten wahr werden lassen.

Das Gerede der Leute hatte Iwan zum Bösewicht und Kostja zu einer Legende gemacht. Vielleicht war nicht alles an Iwan schlecht, genauso wie nicht alles an meinem Bruder gut war. Die Hymnen auf ihn hatten Kostja zu einem Menschen werden lassen, der immer alles richtig machte und immer alles konnte, vor allem alles besser wusste, und auf alle Fragen des Lebens eine Antwort parat hatte. Wenn er mal keine gab, ging ich davon aus, dass ich sie nicht verdiente oder sie nicht verstehen würde, aber keineswegs, dass er sie selbst nicht kannte. Er war so viel älter als ich, war mir so viele Schritte voraus. Als ich meinen Zeh zum ersten Mal in den See tunkte, war Kostja gefühlt schon bis zum Grund getaucht. Ich war nie so weit gekommen, mir vorzustellen, dass eine Erfahrung neu für ihn sein könnte.

Ich muss dir etwas zeigen, entschied ich mich und stand von der Schaukel auf. Es war gerade erst acht, das Leichenschauhaus schloss in einer Stunde.

Wenn wir uns beeilen, sagte ich, schaffen wir es noch.

8

Diesmal ging ich voran und Kostja folgte mir. Seine Schritte hörte ich nicht, aber ich fühlte ihn in meinem Rücken, wie ich ihn früher immer in meinem Rücken gefühlt hatte.

In den Fluren reihten sich leere Liegen auf Rollen. Die Tür zum Übungsraum stand offen. Wenn kein Unterricht stattfand, durften wir den Raum zum Lernen nutzen. Zwei aus meinem Kurs packten gerade ihre Taschen und unterhielten sich darüber, welche Facharztrichtung lukrativer sei.

Aljonas Vater hat jahrelang tagsüber als Chirurg geschuftet und ist abends Taxi gefahren, sagte die eine. So will ich nicht enden.

Können wir noch in die Pharmazie wechseln?, meinte die andere.

Auf leisen Sohlen schlich ich an ihnen vorbei. Der Sezierraum war abgeschlossen, aber ich hatte schon damit gerechnet. Der Pförtner war ein schnurrbärtiger Müßiggänger, der immer nach Zigaretten und Schnaps

roch. Einmal hatte ich mein Anatomiebuch liegen gelassen, und er schob mir ganz selbstverständlich den
Schlüssel unter der Glasscheibe durch. Er müsse auf
seinem Posten bleiben, sagte er, aber sein Blick zum
kleinen Fernseher verriet, dass er das Beste aus seinem bescheidenen Gehalt herausholen wollte.

Die Deckenleuchten flackerten laut, und das glei-
ßende Licht fiel über den sterilen Raum her. Nur der
mittlere Tisch war mit einem großen blauen Plastik-
sack belegt. Über ihm pumpte die riesige Dunstab-
zugshaube Frischluft. Ich legte meine Tasche auf die
gestapelten Hocker an der Wand und zog ein Paar
Einweghandschuhe aus dem Spender daneben.

Wie lange bist du schon so?, fragte ich Kostja, aber
er sah mich nur verwirrt an.

Bist du schon lange ..., setzte ich nach, unterwegs?

Kostja schien ernsthaft darüber nachzudenken.
Schließlich sagte er: Es könnten Tage oder auch Jahre
sein.

Ich nickte.

Bis ein Körper hier eintrifft, liegt er über Monate in
einem Kühlraum, vollgepumpt mit Konservierungs-
stoffen, erklärte ich. Nur so erreicht das Gewebe einen
Zustand, der sich zum Präparieren eignet.

Kostja fixierte die verborgene Gestalt in der Mitte.

Normalerweise werden nur Spender angenommen,
die über fünfzig sind, sagte ich. Besser für die Psyche.
Es ist halt leichter, einen älteren Menschen aufzu-
schneiden als einen Gleichaltrigen.

Ich schluckte. Deshalb hätte dieser hier eigentlich niemals ankommen dürfen. Ich warf die Plastikplane zurück.

Der Geruch der Formaldehydlösung kam mir mit einer solchen Wucht entgegen, als wollte er mich wegstoßen. Ich legte meinen Schal über Nase und Mund und entfernte vorsichtig die feuchten Tücher von Kopf und Rumpf.

Oft sind Körperspender Personen, die sich keine Bestattung leisten können, sagte ich. Das Institut übernimmt die Kosten für die Beerdigung und für die Pflege der Grabstätte.

Die Leiche war noch unversehrt, höchstens von Vinylfingern abgetastet. Ihr Ebenbild stand mir gegenüber auf der anderen Seite des Tisches. Ein kalter Schauer lief mir über den Rücken, mein Kopf glühte.

Kurz zeigte sich Kostja überrascht, aber die Gefühlsregung legte sich so schnell, dass ich mir im nächsten Augenblick unsicher war, ob ich sein Gesicht richtig gedeutet hatte. Er kam näher und beugte sich vor, betrachtete die leblosen Arme, die Brust, blieb beim Gesicht stehen. Er kam so nah heran, als wollte er die Poren zählen.

Anders als in den Spiegel zu gucken, was?

Ich konnte es mir nicht verkneifen. Kostja sah mich an, als hätte ich eine Fremdsprache gesprochen. Wahrscheinlich wollte er mir nur zeigen, dass mein Kommentar unpassend war, aber seine Reaktion brachte mich aus der Bahn. Ich brauchte eine klare Antwort von ihm.

Erkennst du dich nicht wieder?

Plötzlich lächelte er verlegen, und in diesem Moment hatte ich das Gefühl, ihn zum ersten Mal richtig zu sehen. Seine Gewissensbisse, die Ausweglosigkeit und das damit verbundene Ausgeliefertsein.

Was passiert mit … ihm?

Für Kostja war das die wichtigere Frage.

Wir machen ihn auf, entfernen die Haut, das Fett und nach und nach alle Organe. Wir werden ihn das ganze Semester benutzen, und wenn er dann verbraucht ist, wird er begraben.

Kostja nickte, aber ich hatte nicht den Eindruck, dass er verstanden hatte. Seine ganze Aufmerksamkeit war wieder auf den kalten Körper vor ihm gerichtet. Er berührte ihn an der Schulter, sah sich die Narben an der rechten Hand an.

Wir erfahren weder den Namen noch die Todesursache, sprach ich weiter. Wenn wir eine Körperspende aufmachen, geht es nicht darum, herauszufinden, woran der Mensch gestorben ist. Wir können also nur spekulieren. Für gewöhnlich haben diese Menschen keine aufregende Krankengeschichte. Wir sollen sehen, wie der Normalfall aussieht, wie er sich anfühlt. Aber wenn jemand jung stirbt, kann es nicht normal sein.

Im Flur knallte eine Tür, Schritte wurden laut. Die Uhr zeigte zehn nach neun. Ich beeilte mich, Kostjas Körper wieder ordnungsgemäß einzusacken. Der andere stand nur daneben und sah zu.

Kostja holte Brot und Eier aus dem Kühlschrank. Er schnitt das Schwarzbrot in Würfel und röstete sie in der Pfanne in heißem Sonnenblumenöl. Währenddessen schlug er ein Ei nach dem anderen in eine Schüssel und verrührte sie mit etwas Salz und Pfeffer. Das heiße Öl zischte, als er die Eiermasse über das angetoastete Brot kippte und mit einem Pfannenwender nachhalf, bis an jedem Würfel etwas Ei klebte.

Das hatte er uns früher oft zubereitet, wenn Mutter zu erschöpft von der Arbeit nach Hause kam und keine Kraft hatte, für uns zu kochen. Kostja wollte uns nur satt kriegen, aber meine Brüder und ich fanden das simple Gericht schmackhafter als alles, was uns sonst vorgesetzt wurde.

Er stellte die dampfende Pfanne auf ein Handtuch in die Mitte des Tisches, und wir stachen mit unseren Gabeln in einer solchen Hast in die knusprigen Eierbrotwürfel, als ginge es darum, wer das meiste in seinen Mund bekam, ohne zu ersticken.

Haben Tote überhaupt Hunger?, fragte ich kauend.

Warum sollten sie keinen Hunger haben?

Weil sie keinen Verdauungstrakt mehr haben?

Unsere Blicke trafen sich in Vergnügen.

Kannst du durch Wände gehen?

Hab's noch nicht versucht.

Und fliegen?

Gibt wohl nur einen Weg, das rauszufinden. Er sprang auf, um an den Fenstergriff zu gelangen.

Ich schlug ihm auf den Arm. Willst du, dass ich er-
friere?

Er grinste und setzte sich wieder hin.

Vielleicht lag es am Essen, das es sich warm und
vertraut in meinem Magen machte. Der Mensch vor
mir fühlte sich nach meinem Bruder an und die Frage
nicht mehr so schwer.

Was ist eigentlich passiert?

Kostja atmete laut aus, und seine Augen wanderten
im Zimmer umher, auf der Suche nach Halt oder Antworten, die in der kleinen Küche sicher nicht zu finden waren.

Kannst du dich daran erinnern, rausgeschwommen
zu sein?, fragte ich weiter.

Er nickte und begann schließlich zu erzählen:

Meine Kondition war gut an dem Tag.

Der See war ruhig, ideal und trügerisch. Je weiter
du rausschwimmst, desto kälter wird es. Irgendwann
musst du schneller werden, damit die Körpertempe-
ratur nicht weiter sinkt. Für mich gibt es nichts Besseres, als draußen im Wasser zu sein. Ich mag die Ein-
samkeit des Sees.

Als die Erschöpfung einsetzte, stieg meine Zuver-
sicht. Bald ist es geschafft, habe ich gedacht, aber da
blickte ich auf, und das Ziel war noch kilometerweit
entfernt. Ich sah zurück, aber auch das andere Ufer
war weiter weg, als es eigentlich sollte. Das konnte
nicht sein. Ich war oft genug mit dem Boot draußen

oder aus eigener Kraft, ich kannte doch die Strecken in- und auswendig.

Aber was hätte es gebracht, mir den Kopf über Unmöglichkeiten zu zerbrechen? Ich musste einfach weitermachen, einen Armzug nach dem anderen tun. Jeder Schwimmzug würde mich langsam, aber sicher ans Ufer bringen. Egal wie lange es dauerte, ich musste nur einen nach dem anderen tun.

Nach geraumer Zeit überwältigte mich wieder die Müdigkeit. Ich sah auf und bekam Herzklopfen. Der Abstand zum Ufer hätte sich verringern müssen, aber er hatte sich vergrößert. Weiter, dachte ich, einfach weiter. Nach meiner Rechnung musste ich die Strecke drei-, nein, vierfach geschafft haben, doch die andere Uferseite wollte sich nicht nähern. Ich suchte nach einer logischen Erklärung, wurde immer langsamer. Nur mit Mühe bewegte ich mich vorwärts. Vielleicht ruh ich mich kurz aus? Lege mich auf den Rücken und lasse mich treiben. Solche und ähnliche Gedanken kamen mir, und mit jedem weiteren Zug versuchte ich sie zu vertreiben.

Warum musste ich überhaupt auf die andere Seite? Was wollte ich damit erreichen? Mein Körper fühlte sich fremd an, schwer und kalt. Ich wollte nicht mehr, am liebsten hätte ich das Gewicht abgestoßen, das mich daran hinderte voranzukommen. Ich hörte meinen Atem in einer Lautstärke, die ich noch nie vorher von mir gegeben hatte. Ich war kurz davor aufzugeben. Warum ich weitergemacht habe und aus welcher

Kraft, weiß ich nicht, aber ich tat es. Und ich summte dabei.

Aus dem Nichts kam mir ein Lied in den Sinn. Ein Lied, das früher oft im Auto lief, auf dem Weg zur Datscha:

Три чукотских мудреца
Твердят, твердят мне без конца:
»Металл не принесёт плода,
Игра не стоит свеч, а результат - труда«,
Но я сажаю алюминиевые огурцы
На брезентовом поле.

Ich war vollkommen fertig, als ich endlich Sand unter meinen Füßen spürte. Meine Atmung wollte sich nicht beruhigen. Erst dann fiel es mir auf: Der Wald war merkwürdig.

Zuerst habe ich gedacht, meine Ohren sind nur belegt. Ich klopfte das Wasser raus, aber es nützte nichts. Es war, als wäre ich taub, nein, nicht taub, denn ich konnte ja noch meinen Atem hören und das Wasser auf den Kies tropfen und das Geräusch, das meine nackten Füße machten, aber sonst nichts. Keine Vögel, keine Insekten, keinen Wind, nicht einmal den See gegen das Ufer. Als hätte jemand die Natur lautlos geschaltet.

Und dann?, fragte ich.

Ich bin rein, glaub ich jedenfalls, rein in den Wald, ich wollte herausfinden, was mit ihm nicht stimmt.

Und?

Nichts.

Da war nichts?

Ich kann mich nicht erinnern. Ich weiß nur, dass sich alles verkehrt angefühlt hat.

So verkehrt wie das hier? Ich zeigte mit einer Geste auf ihn und dann auf mich. Was hast du dann gemacht?

Er zuckte mit den Schultern, teilte diesmal aber seine Gedanken: Ich habe mich verirrt, nehme ich an.

Seine Geschichte bot keinerlei Anhaltspunkte. Wenn er nicht ertrunken war, was konnte ihm auf der anderen Seite passiert sein?

Unsere Wälder waren gefährlich. Oft gingen Leute hinein und kamen nicht wieder heraus. Vor ein paar Jahren fanden sie am Wegrand des Nachbarorts die Leiche eines Rucksacktouristen. Jemand hatte ihm eine Kopfverletzung zugefügt, seine Brieftasche und die Stiefel mitgenommen. Mit ziemlicher Sicherheit wollten sie ihn nicht umbringen, dachten wohl, er wache irgendwann mit Kopfschmerzen wieder auf. Wahrscheinlich brauchten sie nur ein bisschen Geld für die nächste Sauftour, und die Stiefel waren aus echtem Leder. Die Behörden haben nie herausgefunden, wer der Tote oder die Täter waren.

Aber was hätte irgendjemand von einem klitschnassen Kostja gewollt, der in Unterhose durch den Wald spazierte? Wo war er hingekommen, und was hatte er die ganzen Jahre gemacht, bevor seine Leiche zum

Präparieren auf meinem Tisch gelandet war? Könnte er einen Gedächtnisverlust gehabt haben, hervorgerufen durch die Unterkühlung? Vielleicht hatte ihn jemand aufgegriffen, und als er aus dem Krankenhaus kam, begann er nichts ahnend ein anderes Leben zu führen, als irgendein Wassja Pupkin, während wir ihn beerdigten.

Aber was mich mehr wunderte als all das, war die Tatsache, dass wir zum ersten Mal ein richtiges Gespräch führten.

Was machen wir jetzt?, fragte Kostja ganz offen.

Was willst du machen?

Herausfinden, warum ich hier bin. Wie die Leiche an deine Schule gekommen ist. Warum sie ausgerechnet in deiner Klasse landete.

Sein entschlossener Blick knipste mich an.

Sie müssen Unterlagen im Sekretariat haben, überlegte ich laut. Namen, Kontaktdaten. Einen kurzen Blick daraufzuwerfen, werden sie ganz sicher nicht erlauben, aber ich weiß vielleicht, wie wir darankommen. Möglicherweise erfahren wir so, wo du gewesen bist.

Kostja nickte in Zustimmung.

Es war kein Rückenklopfer, aber nah dran.

Als ich später aus dem Bad kam, stand er in meinem Zimmer, ein Buch in der Hand. Nur schwer konnte ich den Impuls unterdrücken, ihm meine Lieblingsbücher, meine alten Aufsätze, alle meine Gedanken auszubreiten, damit er mir ungeteilte Aufmerksamkeit schenken konnte. Stattdessen beobachtete ich ihn. Als wäre er ein schreckhaftes Tier, das sich nur unter der Voraussetzung nähern würde, wenn ich keine Anstalten machte, ihn mit billigen Tricks anzulocken.

Ich lass dich schlafen, sagte er, als ich näher kam, und trat aus dem Zimmer. Das Buch, das er wieder ins Regal getan hatte, war eins, aus dem er mir vorgelesen hatte, als ich es selbst noch nicht konnte.

Die Mutter der schönen Wassilissa schenkt ihr kurz vor ihrem Tod eine magische Puppe. Jedes Mal, wenn Wassilissa Hilfe braucht oder in Schwierigkeiten ist, gibt sie der Puppe zu essen, woraufhin die Puppe ihr Leben in Ordnung bringt. Sie gibt Ratschläge, beschützt sie, erledigt ihre Arbeit und hält jegliches Unglück von ihr ab.

Als mir Kostja die Geschichte vortrug, fühlte ich einen leisen Groll in mir aufsteigen, der sich gegen die schöne Wassilissa richtete. Für mich war es ungerecht, dass sie sich nie selbst anstrengen musste und nie scheiterte. Mein Bruder wiederum fand meine Auflehnung ungemein komisch. Das sei doch nur ein Märchen, versuchte er mich zu beruhigen, aber damals hatte ich nur erkannt, dass er mich nicht verstand.

Ich legte das Buch zurück ins Regal und räusperte mich, aber der Kloß im Hals ging nicht weg.

9

Seit er in meinen Saufabend mit Iwan geplatzt war, wich mir Kostja nicht mehr von der Seite. Ein bisschen erinnerte mich das an die Episode, als er mich und die anderen mit dem Samogon erwischt hatte. Eine Volljährige konnte er nur schlecht für legalen Alkoholkonsum bestrafen, aber ihr auf den Geist gehen konnte er gut.

Er begleitete mich zur Uni und von der Uni nach Hause, er beobachtete mich in den Vorlesungen und beim stundenlangen Bücherwälzen am Wochenende. Er studierte mich beim Essen und kommentierte danach meine Toilettengänge. So mussten sich im achtzehnten Jahrhundert Kinder mit Gouvernanten gefühlt haben.

Ich hatte mich so sehr danach gesehnt, Kostja wieder in meinem Leben zu haben, aber sobald ich mich sicherer fühlte, dass er bleiben würde, wurde er mir zu viel.

Willst du nicht mit Deduschka fernsehen?, versuchte ich von ihm loszukommen. Vielleicht möchtest du Babuschka zum Markt begleiten?

Mein Bruder sah beleidigt aus. Babuschka und Deduschka waren wieder da, aber Kostja war für sie so
unsichtbar wie für alle anderen.

Es ist komisch, wenn dich keiner beachtet, gab er
zu. Es ist langweilig.

Und das hier nicht?

Ich hob den Atlas hoch, der beim motorischen System des Gehirns aufgeschlagen war.

Soll ich dich abfragen?, schlug er vor.

Meinst du nicht, deine Schwester hat ein bisschen
Privatsphäre verdient?, versuchte ich es direkter.

Er grinste: Um was zu tun?

Masturbieren, sagte ich, um ihn abzuschrecken.
Aber er prustete los, und ich wurde rot.

Ich erwischte mich bei dem Gedanken, wie einfach
es wäre, kein Leben mehr zu haben. Kostja konnte
seine Tage in Ruhe verbringen, wie er das immer
wollte. In meinem Leben stellten zu viele Menschen zu
große Erwartungen an mich, als dass ich mir den Luxus erlauben könnte.

Babuschka wünschte sich, dass ich die Prüfungen
mit Bravour bestand und im Gesundheitswesen eine
angesehene Persönlichkeit mit Einfluss wurde. Nur so
konnte sie die bestmögliche medizinische Versorgung
für Deduschka und sich selbst im hohen Alter sicher-
stellen. Vater erhoffte sich, dass ich ihn stolz machte,
also schleunigst viel Geld verdiente, um seine Arbeits-
unfähigkeit und damit sein verlorenes Selbstwertge-
fühl zu kompensieren. Mutter verlangte, dass ich ein-

mal die Woche zum Abendessen kam und mich auch noch darüber freute. Mit Mutters Erwartungen kam ich am wenigsten klar.

Sie vermaßen mein Leben wie ein Grundstück und steckten die Parzelle ab, auf der es aufgebaut werden sollte. Die Geometrie musste korrekt sein und der Grenzabstand eingehalten. Früher hatte mich das weniger gestört, schließlich hatte ich selbst keinen Plan, auf welchem Hügel, welcher Wiese ich mich positionieren sollte, wie der Bau überhaupt aussehen sollte, wie viele Etagen und Zimmer ich brauchte, und in welche Himmelsrichtung die Fenster zeigen sollten. Also war es vielleicht auch in Ordnung, wenn die anderen die Messmarken setzten.

Es gab ein Schwarz-Weiß-Foto, das lange vor meiner Geburt geschossen wurde, auf dem Babuschka und Deduschka mit Gummistiefeln und Pflöcken auf sechshundert Quadratmetern Matsch standen. Nichts daran ließ an den Ort denken, der einmal unsere Datscha werden würde.

Sie lächeln nicht auf dem Bild. Früher haben Leute selten auf Fotos gelächelt. Vielleicht war es nicht Mode. Vielleicht gab es auch wenig, worüber sie froh sein konnten. Schließlich bauten sie die Datscha nicht, um sich ein Fleckchen unter der Sonne zu schaffen, wo sie sich im Hobbygärtnern vergnügen konnten. Sie war ihre Lebensgrundlage.

Sosehr meine Familie die Datscha gebraucht hatte, um mit dem selbst gezogenen Gemüse und Obst den

Wandel der Zeit zu überdauern, sosehr spürte ich den Wunsch, einen ähnlich lebensnotwendigen Ort für mich zu schaffen. Einen Ort, der nur mir gehörte und über den nur ich bestimmen konnte. Ich wollte kein eigenes Haus oder Apartment. Es störte mich nicht, bei Babuschka und Deduschka zu wohnen. Ich fühlte mich wohl in dem kleinen Rumpelzimmer mit Balkon. Es war eher so, dass es mir in mir drin zu eng geworden war. Die Wände, die andere für mich hochgezogen hatten, um mich zu beschützen oder um mir meine Grenzen zu zeigen, begannen mich zu ersticken.

Kostja rückte näher an mich heran: Wie willst du rausfinden, was passiert ist, wenn du dich den ganzen Tag nicht von den Büchern wegbewegst?

Ich hob wieder meinen Anatomieatlas: Genau so.

Wie merkwürdig er aussah, inmitten der Kittel. Wie ein Fleck in meinem Gesichtsfeld. Ein Fleck, den niemand sonst sehen konnte.

Als uns Professor Persikow abholte, trödelte ich vorsätzlich und blieb als Letzte im Raum, um Kostja zu versichern, dass er sich das nicht ansehen müsse. Aber sein entschiedener Gesichtsausdruck sagte mir, dass er sich von niemandem davon abhalten ließ.

Mit Mundschutz und Einweghandschuhen standen wir um den Seziertisch herum. Weiße Tücher bedeckten Kopf, Arme und den Unterkörper, die Körpermitte lag frei.

Wir beginnen mit der Brustwand, sagte Professor Persikow und zeichnete mit einem blauen Marker gepunktete Linien für die Einschnitte auf die Haut.

Je ein seitlicher Schnitt entlang der *Clavicula*, von der suprasternalen Kerbe bis zum Schulterdach. Dann auf jeder Seite vom Schulterdach bis zur vorderen Axillarlinie. Als Nächstes ein Schnitt entlang der Mittellinie bis zum Rippenbogenrand und entlang des Rippenbogens. Zuletzt rundherum um die beiden Brustwarzen. Auf diese Weise würden wir ihn öffnen wie zwei Flügel eines Pakets.

Professor Persikow forderte Aljona auf, das Skalpell zu nehmen. Sie stand neben mir, ihre Augen waren auf den Körper gerichtet wie auf eine Giftschlange am Wegrand.

Ohne groß zu überlegen, trat ich vor.

Der Professor nickte. Achte darauf, oberflächlich zu bleiben, sagte er, um die darunterliegenden Muskeln nicht zu verletzen.

Das Skalpell fühlte sich leicht in meiner Hand an. Bevor ich es anlegte, schaute ich auf, suchte Kostjas Blick. Er senkte zustimmend den Kopf.

Die scharfe Klinge glitt in den Körper, kaum Reibungswiderstand. Die Haut ließ sich so leicht öffnen wie ein Reißverschluss. Meine andere Hand lag über seinem reglosen Herzen. Nach wenigen Minuten bildete sich ein Schweißfilm unter meinem Mundschutz. Ich versuchte, meinen Atem zu beruhigen. Als ich zur Mittellinieninzision kam, fing mich die Stimme des

Professors auf: Hier gilt es, das Zwerchfell nicht zu beschädigen.

Diáphragma, dachte ich, die Zwischenwand. Ein herzförmiger Muskel, der Brust- und Bauchhöhle trennt. Schon die alten Griechen erkannten das Zwerchfell als den wichtigsten Muskel und bezeichneten ihn als Sitz der Seele. Die Grenze zwischen Kopf und Bauch – dem, was man denkt, und dem, was man fühlt.

In gewisser Weise war Kostja das Zwerchfell unserer Familie gewesen. Er war immer dazwischen. Zwischen Mutters Ansprüchen und Vaters Hoffnungen, zwischen dem Leichtsinn meiner Brüder und meiner rigorosen Erziehung. Und nun fehlte der Muskel, der Motor, der alles in Gang gehalten hatte, der uns einatmen und ausatmen ließ. Als Kostja verschwunden war, hatten alle die Luft angehalten. Und ich war das erste Organ gewesen, das der Familienkörper abgestoßen hatte.

Erst als ich das Skalpell auf dem Metalltablett ablegte, bemerkte ich, wie angespannt meine Muskeln waren. Obwohl der Raum einem Kühlschrank glich, fühlte ich das Blut in meinem Körper sieden. Ich streckte meine Finger ein paarmal und ballte sie zur Faust, dann griff ich wieder zum scharfen Instrument.

Ich stand auf der rechten Seite des Körpers, hielt mit einer Pinzette die Haut über dem Schlüsselbein hoch, während ich mit dem Skalpell das gelbe Fett zurückstrich. Es sah aus wie Rührei. Michail übernahm die andere Brustseite. Professor Persikow drehte Kreise und antwortete auf Fragen, ohne zu versäumen, einen giftigen Kommentar hinzuzufügen: Das sollten Sie aber eigentlich wissen. Oder: Ich werde es langsam leid, mich zu wiederholen.

Ohne zu sprechen, schälte ich mit meiner Klinge die Haut von der Fettschicht und klappte sie Stück für Stück auf. Die Haut von innen war schön. Wie die Innenseite einer Orangenschale sah sie aus.

Es dauerte lange, das Innere bloßzulegen. Ich blinzelte gegen die Anstrengung, zumindest hatte ich mich an den ätzenden Geruch gewöhnt. Wir wechselten uns ab. Die, die schnitten, schwitzten, und die, die zusahen, rekapitulierten die Anatomie in ihren Büchern, machten Notizen. Jeder kam einmal dran, um das subkutane Fettgewebe zu entfernen. Mit jedem zaghaften Schnitt näherten wir uns der vorderen Brustwand. Nur Aljona entschied sich, weiter zuzugucken. Ihr Gesicht hatte mittlerweile die Farbe ihres Kittels angenommen.

Als das Fett in mehreren Plastiktüten abgepackt war, sollten wir die sichtbaren Muskeln benennen. *Musculus pectoralis major, Pars clavicularis, Pars sternocostalis.* Wir machten die vordere Wand der Axilla aus, den vorderen Teil des Deltamuskels, die *Fossa infraclavicularis, Vena cephalica.*

Mittendrin hatte ich es kaum erwarten können, zu sehen, wie Kostja in seinem Inneren aussah. Aber hinter seiner Hülle war er kein Mensch mehr, sondern nur noch bastgelbes Fleisch und eine Ansammlung lateinischer Begriffe.

Wir machten mit der Präparation der Achselhöhlen weiter. Als sie freigelegt waren, mussten wir wieder identifizieren, was wir sahen. Was ich sah, waren Schweißtropfen auf Stirnen und Erschöpfung in Augen.

Betrachten wir die seitliche Brustwand, sagte Professor Persikow. Das ist die Region, in der man eine Thoraxdrainage legen würde.

Um an den Zwischenrippenraum zu kommen, waren weitere Inzisionen nötig. Ich beugte mich nach vorne und spürte meinen unteren Rücken, als ich vorsichtig in den *serratus anterior* von der siebten und achten Rippe schnitt und das dünne Muskelfleisch mit einer Pinzette aufklappte.

Die Rippen traten nun deutlich hervor, und man konnte die versteckte Interkostalmuskulatur erkennen.

Mittlerweile kam mir der menschliche Körper wie eine große Zwiebel vor, die Schicht für Schicht gepellt werden musste, um an die Knospe zu kommen. Doch mit jedem Schnitt schienen sich die Lagen zu vermehren, anstatt weniger zu werden.

Als Professor Persikow den Unterricht beendete, wurden erleichterte Seufzer laut. Auch ich fühlte augenblicklich Linderung, zeichnete Kreise mit meiner Nase, um meinen Nacken zu dehnen.

Wir machten unser Besteck sauber und räumten zusammen. Erst dann fiel mein Blick wieder auf

Kostja. Er saß an die Wand angelehnt, die Beine angewinkelt, die Arme darauf abgelegt, sein Gesicht in
Apathie eingekehrt.

Ich brauchte lange, um es wahrzunehmen, aber keine
seiner Bewegungen machte je einen Laut. In Anbe-
tracht der Tatsachen war es vielleicht nicht verblüf-
fend, aber ich konnte mich trotzdem nicht daran ge-
wöhnen. Plötzlich stand Kostja neben mir, und mein
Herz machte einen Satz.

Schleich dich nicht immer so an, rief ich dann
nach dem ersten Schreckmoment. Was sollen die
Leute denken, wenn ich wie eine Verrückte auf-
springe?

Er grinste und bemerkte: Du klingst wie Mutter.

Ich schüttelte mich: Hör auf, jetzt kriege ich wirklich Gänsehaut.

Nach und nach lernte ich, dass sein Körper keine
Geräusche machte, aber auch dass er keinen Geruch
hatte. Wobei es nicht so war, dass er nach nichts roch.
Er schien chamäleonhaft den Duft seiner Umgebung
anzunehmen, sodass er olfaktorisch in ihr unterging.
Bei Babuschka und Deduschka roch er nach Birken-
salbe und Polstern aus den Siebzigern. In den Vorle-
sungssälen haftete Angstschweiß und Heizungsluft an
ihm. Wenn wir nebeneinander auf den eingeschneiten
Straßen gingen, trug er den Geruch von nasskaltem
Asphalt, Abgasen alter Verbrennungsmotoren und
Kohleöfen mit sich.

Ich konnte seinen Geist berühren, als hätte er eine feste Form, aber sie fühlte sich merkwürdig an. Ob ich an seiner Hand entlangstrich oder an dem, was er als Kleidung trug – für meinen Tastsinn war seine Substanz nicht unterscheidbar. Leder oder Haut, kalt oder warm, es war nichts von alledem und doch alles zugleich. Weil es mich verwirrte, verzichtete ich darauf, ihn anzufassen.

Mich beschlich eine Ahnung, dass Zeit für ihn anders verging. Anzeichen von Müdigkeit oder Hunger kamen auch nie von ihm. Ich glaubte nicht, dass er schlief, aber Mahlzeiten konnte er zu sich nehmen.

Manchmal erwischte ich ihn dabei, wie seine Augen jeglichen Fokus verloren und in einem leeren Ausdruck resignierten. Dann packte mich eine Angst, Kostja würde sich jeden Moment auflösen, in Billiarden kleinster Teilchen zerspringen. Was hätte ich darum gegeben, in seinen Kopf zu sehen. Manchmal wünschte ich mir, ich könnte ihm ein Kontrastmittel verabreichen und ihn in das pulsierende Magnetfeld eines *MRT*s schieben. Welche Bilder hätte es mir gezeigt?

Tante Katjuscha stand in der Küche, als Kostja und ich von der Uni kamen. Schau, was ich uns vom Markt mitgebracht habe, sagte sie und deutete auf das große Glas Moltebeeren, das die Tischmitte zierte.

Ich machte große Augen. Mitten im Winter? Tante Katjuscha griff in die Besteckschublade und reichte mir einen Löffel. Ich schraubte fast ungeduldig das Glas auf und ließ mir die süß eingelegten Früchte auf der Zunge zergehen. Kostja beobachtete mich neidisch.

Tante Katjuscha war im Verkauf tätig und konnte alles besorgen, wonach einem das Herz schlug.

Während wir kurz darauf zusammen Erbsensuppe löffelten, kritisierte Babuschka Tante Katjuschas Körperhaltung bei Tisch: Halt dich gerade, der Löffel kommt zum Mund, nicht der Mund zum Teller. Bei Bratkartoffeln und Forelle rügte sie ihre Tochter, weil sie die Haut von den eingelegten Tomaten abzog, die es dazu gab. Das Beste ist doch in der Schale, sagte sie mit einem Gesichtsausdruck, als würde Tante Katjuscha Geld aus dem Fenster rausschmeißen.

Tante Katjuscha war die Haut zu fest, zu zäh. Dann iss du sie doch, Mama, erwiderte sie.

Deduschka und ich saßen derweil schweigend auf der anderen Seite des Küchentisches und ließen uns unterhalten. Er hatte eine Spatzenportion auf dem Teller. Je weniger Zähne er hatte, desto weniger Nahrung schien er zu brauchen. Wie um seinen mangelnden Appetit auszugleichen, schaufelte ich das Essen umso schneller und in großen Mengen in mich hinein.

Der Abend endete mit aufgeblähtem Bauch und Tee. Babuschka bat Tante Katjuscha, bei Gelegenheit ihren Verwandten im blauen Haus Lebensmittel zu bringen und dabei nach der Datscha zu sehen. Im Winter brachen manchmal Obdachlose in die verlassenen Sommerhäuser ein und stahlen Kleidung und Konserven oder ließen sich so lange nieder, bis sie vertrieben wurden.

Tante Katjuscha hatte wenig Lust dazu, bei Schneetreiben rauszufahren. Vielleicht besuche ich dann auch Babka Jasja, versuchte sie sich aufzuraffen.

Katjuscha, sagte Babuschka plötzlich leidend, musst du dieses unglückselige Verhältnis weiterführen?

Mama, ich besuche ja nicht Levashov oder trete irgendeinem Zerstörungskult bei.

Levashov? Ich war neugierig.

Du kennst ihn sicher auch, wandte sich Tanta Katjuscha an mich. Dieser Heiler.

Okkultist, korrigierte Babuschka.

Er hat unheilbare Krankheiten allein mit seinem Geist kuriert, er konnte Wirbelstürme kontrollieren und Brände eindämmen und bewahrte die Menschen vor zig Naturkatastrophen.

Nach eigenen Aussagen, betonte Babuschka und fügte hinzu: Ein bizarrer Mann, extremistisch und antisemitisch. Sie führte ihre Teetasse mit beiden Händen an den Mund.

Ich behaupte ja nicht, dass ich daran glaube, aber wenn an seinen Fähigkeiten doch was dran wäre.

Du warst schon immer naiv, Katjuscha, war Babuschkas Meinung. Deshalb verrennst du dich immer in solche Sachen.

Welche Sachen denn? Erinnerst du dich, wie viele Muttermale ich früher hatte? Da hat Babka Jasja mir gesagt: Geh dahin, wo sich ein Pferd im Gras gewälzt hat, und tu dasselbe. Ich fand eine Stelle, und kurze Zeit später waren alle Muttermale verschwunden.

Das hast du getan?, fragte ich halb ungläubig, halb amüsiert. Kostja lachte ausgelassen.

Außerdem ist sie Wepsin, war Tante Katjuschas Totschlagargument.

Was hat das damit zu tun?, erwiderte Babuschka. Dein Vater ist auch Wepse.

Na, genau deshalb, Mama. Du hast es selbst immer verschwiegen, weil alle gesagt haben, sie seien Hexer. Das ist natürlich Unsinn. Aber es gibt noch welche, die den alten Glauben haben.

Ich linste zu Deduschka herüber. Er sah nicht so aus, als würde er verstehen, worum sich der Dialog drehte.

Sie leben nach den alten Bräuchen, stellte Babuschka klar, und legen nicht Tarotkarten oder sprechen mit Toten.

Kostja und ich wechselten einen Blick.

Tante Katjuscha verlor die Geduld: Warum bist du immer so skeptisch? Deine Urgroßmutter, sagte sie an mich gerichtet. Deine Mutter, sagte sie zu Babuschka, hat mir selbst erzählt, dass sie Schamanin war.

Was für ein Blödsinn, du bringst alles durcheinander, erwiderte Babuschka kopfschüttelnd und erzählte dann von ihrer Mutter Agathe.

In dem Dorf, in dem Agathe aufgewachsen war, gab es eine alte Frau, die Schamanin gerufen wurde, wobei sie selbst gegen die Bezeichnung war. Die Leute gingen zu ihr, wenn sie krank wurden. Sie kannte sich mit Heilkräutern aus und ging in den Wald, um mit Waldgeistern zu sprechen. Sie sagte immer, die Menschen seien krank, weil sie die Natur missachteten. Als sie im Sterben lag, ließ sie nach Agathe rufen. Keiner im Dorf verstand, weshalb sie eine Nachfolgerin ausgesucht hatte, die jung war und keine Schulbildung hatte. Die ganze Nacht soll ihr die alte Frau alle Beschwörungslieder vorgesungen haben, die sie kannte. Sie brachte ihr alles bei, was sie wusste. Agathe konnte zwar nicht schreiben, aber hatte ein gutes Gedächtnis. Als der Hahn krähte, trat die alte Frau auf die andere Seite über. Ab diesem Moment war Agathes Haus nie wieder friedlich. Kranke und Hilfsbedürftige kamen zu ihr, und sie wandte alles an, was sie die alte Frau gelehrt hatte. Zumindest das, was sie behalten hatte. Es war keine Magie oder Zauberei, die sie benutzte, sondern Kräuterkunde und Hausmittel wie Bauchmassagen, Fußbäder und Halswickel.

Wer irgendwas anderes behauptet, sagte Babuschka am Ende, ist ein Narr.

Als Tante Katjuscha gegangen war, versuchte ich Babuschka wieder auf das Gespräch zurückzuführen: Babka Jasja kann also mit Geistern sprechen?

Die Abendnachrichten liefen. Deduschka hatte seine Brille auf, aber die Augen geschlossen. Kostja saß auf dem Teppich zu meinen Füßen, hob den Kopf.

Babuschka sah müde aus, und ich war überzeugt,

dass kein Wort mehr aus ihr herauszukriegen war. Wider Erwarten sprach sie: Deine Tante hat Kostja einmal zu ihr mitgenommen.

Sie hatten bemerkt, dass Kostja häufig abwesend war und nicht mitbekam, was um ihn herum geschah. Oft verletzte er sich dabei. Weil er nicht hinschaute und gegen einen Poller lief oder über den Bordstein stolperte und fiel.

Die Kindergärtnerinnen sagten, dass er lieber in seinem eigenen Kopf sei, als mit den anderen Kindern zu spielen. Kostja erzählte nämlich genauso gern von seinen Tagträumen wie von seinen Erlebnissen im Kindergarten. Aber je mehr er erzählte und je mehr sie abglichen, desto mehr untermauerten seine Geschichten die Tatsache, dass er Fantasie und Wirklichkeit nicht unterscheiden konnte. Oder eher: Seine Träume waren für ihn genauso echt wie die Realität.

Tante Katjuscha hatte eine Idee: einen Exorzismus, oder was auch immer sie dort getrieben hatten. Dafür gingen Goldohrringe drauf, die seit Generationen in Deduschkas Familie waren. Zwei Blätter einer Birke, deren Stiele zu einem Ring geformt waren. Das konnte Babuschka natürlich schwer verzeihen. Obendrein brachte der Hokuspokus rein gar nichts.

Am Ende war es Deduschka, der es mit seinem ruhigen, gutsinnigen Charakter schaffte, die Tür zu finden, die zu Kostjas geheimer Welt führte, und ihn aus ihr herauszuführen.

Was waren das für Sachen?, fragte ich. Die sich Kostja vorstellte?

Kostja schien sich nicht für seine alten Kindheitsgeschichten zu interessieren. Ssscht, machte er und zeigte zum Fernseher. *Die Sklavin Isaura* wurde ausgestrahlt.

Babuschka war auch abgelenkt: Das Übliche. Was sich Kinder nun mal ausdenken.

Sie machte den Fernseher lauter.

Der Schurke Leôncio hat Tobias in der Maismühle bei lebendigem Leib verbrannt, brachte sie mich auf den neuesten Stand. Bevor ich nicht sehe, dass der Mistkerl kriegt, was er verdient, kann ich nicht ruhig schlafen.

Sie machte es sich auf dem Sofa gemütlich. Ich muss zugeben, ich bin kein großer Fan von Isaura, verriet sie. Da ist eine Frau wie Rosa mehr nach meinem Geschmack, vom ganzen Intrigenspiel mal abgesehen, aber wenigstens weiß sie, was sie will, und scheut sich nicht, dafür zu kämpfen.

Ssscht, machte Kostja wieder, und Babuschka verstummte, als hätte sie ihn gehört.

Ich lag im Bett, Kostja auf dem Boden daneben auf dem Bauch, blätterte in einem Buch.

Was hat dir Babka Jasja damals gesagt, als du mit Tante Katjuscha bei ihr warst?

Kostjas Augen wanderten umher.

Sie sagte, ich habe eine Krankheit, erzählte er. Um mich zu heilen, müsste ich durch eine alte hohle Eiche kriechen. Die Ränder des Spalts würden wie Zähne oder Krallen die Krankheit von mir wegziehen. Auf der anderen Seite würde ich dann gesund herauskommen.

Und?

Ein bisschen schwierig, in der Praxis eine Eiche mit einem Durchgangsloch zu finden, durch das ich auch noch gepasst hätte, erwiderte er und fügte hinzu: Was Tante Katjuscha natürlich nicht davon abgehalten hat.

Wie lange hat sie gesucht?

Lange.

Sein Gesichtsausdruck brachte mich zum Lachen. Mein Hals kratzte. Ich räusperte mich und musste so heftig husten, dass sich mein Körper krümmte.

Zwischen Kostjas Augenbrauen bildete sich eine Falte.

10

Beim Mittagessen drängten sich die Medizinstudie-renden wie Masttiere. Die Gesprächsfetzen, die zu mir durchdrangen, waren geschürt von Prüfungsangst. Es gab kein anderes Thema. Für die einen galt es, das vorklinische Studium hinter sich zu bringen, andere mussten das Physikum bestehen.

Ich war in meinem zweiten Jahr, und die Vorstel-lung, dass ich auch die nächsten vier Jahre auf diesem Fließband weiterverarbeitet wurde, bis mich die Ma-schine befüllt, zusammengeschraubt und etikettiert ausspucken würde, machte mich schwindelig.

Wie kannst du dich bei dem Lärm konzentrieren?, fragte Kostja, der gelangweilt neben mir saß.

Ich legte meinen Kugelschreiber ab und streckte mich. Die Kommentare von der Seitenlinie machen es nicht einfacher, antwortete ich.

Kostja hatte eine Idee: Ich könnte dir bei der Prü-fung die Antworten zuflüstern.

Würdest du?

Wofür hat man einen unsichtbaren Bruder?

Flüsterst du mir später auch die Diagnosen zu, wenn ich Patienten behandle?

Ich hatte die Frage scherzhaft in den Raum gestellt, aber die Möglichkeit, die plötzlich zwischen uns stand, dass Kostja noch so lange bleiben würde, machte mich eigenartig nervös. Seine Augen wurden auch ernst.

Weißt du schon mehr?, fragte er. Gibt es irgendwelche Anzeichen am … Körper?

Ich schüttelte den Kopf. Entweder war die Todesursache die Nadel im Heuhaufen oder ein Puzzle, dem Teile fehlten. Ich war mir unsicher, ob ich sie erkennen würde.

Ein vertrautes Lachen ließ mich aufblicken. Ich schaute mich suchend um und fand Wika. Sie hielt die Hand einer Frau mit Brille und Grübchen. Sie standen zum Bezahlen an, vielleicht fünfzig Meter von mir entfernt, amüsierten sich über Dinge, die wahrscheinlich nur sie lustig fanden. Dabei führte Wika ihre andere Hand ganz natürlich zum Hals ihrer Freundin und richtete ihr den Blusenkragen. Es wurde mir so eng in der Brust, als stünde ich bei ihnen.

Wer ist das?, fragte Kostja, der meinem Blick gefolgt war.

An der Kasse ließen sie voneinander. Ich guckte weg, bevor sie mich bemerken konnten, aber Wika machte mich trotzdem in der Menge aus und kam auf mich zu.

Schura, grüßte sie, und ihr Hallo klang so, als hätten wir uns verabredet.

Willst du nicht mit deiner Freundin essen?, fragte ich, meine Augen starr auf das Lehrbuch vor mir gerichtet.

Das tue ich doch, sagte sie fröhlich und setzte sich zu mir.

Wo ist sie denn?

Ich tat so, als würde ich nach jemandem Ausschau halten. Wika lachte so lebhaft, dass sich die Leute am Nebentisch nach uns umdrehten. Kostja hob eine Augenbraue.

Ich habe zu tun, erklärte ich und zeigte auf mein Buch.

Keine Sorge, ich werde dich nicht stören, sagte sie und ging dazu über, mich zu stören. In aller Ausführlichkeit erzählte sie von ihrem Nachtdienst, während sie ihren Salat auspackte. Sie entfernte den Plastikdeckel, scheiterte aber an der Folie. Sie knibbelte am falschen Ende, sah die abziehbare Lasche auf der anderen Seite nicht, die extra dafür vorgesehen war. Dann hob sie plötzlich ihre Hand und führte sie über den Halsausschnitt unter ihren Pullover. Dabei dehnte sie den Stoff so, dass ich ihr Schlüsselbein sehen konnte.

Ein Haar im *BH*, sagte sie und holte es hervor, zeigte es mir in der Faust. Hat mich schon die ganze Zeit genervt.

Ich versuchte wegzusehen, aber meine Augen wanderten immer wieder zu ihrem Busen. Wika bemerkte es und lächelte, lehnte sich zu mir über den Tisch und senkte ihre Stimme, als wollte sie mir ein Geheimnis verraten: Deine Brüder sind echte Gentlemen.

Ich wusste gar nicht, dass Gentlemen mit ihren Backenzähnen Bierflaschen öffnen, erwiderte ich und riskierte einen Seitenblick auf Kostja. Er hatte die Arme überkreuz auf dem Tisch abgelegt und seinen Kopf darauf, um mein Gesicht besser sehen zu können. Er grinste.

In der Neujahrsnacht haben sie mich bis zum Wohnheim begleitet, erzählte Wika. Mischa hat mich den halben Weg huckepack getragen.

Ich hatte nicht vor, etwas darauf zu erwidern.

Weißt du, Mischa erzählt viel von Kostja, setzte sie nach, und mein Herz machte einen Sprung. Muss toll gewesen sein, mit ihnen aufzuwachsen.

Ihre zu langen Fingernägel rutschten wieder an dem falschen Ende der Folie ab. Ihr lächerlicher Kampf mit der Verpackung ging mir auf die Nerven. Ich nahm ihr den Salat aus den Händen und zog die Plastikfolie ohne Probleme ab. Der Geruch nach Mayonnaise breitete sich aus.

Mischa kommt wohl nicht aus dem Schwärmen raus, meinte ich.

Er klingt eher bitter, sagte Wika unerwartet. Typisches mittleres Kind, nie die ungeteilte Aufmerksamkeit der Eltern bekommen, immer nur den ausgetretenen Pfad des Ältesten gegangen. Selbst jetzt sehnt er sich danach, gesehen und gehört zu werden.

Vielleicht lag es an dem bemitleidenden Ton in ihrer Stimme oder dass sie sich herausnahm, so zu tun, als würde sie meine Brüder besser kennen als ich, oder weil Kostja zuhörte. Ich konnte mich nicht zurückhalten.

Muss einfach gewesen sein als Einzelkind, erwiderte ich. Da muss man auf niemanden Rücksicht nehmen.

Bevor Wika die Plastikgabel zum Mund führen konnte, senkte sie sie wieder. Ich glaube, du verstehst mich falsch.

Glaubst du?

Ihr Lächeln war standhaft. Ich lass dich mal weiterlernen, sagte sie und legte den Deckel wieder auf den Salat. Lass uns bald wieder alle zusammen ausgehen, schlug sie halbherzig vor.

Sie ließ die abgerissene Plastikfolie mit einem Klecks Mayonnaise zurück, der aussah wie eine Sichel oder ein Mund mit heruntergezogenen Mundwinkeln.

Die Begegnung ließ mich mit einem eigenartig hilflosen Gefühl zurück. Es zog mich runter, und zu allem Überfluss bekam ich meine Periode, drückend heiß, mitten in der Vorlesung und viel zu früh.

Babuschka sagte immer, ich solle dankbar sein, meine Periode mache mich schön. Wenn sie wegbliebe, werde ich wie sie, faltig und schlaff. Ich konnte es kaum erwarten.

Der Professor für Notfallmedizin fragte gerade, wann Übelkeit und Erbrechen gefährliche Symptome seien, während ich an nichts anderes denken konnte, als die Zähne zusammenzubeißen, bis die stechenden Kontraktionen im Unterleib nachließen. Seine gehetzte Vortragsweise machte es mir unmöglich, ihm zu folgen, zu viele Worte standen im Raum, sie waren so aufgeblasen, dass sie mir die Luft zum Atmen nahmen. Wenig erfolgreich zwang ich mich, die Uhr über dem Ausgang zu ignorieren, die gleichgültig in mäßigem Tempo voranschritt. Kostja bemerkte sofort, dass es mir nicht gut ging.

Was fehlt dir?, fragte er, aber ich war zu beschämt, um zu antworten.

Als die Vorlesung schließlich endete, hetzte ich, meine Bücher und Hefte wieder ordentlich einzupacken, die Stifte fielen auf den Boden, ich bückte mich. Da hörte ich Stimmen in meinem Rücken tuscheln.

Michail und Anton standen hinter mir an der Treppe und sahen an mir herunter. Augenblicklich wurde mir klar, dass ich durch meine Jeans durchgeblutet haben musste. Ich spürte, wie mein Kopf heiß wurde. Es fühlte sich an, als würde ich Feuer fangen, und das Einzige, woran ich denken konnte, war, jemanden in Brand zu stecken.

Michail wich meinem Blick aus und sagte zu Anton in einer Lautstärke, dass es jeder mitkriegen konnte: Von einer zukünftigen Ärztin habe ich erwartet, dass sie zumindest die Standardhygienemaßnahmen einhält.

Alle Gespräche versiegten. Plötzlich gab es nichts Aufregenderes als mich.

Ich zwang mich zu einem Lächeln. Langsam kam ich auf die beiden Studenten zu, nahm noch in Ruhe einen Schluck aus meiner Wasserflasche.

Von einem zukünftigen Chirurgen habe ich auch mehr erwartet, erwiderte ich. Zumindest, dass er sich bei ein bisschen Menstruationsblut nicht in die Hose macht.

Nur eine kleine Bewegung, und der Rest meines Wassers landete in Michails Schritt. Er sprang zurück, zu spät. Zwischen seinen Beinen tropfte es.

Gut gemacht, das haben sie nicht anders verdient, rief Kostja zufrieden.

Дура, war Michails gegenteilige Reaktion. Das sagten kleine Jungs, wenn sie sich nicht anders zu helfen wussten: Du blöde Kuh.

Warum übertreibst du?, plusterte sich Anton auf. Das war doch nur Spaß.

Ich mach auch nur Spaß, erwiderte ich lächelnd.

Sie riefen mir noch irgendetwas hinterher, und Kostja antwortete ihnen, ohne beachtet zu werden, aber in meinen Ohren rauschte es. Ich konnte nichts mehr hören außer meinem eigenen Atem.

Mit letzter Kraft schaffte ich es auf die Toilette und fiel im Schutz einer Kabine mit einem Seufzer zusammen. Ich legte meinen heißen Kopf auf den Knien ab, machte die Augen zu und ergab mich den Krämpfen, die in Wellen kamen.

Jemand betrat den Raum. Ich hörte den Wasserhahn und wie Hände gewaschen und abgetrocknet
wurden. Die Person blieb, trat von einem Fuß auf den
anderen und mich beschlich eine Ahnung.

Alles in Ordnung?, traute sich eine kleine Stimme
schließlich zu fragen.

Ich raffte mich auf und spülte.

Draußen wartete Aljona auf mich. Sie war nicht auf
Streit aus. Ihre flinken Hände holten eine Binde aus
ihrer Handtasche und hielten sie mir hin.

Mach dir keine Mühe, winkte ich ab.

Egal ob Reue oder Mitleid, ich brauchte nichts davon.

Während ich meine Hände einseifte, beobachtete
sie mich im Spiegel. Aus dem Augenwinkel heraus sah
ich, wie ihr der Kopf rauchte.

Wenn du so sein willst, sagte sie schließlich, brauchst
du dich nicht zu wundern, dass dich die anderen genauso behandeln.

Eingeschnappt stürmte sie nach draußen. Ihre hohen Absätze spielten einen Viervierteltakt.

Ich schleppte mich durch die Gänge wie eine alte
Frau mit Rückenschmerzen. Kostja versuchte mich zu
stützen. Fast wären wir auf Iwan gestoßen, der mit
einem großen Müllsack aus einem Seminarraum herauskam, aber ich sah ihn zuerst und konnte unbemerkt ins Treppenhaus flüchten. Ich hätte es nicht
ausgehalten, mich ein weiteres Mal vor ihm zu demü-
tigen.

Irgendwie schaffte ich es an diesem Tag nach Hause. Noch angezogen fiel ich ins Bett, warf die Decke über mich und versank in traumlosem Schlaf.

Als ich die Augen wieder öffnete, saß Kostja an meinem Bett.

Ich bin unausstehlich geworden, oder?

Meine Stimme klang heiser.

Seit ich denken kann, antwortete er, warst du unausstehlich.

Ich musste lachen, und auch er lächelte.

Aber früher, sagte er, warst du das, weil du es nicht verstecken konntest, und heute bist du es nur, weil du dich versteckst.

Wenn Kostja lächelte, hob sich sein rechter Mundwinkel nach oben, aber sein linker schaffte es nicht. Deshalb sah er immer so wehmütig aus.

Klugscheißer, entgegnete ich. Dann musste ich direkt wieder eingeschlafen sein.

Draußen herrschten Minusgrade im zweistelligen Bereich, drinnen glich die Wohnung einer Sauna. Mutter heizte bis zum Anschlag.

Du siehst ja furchtbar aus, bekommst du bei deinen Großeltern nicht genug zu essen?

Sie war ganz in ihrem Element, sagte geradeheraus: Hast du dir überhaupt die Mühe gemacht, deine Haare zu kämmen?

Ja.

Besitzt du überhaupt einen Kamm?

Ja, Mutter, antwortete ich. Ich habe einen Kamm.

So lassen dich deine Großeltern hoffentlich nicht in die Universität gehen, setzte sie nach.

Natürlich nicht, Mutter, entgegnete ich. Sie lassen mich davor immer brav am Schönheitssalon raus.

Mein Konter brachte Kostja zum Lächeln.

Mutter schnalzte mit der Zunge. Nie machst du dir Gedanken um mich. Weißt du nicht, dass alles, was du tust, sich auch auf mich auswirkt?

Sie trug von Kochdämpfen gerötete Wangen und die Schürze, an der noch Flecken aus dem Sozialismus hafteten.

Brauchst du Hilfe in der Küche?, versuchte ich die wohlerzogene Tochter zu mimen, während ich mich drei meiner vier Schichten Kleidung entledigte, aber Mutter winkte ab: Geh deinen Vater unterhalten.

Vater saß vor dem Fernseher. In sich gefaltet, die Beine seitlich angewinkelt, den rechten Ellenbogen vor dem Bauch verschränkt, den linken Ellenbogen auf der Sofalehne abgestützt, der Kopf ruhte schwer in der Handfläche. Seinen Augen fehlte jeglicher Ausdruck. Egal, ob der Bildschirm ein lachendes Werbegesicht oder ein amputiertes Kriegsopfer zeigte.

Ich musste mich erst neben ihn auf das Sofa fallen lassen, dass er mich überhaupt bemerkte.

Bei einem Flugzeugabsturz auf Kamtschatka sind achtundzwanzig Menschen gestorben, fing er ohne Begrüßungsfloskel an und referierte, dass vor nicht allzu langer Zeit ein anderes Flugzeug mit fünfzehn

Passagieren nahe Tomsk abgestürzt war. Nach zehn Minuten in der Luft waren beide Triebwerke ausgefallen. Die Maschine landete im Moor, pflügte achthundert Meter weit durch die Landschaft und überschlug sich dann. Dank einem glücklichen Zufall überlebten alle ohne schwere Verletzungen.

Dauernd werden neue Airlines gegründet, aber die Flugzeuge bleiben dieselben, meinte er dazu. Dreißig, vierzig Jahre alt sind sie, alle Sowjetbauart. Das ist vielleicht nicht ausschlaggebend, aber das Problem ist offensichtlich.

Unsere Dörfer bluten aus, unsere Häuser verfallen, die Straßen in die äußeren Bezirke sind kaum befahrbar, aber militärisch wichtige Strecken sind eins a geteert. Wie lange wir auf Sanierungsgelder für Kulturinstitute warten und währenddessen Abfallberge aus Moskau bei uns abgeladen werden. Aber wenn die Autokratie irgendeine Kirche im Ort besucht, sind innerhalb von ein paar Tagen alle Häuser entlang seiner Reiseroute neu gestrichen und der Müll entsorgt. Sieh dir den Belomorsko-Baltijskij-Kanal an. So viele sinnlose Menschenopfer hat der Bau gekostet, aber nie wurde er wirtschaftlich oder militärisch von Belang. Du warst noch nicht geboren, da wusste ich es schon. Dass das Land verloren ist.

Kostja warf mir einen Blick zu, wie er das früher immer getan hatte, wenn Vater in seinen Monologen ausuferte. Wie Verbündete lächelten wir uns traurig zu.

Ich hatte es verstanden, als die Firma unterging, sagte Vater. Wie konnte es auch anders kommen? Es war von Anfang an zum Scheitern verurteilt. Ich habe die Korruption gesehen, die Ausweglosigkeit. Dieses Land ist ein einziger Sumpf. Du kannst kein Haus auf einem Moor bauen. Weil der Mann, der das Land führt, den Ast absägt, auf dem er sitzt.

Vater war rot im Gesicht, wie er das immer war, wenn er trank. Der Gürtel seines Bademantels umschloss das angesetzte Bauchfett in einer freundschaftlichen Umarmung. Nach dem Duschen hatte er das dünn gewordene Haar nach hinten gekämmt. Es war noch nass und hatte die Form von weiten Zinken eines Heurechens.

Seine Stimme war dünn und tonlos, als er sagte: Damals hätte ich euch einfach ins Auto packen müssen und hier abhauen. Warum habe ich das nicht getan? Das wäre besser gewesen, für deine Mutter und mich und euch. Dann wärt ihr hier nicht gefangen.

Mir wurde ganz unangenehm bei seiner plötzlichen Reue. Letztes Jahr hatte er noch ganz anders geklungen. Sein Vetter war aus Finnland für Import-Export-Geschäfte angereist. Da musste Vater natürlich prahlen, um mitzuhalten. Seine Söhne kannten das Handwerk, Schreiner, Ingenieur, Steinmetz. Wenn sein Ältester noch leben würde, hätte er längst eine *OOO*. Und seine Tochter sei Ärztin, hatte er mit geschwellter Brust hinzugefügt. Wenn er alt und grau werde, wüsste er, für ihn sei gesorgt.

Ich hatte mich nicht bewegt, als er seine schwere Hand auf meinem Kopf ablegte. Mein Lächeln war gefroren.

Zu der Zeit war ich noch in meinem ersten Studienjahr und kurz davor aufzugeben. Die wöchentlichen Testate in Biologie und Physik zeigten mir, dass meine Wissenslücken die Größe von Ozeanen hatten. In Chemie hinkte ich nicht nur hinterher, ich stand komplett auf dem Schlauch. Während ich noch versuchte, mir etwas zusammenzureimen, hatten sich um mich herum Lerngruppen gebildet. In sie einzutreten hätte bedeutet, alle meine Schwächen zu offenbaren.

Insgeheim wartete ich darauf, dass mir jemand zu Hilfe kam. Ein Dozent oder Tutor, der meine Verzweiflung roch. Oder jemand aus meiner Familie, der mich tröstete und sagte, es sei keine Schande, abzubrechen. Stattdessen spuckte mein Vater große Töne.

Am nächsten Tag bettelte ich bei meinen Professoren um Skripte und Übungsaufgaben. Ich half zwischen den Seminaren in der Bibliothek aus, um mir die Intensivkurse leisten zu können, die externe Dozenten kurz vor den Klausuren anboten. Eine Zeit lang arbeitete mein Körper mit nur vier Stunden Schlaf jede Nacht und ernährte sich größtenteils von Albträumen. Mein Notendurchschnitt war bedauernswert, aber ich kam durch. Der Jahrgang schrumpfte um achtzig Prozent.

Mutter unterbrach Vaters Vortrag, indem sie ihn bat, sich etwas Anständiges anzuziehen. Gleich, sagte er, ohne sie anzusehen, und machte den Fernseher lauter. Kostja betrachtete ihn, die Stirn sorgenzerfurcht. Ich hatte das Gefühl, den beiden einen Moment allein geben zu müssen.

Am Ende des Flurs ging das Zimmer meiner Brüder ab. Auf mein Klopfen kam keine Antwort. Als ich die Tür aufdrückte, wurde ich nervös. Nach dem Auszug hatte ich es immer vermieden, ihr Reich zu betreten.

Grischa war als Einziger da, krümmte sich mit Kopfhörern über den Schreibtisch und zeichnete etwas.

Früher stand anstelle des Tisches ein zweites Hochbett. Niemand konnte das Zimmer betreten, ohne in die kriegerischen Auseinandersetzungen zwischen Schweiß und Deo zu laufen. Das Duell der Ausdünstungen fand noch statt, war jedoch in eine Art Ringkampf abgeschwächt, seit vier Achseln fehlten. Jetzt gehörte der Raum Fedja und Grischa. Mischa schlief in meinem alten Zimmer. Das musste ich nicht riechen.

Bevor ich die Zeichnung ausgiebig betrachten konnte, legte Grischa seine Hand schnell auf das kompromittierende Blatt Papier. Es ist noch nicht fertig, sagte er und nahm die Kopfhörer ab. An seinen roten Ohren sah ich, dass es ihm peinlich war.

Lass es bloß Mischa nicht sehen, außer du willst es zugekleistert zurückhaben, scherzte ich.

Grischa verzog das Gesicht und schob die nackte Frau unter ein verranztes Buch über die griechische Bildhauerei.

Auf dem Regal über dem Schreibtisch standen seine Figuren. Menschen, deren Haare Blätter waren und Beine Baumstämme. Tiere, die als wandelnde Häuser für kleinere Tiere dienten. Ein Vogel, der ein Engel war. Ein schlafendes Kind, zugedeckt von der Gischt des Meeres. Aus Naturstein und Bronze waren sie herausgeschlagen und wunderschön. Die Eltern lobten seine Handwerkskunst, aber das Gehalt, das er nach Hause trug, fanden sie beeindruckender.

Ich nahm im Sessel neben dem Schreibtisch Platz, der als Ablage für getragene Kleidung diente. Grischa sagte nichts, und ich spürte, wie die Stille uns weiter voneinander wegtrieb.

Wenn du alles auf der Welt machen könntest, fragte ich in den Raum hinein, ohne dir um Geld oder irgendwas anderes Sorgen machen zu müssen, was würdest du tun?

Wenn Grischa grübelte, schob er seine Unterlippe vor, was sein Kinngrübchen betonte und den Eindruck erweckte, er würde schmollen. Am Ende sagte er: Nichts.

Wie nichts?

An einem sonnigen Tag würde ich im Schatten liegen, an einem kalten, wo es warm ist, was Gutes essen und schlafen und einfach nichts tun, sagte er.

Und deine kleinen Freunde?

Ich zeigte auf das Regal mit seinen Skulpturen.

Grischa lehnte im Schreibtischstuhl und warf seinen Kopf nach hinten: Wenn ich keine Sorgen habe, brauche ich auch das nicht.

Seine fehlenden Ambitionen beeindruckten mich.

Mischa würde wahrscheinlich seinen Rucksack packen und das Land bereisen, auf der Suche nach einer Ehefrau, überlegte ich laut, und mit Syphilis zurückkehren.

Grischa lachte. Und Fedja?

Ich sehe ihn in der Hauptstadt, mit langen Haaren und einer Gruppe Pioniere unter sich, die ihm folgen wie einem Propheten.

Da fiel Grischa ein: Mutter will Fedja mit der Tochter irgendeines hohen Beamten verkuppeln.

Mutter wird enttäuscht sein, sagte ich dazu.

Wir grinsten uns verschwörerisch an, und dann fragte ich: Und Kostja?

Grischa gab mir den Ball zurück: Was glaubst du?

Ich versuchte, mir etwas einfallen zu lassen, aber der Schluss, zu dem ich kam, war genauso trübsinnig wie evident: Kostja wäre überall, nur nicht hier. Wo war er noch mal das letzte Mal, irgendwo bei Murmansk?

Ich glaube nicht, dass er da war, sagte Grischa mit verschränkten Armen.

Wo dann? Sibirien?

Ich meine, ich glaube nicht, dass er gefahren ist, so, wie er erzählt hat.

Sondern?

Er war hier.

Zu Hause?

Er schüttelte den Kopf. Ich habe ihn in der Stadt gesehen.

Wann?

Ich lehnte mich nach vorne, stützte die Ellenbogen auf den Knien ab.

Grischa erzählte: Weißt du noch, als Mischa und ich im Sommer einen Tag weg waren, um Material zu kaufen? Mineralwolle, Dampfbremse …

Und wo?, unterbrach ich ihn.

Na, im Baumarkt.

Nein, wo habt ihr Kostja gesehen?

Mischa war gar nicht dabei. Nachdem wir das Auto vollgeladen haben, ist er ab, wollte Dima sehen, und ich bin allein los. Die Hitze war nicht auszuhalten, also bin ich in einen Kiosk und mit Plombir und Limo in den Park. Da seh ich ihn.

In welchem Park?

Dem mit der Bärenskulptur.

Am Ententeich?

Er nickte. Mit einer Frau auf der kleinen Brücke. In einem blauen Hemd und langer Hose. Die ganze Stadt schwitzt sich einen ab, und er läuft rum, als wär der Herbst ums Eck – das konnte nur Kostja sein. Ich rief nach ihm, wollte ihn einholen, aber da war er schon über die Brücke und zu weit weg, und ich dachte, was soll's, wir sehen uns eh später beim Abendessen. Zu

Hause frag ich dann die anderen, seit wann er zurück ist, und alle sehen mich an wie Bahnhof. Mischa meint, ich hätte einen Sonnenstich, kann gar nicht Kostja gewesen sein, der wär doch tausend Kilometer weit weg. Zwei Wochen später taucht Kostja dann auf, und was hat er an? Dasselbe blaue Hemd.

Und die Frau?

Grischa schob seine Unterlippe wieder vor: Noch nie vorher gesehen.

Wie sah sie aus?

Normal. Rote Haare.

Ich überlegte.

Was meinte Kostja dazu? Hast du ihn gefragt?

Wir hörten Mischa und Fedja im Flur, sie stürmten das Zimmer und machten jegliche Fortführung des Gesprächs unmöglich.

Wen haben wir denn da?, rief Mischa erfreut und hob mich vom Sessel und wiegte mich trotz meiner lauten Proteste wie ein Kleinkind. Damit er von mir abließ, musste ich ihm in die Schulter beißen. Er schrie gespielt auf.

Fedja begann sich währenddessen umzuziehen.

Wenn du dich von Mischa so verwöhnen lässt, neckte er mich, kommst du nie aus der vorpubertären Phase raus.

Sagt genau der Richtige, erwiderte ich und warf meinen Blick abschätzig auf seine babyblaue Unterhose, die mit bunten Kampfjets bedruckt war.

Das Abendessen verlief ohne besondere Zwischenfälle. Mutter hatte sich sichtlich Mühe gegeben. Meine Brüder stürzten sich mit einer solchen Gier auf die Golubtsi, als hätten sie die ganze Woche gehungert. Die gefüllten Kohlrouladen, die auseinandergefallen waren, musste Vater essen. Mir legte Mutter die gelungensten Portionen auf den Teller, und ich aß sie mit saurer Smetana und gemischten Gefühlen.

Kostja beobachtete uns vom Küchentresen aus. Er saß auf der Arbeitsplatte, den Kopf zur Seite gelegt. Es gab keinen Platz mehr für ihn am Tisch.

Lang ordentlich zu, sagte Mutter zu mir. Du musst für die Prüfungen Kraft tanken. Sie lächelte aufgesetzt. Ich wusste immer, dass du etwas Großes machen würdest, du hast schließlich meinen Ehrgeiz.

Es wäre leichter, wenn sie solche Sachen lassen würde. Wenn sie nicht so tun würde, als hätte sie mich nicht abgeschoben und seitdem kein Wort darüber verloren.

Jedes dieser Abendessen endete damit, dass sie mir Dinge in die Hand drückte, die es auszuliefern gab. Essensreste für Babuschka und Deduschka oder irgendwelche Dokumente, die noch dringend zur Post mussten. Sie hätte mir den Müll in die Hand gedrückt – obwohl keiner abends den Müll rausbrachte, ohne ärmer werden zu wollen –, nur um einen Grund zu haben, mich wieder vor die Tür zu setzen.

Diesmal war es eine Tragetasche voller Lebensmittel, die ich Iwans Mutter bringen sollte. Sie hatte

Kaffee, Süßigkeiten und eingelegtes Gemüse eingepackt.

Ich jammerte, die Tüte wiege ja eine Tonne, aber
Mutter erwiderte nur: Stell dich nicht so an. Weißt du,
wie viel du bei deiner Geburt gewogen hast? Diese
Last musste ich monatelang mit mir herumtragen.

Fedja nahm mir die Tasche ab und sagte: Komm, ich
fahr dich.

Fedjenka, das ist doch nur ein Katzensprung, versuchte ihn Mutter zurückzuhalten. Sie ahnte nicht,
dass ihr Sohn mich als Ausrede für seine eigene
Agenda benutzte.

Im Auto platzte es aus ihm heraus: Du weißt, du
kannst auch Nein sagen, wenn dich Mutter um was
bittet?

Ich prustete: Hast du ihr je was abschlagen können?

Stört dich das nicht?, hakte Fedja nach.

Dich scheint es mehr zu stören.

Früher hast du wenigstens Widerstand geleistet.

Ah ja, das hat wirklich gut funktioniert.

Du wirst langsam wie Kostja. Frisst alles in dich
hinein. Niemandem geht's dadurch besser, wenn du
immer nur alles runterschluckst. Irgendwann ist das
Fass voll, und du ertrinkst in dieser Scheiße. Wie
er.

Kostja saß schweigend auf dem Rücksitz, und ich
war froh, sein Gesicht nicht sehen zu müssen. Es sah
Fedja gar nicht ähnlich, seine Gefühle auf diese Weise
preiszugeben. Sein Ärger gab mehr von seiner eigenen

Machtlosigkeit preis als von meiner. Ihn so ausgeliefert zu sehen, fühlte sich komisch an.

Krieg dich wieder ein und fahr los, sagte ich schließlich, um uns von der peinlichen Stille zu befreien. Ich frier mir den Arsch ab in dieser Tiefkühltruhe.

Den weinroten Toyota Starlet hatte Mischa vor Jahren einem Freund abgekauft, als der zur Armee ging. Obwohl der Wagen offiziell ihm gehörte, nutzten ihn alle meine Brüder. Direkt am ersten Abend, als sie die Schlüssel bekamen, feierten sie ihr eigenes Stück Freiheit ausgiebig. Der Umtrunk endete damit, dass Mischa runterging, um den Wagen auf dem bewachten Übernachtungsparkplatz abzustellen, und auf dem Weg dahin drei Mülltonnen zur Seite schob. Die Kratzer von der Aktion prangten noch immer auf der rechten Seite. Seitdem klemmte die Tür.

Innen roch es nach Aschenbecher und Kotze. Die Rückbank sah aus, als würde dort ein Obdachloser seine Nächte verbringen. Kostja hatte es auf den Decken, Anziehsachen, halb leeren Limoflaschen, benutzten Taschentüchern, Kabeln und allerhand undefinierbaren Dingen wahrscheinlich so bequem wie auf dem Abfallberg einer Mülldeponie.

Der Wagen sprang beim zweiten Mal an. Wir mussten nur ein Stück über die Hauptstraße und auf die andere Seite des Flüsschens einbiegen, mit dem Auto keine fünf Minuten. Aber sobald wir auf der Hauptstraße waren, wurden wir von der Verkehrsmilizija angehalten.

Ich regel das, sagte Fedja kurz und kurbelte das Autofenster runter, zeigte Führerschein und Fahrzeugpapiere. Die Uniformierten waren sichtlich gelangweilt und brauchten einen Zeitvertreib.

Парень, sagte einer von ihnen ungezwungen. Er war kaum älter als Fedja. Der Wagen ist nicht deiner.

Ребята, erwiderte mein Bruder im selben Tonfall, das Auto ist auf meinen Bruder gemeldet. Ich wollt nur kurz meine Schwester absetzen – das sind fünfzig Meter.

Der andere wurde laut: Du bist wohl keine große Leuchte. Ob's fünfzig Meter sind oder nur fünf – Fahren ohne Versicherung macht dich strafbar.

Kommt schon, друзья, entgegnete Fedja mit einem Grinsen. Jetzt muckt mal nicht so auf wegen so was Halbgarem. Warum habt ihr mich überhaupt angehalten? Hab ich was falsch gemacht?

Aussteigen, hieß es grob. Einer von ihnen kam auf meine Seite, beugte sich vor und zeigte mir seine gierigen Augen. Du auch.

Lasst doch meine Schwester wenigstens in Ruhe, bat Fedja beim Aussteigen, aber wurde ignoriert.

Widerwillig löste ich den Sicherheitsgurt. Ich klapperte mit den Zähnen. Das Auto hatte nicht genug Vorlauf gehabt, um Heizungsluft zu produzieren.

Im Rückspiegel sah ich Kostja nicken. Fedja hat alles im Griff, versicherte er mir.

Sprechen wir vom selben Fedja?

Kostja hatte wohl vergessen, wie angriffslustig sein

Bruder war. Er wird nicht zulassen, dass dir was geschieht, sagte er.

Die Uniform auf meiner Seite klopfte aggressiv gegen die Scheibe. Raus mit dir!

Autos sausten mit einer Geschwindigkeit vorbei, dass die Nässe des Asphalts uns wie ein Sprühregen traf. Die Luftfeuchtigkeit war so hoch, dass sich ein dichter Eisnebel über die Stadt gelegt hatte. Ich zitterte, während der Gierige seinen Blick an meinem Körper abarbeitete. Er sah aus wie einer, dem es als Kind Spaß gemacht hatte, Insekten mit der Lupe zu grillen.

Die Regeln sind klar, das gibt eine Geldstrafe, kündigte sein Kollege heiter an. Wir müssen deine Daten aufnehmen. Er hielt die Papiere meines Bruders und holte nun Block und Stift aus einer seiner zahlreichen Hosentaschen.

Jetzt macht mal halblang, rief Fedja und wollte nach seinen Sachen greifen, aber der Polizist schlug seinen Arm übertrieben zur Seite, sodass der Kugelschreiber in die Dunkelheit katapultiert wurde. Er seufzte auf eine Art zwischen den Zähnen hindurch, dass ein aggressiver Zischlaut entstand, und trat bedrohlich einen Schritt auf Fedja zu, der nicht zurückwich.

Was wollt ihr? Fedjas Art, sich nichts gefallen zu lassen, ließ mich daran zweifeln, unbeschadet aus der Sache herauszukommen. Bei uns gibt's nichts zu holen, versuchte er sie zu überzeugen. Ich bin Lehrer, ich kann mir nicht mal einen eigenen Wagen leisten.

Du bist Lehrer?

Das schien die Ordnungshüter zu amüsieren. Als hätte Fedja gerade zugegeben, der persönliche Arschabwischer des Zaren zu sein.

Ja, Lehrer, sagte Fedja genervt. Hier in der Kukkovka. Habt ihr's jetzt?

Was unterrichtest du?

Technisches Zeichen.

Der Polizist auf Fedjas Seite warf wieder einen Blick auf seinen Führerschein. Er wollte ganz klar Zeit schinden.

Wollen wir den Papierkram nicht vermeiden? Fedja mühte sich sichtlich ab, seinen Ton ruhig zu halten. Wir wollen doch alle schnell ins Warme. Habt ihr nichts Wichtigeres zu tun?

Sein Gegenüber stellte die Machtverhältnisse klar: Wir können auch auf die Wache und die Sache dort klären.

Fedja lachte. Sein Geduldsfaden riss endgültig.

Aber mit Vergnügen!, rief er so laut, dass ich hochschreckte. Lasst uns auf die Wache. Ich habe überhaupt kein Problem damit. Da ruf ich gleich meinen Kumpel an, Aleg Olegowitsch. Bin ja mächtig gespannt, was er dazu sagt, wie seine Belegschaft die unschuldigen, einfachen Leute drangsaliert.

Die Polizisten wechselten einen Blick.

Nur mit der Ruhe, duckte sich der eine, der Fedjas Papiere hielt, und warf einen schnellen Blick auf sie. Fjodor, nannte er meinen Bruder beim Namen und lächelte entschuldigend, wir wollen doch freundlich bleiben.

Auch der andere zog den Schwanz ein: Lassen wir sie ziehen. Sind eh nur kleine Fische.

Kurze Zeit später saßen Fedja und ich wieder in der Tiefkühltruhe und sahen den Streifenwagen davonfahren.

Aleg Olegowitsch?

Musst du nicht wissen.

Damit war das Kapitel beendet.

11

Kommst du nicht mit?

Fedja bestätigte meine anfängliche Vermutung: Hab Pläne.

Kannst du nicht noch auf mich warten?, bettelte ich in der Hoffnung auf eine warme Rückfahrt.

Da, wo ich hinfahre, kann ich dich nicht mitnehmen, meinte er geheimnistuerisch, und ich ahnte kriminelle Machenschaften.

Ich zögerte, die Beifahrertür zuzumachen. Mein Unmut musste sich so in mein Gesicht eingebrannt haben, dass Fedja über seinen Schatten sprang: Willst du am Freitag mitkommen?

Wohin?

Dampf ablassen mit deinen Brüdern.

Mit zusammengekniffenen Augen versuchte ich sein Gesicht zu deuten. War das sein Versuch, mich aufzumuntern?

Mal sehen, erwiderte ich.

Fedja grinste siegesgewiss.

Grüß mir Krupa, sagte er noch und hob vielsagend eine Augenbraue.

Ich ließ die Beifahrertür mit voller Wucht zuknallen und hörte ihn noch laut auflachen, bevor er aufs Gas trat und hinter der Kurve verschwand.

An der Haustür zögerte ich. Kostja sah mich fragend von der Seite an.

Ich will alleine gehen, sagte ich.

Die Wohnung roch genauso wie das erste Mal, als ich Mutter nach oben begleitet hatte. Nach Suppe und warmer Luft.

Dass ich sie nicht anstarren solle, hatte mir Mutter damals aufgetragen, bevor wir hineingegangen sind. Also hatte ich die vielen kleinen Medaillons auf dem Teppich gezählt, die hintereinander eingeknüpft waren.

Auf dem Boden lag noch immer der schwere bunte Vorleger, der eine Drei-Generationen-Staubschicht zu tragen schien. Es war zu stickig, als würde Frischluft nur dann von draußen hereinkommen, wenn Besuch da war, und Besuch schien schon lange auszubleiben.

Das Zittern sah ich zuerst. Ihr rechter Arm bildete einen steifen Haken unter ihrer Brust, und seine Bewegung erschütterte ihren ganzen Körper. Dann sah ich den Menschen dahinter. Eine schmächtige Frau mit eingefallenen Wangen, die sie beim Lächeln wie einen Theatervorhang zu beiden Seiten schob, und großen Augen, die erwartungsvoll leuchteten. Sie trug einen Bademantel über dem Nachthemd, ihr Haar war zu einem Zopf geflochten.

Sie begrüßte mich freudig und lud mich ein, zum Tee zu bleiben. Mit Zitrone oder Sahne?

Ich versuchte mich verzweifelt an ihren Vatersnamen zu erinnern. Anna Sergejewna? Anna Andrejewna? Während ich noch nach Worten rang, abzulehnen, verbat sie mir jedwede Höflichkeiten und bestand darauf, ihr in die Küche zu folgen. Ihr rechter Fuß wurde mitgeschleift.

Von Mutter hatte ich gehört, wie sie im letzten Winter auf Glatteis ausgerutscht war. Seitdem verließ sie die Wohnung nicht mehr. Alle gingen davon aus, sie könne ihr Gleichgewicht aufgrund der Krankheit nur noch schwer halten. Ihr langsamer, aber entschlossener Gang sprach dagegen. Vielleicht wollte sie einfach nicht gesehen werden.

Ich zögerte, meine Hilfe beim Teemachen anzubieten. Auf keinen Fall wollte ich sie beleidigen. Aber sinnlos herumstehen konnte ich auch nicht. Ich setzte die schwere Tüte auf dem Esstisch ab und fragte: Wo soll ich die Sachen hinräumen, Anna Andrejewna?

Iwans Mutter strahlte übers ganze Gesicht, als sie die höfliche Anrede hörte.

Детка, sagte sie. Stell's irgendwohin. Setz dich und erzähl mir lieber von dir. Du hast dir keinen einfachen Beruf ausgesucht, wie kommst du zurecht?

Ganz gut, erwiderte ich leichthin, aber Iwans Mutter ließ nicht locker: Was für Fächer gefallen dir und warum gerade die? Wo würdest du später gerne arbeiten?

Ihr Interesse überrumpelte mich. Niemand wollte es bisher so genau wissen. Und ich musste zugeben, ich hatte mir solche Fragen selbst nie gestellt.

Bis sie den Wasserkocher gefüllt und angemacht, den Tee und die Teekanne aus dem Hängeschrank hervorgeholt hatte, hätte ich den ganzen Jewgeni Onegin aufsagen können. Ihr Körper war in ständiger Bewegung, löste dadurch aber die Verlangsamung der Welt aus. Meine Antworten passten sich an ihr Tempo an, brauchten lange, um meinen Mund zu verlassen.

So lange türmte ich die Dosen, Gläser und glänzenden Verpackungen aus der Tüte zu einer Pyramide auf der Ablagefläche neben der Obstschale. Darin fesselte ein verschrumpelter, auf einer Seite braun-schimmliger Apfel meinen Blick. Ich hob ihn an seinem holzigen Stiel heraus, damit er keinen aus seiner Familie anstecken konnte. Unschlüssig, wohin ich ihn entsorgen konnte, hielt ich ihn zwischen den Fingern.

Babuschka und Deduschka haben mir nie irgendetwas abgeschlagen, sagte ich. Sie haben mich auch nie um irgendetwas gebeten. Und trotzdem ist es so, als wäre ich es ihnen schuldig.

Iwans Mutter holte Teebeutel aus dem Schrank.

Deine Babuschka war mir immer eine große Hilfe, sagte sie. Als meine Mutter gestorben ist, ist sie für die Beerdigungskosten aufgekommen. Sie hat Wanjuschkas Vater eine Arbeit gegeben, als ich ins Krankenhaus musste. Mein Mann hatte viele Probleme, zu viele, als dass er seine Chance hätte nutzen können. Meine Schuld werde ich niemals begleichen können, deshalb kann ich nur versuchen, ein gutes Leben zu haben. Ich habe mich entschieden, glücklich zu sein, denn nur so kann ich ihr zeigen, dass ihre Mühen nicht umsonst waren.

Ihre Worte füllten meinen Bauch mit Ziegeln. In meinem Mund wurde Mörtel hart.

Sie drehte sich zu mir um und sagte: Du hast fast keinerlei Ähnlichkeit mit deinem Vater oder deiner Mutter, aber deiner Babuschka bist du wie aus dem Gesicht geschnitten.

Der verdorbene Apfel löste sich vom Stiel und kam geräuschvoll auf den Fliesen auf. Ich bückte mich, und unter meinen Fingerkuppen fühlte ich das weiche faulige Fleisch.

Als ich wieder aufsah, erschrak ich über den Anblick von Iwans Mutter.

Sie war stehen geblieben. Wie ein Aufziehspielzeug, dessen Federschlüssel wieder am Ausgangspunkt angekommen war. Ihre Zahnräder ruhten und ließen in ihre Augen eine Leere einkehren. Ich hielt den Atem an. Mein Zögern erstarrte auch meinen Körper. Bis der Augenblick verging.

Mit den unkontrollierten Bewegungen kam auch die Sprache wieder. Macht nichts, sagte Iwans Mutter und überging einfach das, was passiert war. Ich spüle den Apfel einfach unter dem Wasserhahn ab.

Aber er ist doch schlecht, sagte ich entrüstet. Ich deutete auf die braune Stelle.

Kurz runzelte sie die Augenbrauen, aber lächelte sogleich wieder.

Ach was, meinte sie. Das kann man noch essen. Ich schneide einfach das Weiche heraus.

Ihre Hand zitterte, aber ihr Griff war fest, als sie mir das Obst abnahm. Der Wasserkocher rauschte laut und ging in ein Blubbern und Brodeln über. Deshalb hörten wir nicht den Schlüssel in der Tür. Iwan war nach Hause gekommen.

Er hatte nicht mit mir gerechnet, und ich glaubte, in seinem Blick einen Anflug von Missfallen zu erkennen.

Es ist spät, ich sollte gehen, stellte ich fest, aber Iwans Mutter setzte sich über meine Worte hinweg oder hatte sie nicht richtig gehört.

Sie sah Iwan mit glänzenden Augen an und sagte: Schura ist auf eine Tasse Tee zu Besuch gekommen.

Ich sollte ein paar Sachen bringen, beeilte ich mich klarzustellen.

Iwan nickte nur und trat an die Küchenarbeitsplatte, um zu helfen. Seine Mutter wehrte ab, sie mache schon selbst, aber als ihr Iwan den schwarzen Tee abnahm, lächelte sie genügsam.

Sie öffnete eine Packung Pralinen. Es wäre unhöflich gewesen, nichts davon anzunehmen. Also pulte ich zwei aus dem goldenen Plastikbett. Eine wäre nur eine Geste der guten Umgangsformen geblieben, zwei vermittelten echtes Gefallen und Dankbarkeit. Bei drei galt man als gierig. Außer die Gastgeberin beharrte darauf, dann musste man natürlich auch eine dritte Praline essen.

Iwan war rastlos. Er fand einen Grund nach dem anderen, um aufzustehen, holte den Zucker, ein Scheibchen Zitrone, ein Küchentuch zum Aufwischen des heißen Wassers, das aus der Teetasse seiner Mutter geschwappt war.

Ich stellte mir vor, wie er einen Löffel Brei an die Lippen seiner Mutter führte, ihr die Haare einseifte und den Verschluss ihres *BH*s einhakte, sie mit sanfter Stimme überredete, ihre Medikamente zu nehmen. Es gab nur noch sie beide.

Iwans Mutter lächelte zufrieden. Wie geht es deinen Brüdern? Sie kümmern sich sicher gut um eure Eltern, sagte sie.

Sie können nicht einmal von selbst den Müll rausbringen, erwiderte ich.

So sollte es auch sein, lachte sie. Ich sage Wanjuschka immer, er muss lernen, egoistischer zu sein. Aber er ist immer so schrecklich aufopferungsvoll. Besonders wenn er sich schuldig fühlt. Schon im Kindergarten war er so, erzählte sie.

Iwan lächelte gezwungen. Unsere Augen trafen sich. Er sah zuerst weg.

Der Rotz in meiner Nase gefror genauso schnell wie die ausgeatmete Luft am Schal. Während wir schweigend nebeneinander durch die Kältefront schritten, erwischte ich mich immer wieder dabei, wie ich zu Iwan herübersah. Ich konnte kaum Schritt halten. Es war, als wollte er mir entkommen. Genierte er sich, weil er glaubte, dass ich etwas von ihm gesehen hatte, das er lieber versteckt hätte?

Auch in der Hoffnung, dass ein Gespräch seinen Gang verlangsamen würde, sagte ich das Erstbeste, was mir in den Sinn kam: Hast du eine gute Beziehung zu deiner Mutter?

Ist das dein Eindruck?

Ihr scheint euch gut zu verstehen.

Sie ist meine Mutter, erwiderte er.

Tatsächlich wurde er langsamer, als würden ihn die Gedanken, die ich hervorgeholt hatte, abbremsen.

Und dein Vater?, fragte ich vorsichtig. Wie war's mit deinem Vater?

Iwan sah mich an, als hätte ich bis dato auf dem Mond gelebt und würde aus diesem Grund die elementarsten Dinge auf der Erde nicht begreifen.

Ich sag's mal so, mühte er sich ab, seinen Blick wieder nach vorne gerichtet. Ich war nicht traurig, als er starb.

Weil ich nichts darauf erwiderte, wollte er sich wohl erklären: Ich kann nicht so tun, als wäre es anders. Der Tod macht dich nicht zu einem besseren Menschen.

Er seufzte. Aber hassen tu ich ihn auch nicht. Ich kann das nicht besser erklären.

Mit Mühe hielt ich meine Neugier zurück. Ich betrachtete Iwans Profil, versuchte das Gesicht dieses Mannes mit der Fratze des Jungen zusammenzubringen, an die ich mich aus Albträumen erinnerte. Es gelang mir nicht.

Unerwartet blieb er stehen und sagte: Schau.

Dicke Eisflocken fielen orange ins Licht der Straßenlaternen.

Iwan lächelte und streckte seine offene Handfläche aus. Ich wollte es ihm gleichtun, streckte meinen Arm aus und beobachtete voller Schrecken, wie sich meine Hand auf seine legte. Seine Finger waren warm und weich, als sie sich um meine schlossen. Mein Herz schlug so laut, Iwan hätte die Vibration durch die Berührung spüren müssen.

Schneeflocken landeten lautlos auf seiner Mütze und wahrscheinlich auf meiner, die auch seine war, und schmolzen nicht. Wir standen vielleicht einen halben Schritt voneinander entfernt. Er beugte sich zu mir herunter, sodass ich die Haarstoppeln über seiner Oberlippe hätte zählen können. Ich legte meine freie Hand auf seinen Mund, deckte ihn zu, als könnte ich damit die Flausen in seinem Kopf eindämmen.

Iwan richtete sein Kreuz und schaute verlegen zur Seite. Er hielt meine Hand fest umschlossen und ließ sie erst los, als wir am Haus meiner Großeltern angekommen waren.

Meine Worte kamen ungelenk heraus: Ich brauche deine Hilfe.

Kostja war nicht überzeugt. Wir sollten ihn nicht mit reinziehen, sagte er.

Natürlich hatte ich ihn in meinem Gespräch mit Iwan mit keinem Wort erwähnt. Wer hätte auch geglaubt, dass mich mein toter Bruder verfolgte?

Wir warteten wie verabredet vor dem verschlossenen Unigebäude auf ihn.

Was hast du dir dabei gedacht, so leichtsinnig zu sein?, rügte er mich. Weißt du nicht, dass jede Bitte eine Gegenbitte nach sich zieht?

Ich versteh nicht, warum du dich so aufregst, entgegnete ich. Du wolltest doch herausfinden, was mit dir passiert ist.

Darauf konnte er nichts erwidern. Er kaute nervös auf seiner Lippe herum, sein plötzliches Schweigen wurde nur von meinem Husten und Schniefen unterbrochen. Ich dachte, ich hätte meine Erkältung besiegt, aber während wir zwischen Schneemassen und eisigem Wind herumstanden, spürte ich, wie kraftlos ich eigentlich war.

Pünktlich um zehn öffnete Iwan die Tür von innen. Während wir uns zielstrebig zum Sekretariat begaben, hallten unsere Schritte durch die dunklen Gänge. Kostjas waren lautlos.

Iwan räusperte sich.

Letztens als wir ..., fing er an, aber ich schnitt ihm das Wort ab: Wir müssen nicht reden.

Ein Keuchhusten überfiel mich wie ein Krampf, der sich nicht lösen wollte. Ich würgte. Mein Hals fühlte sich von innen wie Schmirgelpapier an.

Das hört sich nicht gut an, sagte Iwan.

Die Aufzugstüren öffneten sich. Ich folgte ihm nach rechts und durch einen schmalen Gang, von dem aus zu jeder Seite Türen in kleine und große Büros abgingen und an dessen Ende ein Fenster in die Nacht hinausblickte.

Iwan holte seinen Schlüsselbund hervor, der so dick war wie der eines Gefängniswärters aus einem Zeichentrickfilm, und schloss die letzte Tür auf der linken Seite auf. Die Neonröhren flackerten, bevor sie den Büroraum in kaltes weißes Licht hüllten.

Das Sekretariat des medizinischen Dekanats war ein L-förmiger Raum. Am lang gezogenen Teil des Ls standen die Schreibtische der Belegschaft mit fensterbretthohen Regalen an den Wänden. Am kurzen Ende war der Empfangstresen mit zwei Sitzplätzen dahinter. Verendende Aloe-vera-Pflanzen und Plakate zu therapeutischen Maßnahmen für Studierende mit Selbsttötungstendenzen zierten die sonst pragmatische Einrichtung aus weißen Rechtecken.

Wenn ich fertig bin ..., begann Iwan, aber ich unterbrach ihn wieder: Ich brauch nicht lang, mach du nur.

Er ging zu seinem Reinigungswagen, und ich legte Jacke und Schal ab.

Was glaubt er überhaupt, was du vorhast?, fragte Kostja.

Ist das wichtig?, erwiderte ich.

Was sagst du?, kam es von Iwan, der seine Kopfhörer abgenommen hatte und mich fragend ansah.

Ich denke nur laut, erklärte ich. Beachte mich nicht weiter.

Diesmal wartete ich darauf, bis Iwan seinen Wagen zum anderen Ende des Raums gerollt hatte, bevor ich leise, aber vehement erwiderte: Können wir das Verhör auf nachher verschieben?

Ich nahm hinter dem Empfangstresen Platz und schaltete den alten Computer an. Die Lüftung der alten Hardware fing geräuschvoll an zu arbeiten. Die Passwörter für die Zugänge hingen ausgedruckt an einem Stück Tesafilm am Ablagefach.

Mit Kostja, der hinter mir stand, klickte ich mich in Festplatten und Ordner hinein und wieder heraus, bis ich halbwegs durchblickte. Die personenbezogenen Daten waren leichter zu finden als gedacht.

Iwan schmiss den Staubsauger an, der eine Geräuschkulisse erzeugte, in der ich mich traute, wieder ungestört mit Kostja zu sprechen.

Das kann nicht stimmen, sagte ich und klickte mich durch den Ordner, um die richtige Datei zu finden. Am Ende kehrte ich zur ersten zurück.

Was stimmt nicht?, fragte Kostja.

Hier steht, dass ein sechsundfünfzigjähriger Mann in der Leichenhalle liegt.

Kann es ein anderer Körper sein, für einen anderen Kurs?

Wenn es so ist, erwiderte ich, wo sind dann die Informationen zu deinem?

Kostja schaute mir über die Schulter, studierte aufmerksam das digitale Formular. Hier, die Frau, sagte er und zeigte mit dem Finger auf den Namen der Kontaktperson, die Hinterbliebene. Frag sie.

Was soll ich sie fragen?

Sie kennt die Person, die Leiche. Sie weiß mehr.

Kostja sah entschlossen aus. Es gab keine andere Spur. Das Dröhnen des Staubsaugers wurde lauter, Iwan kam um die Ecke. Ich riss ein Blatt Papier vom Notizblock der Sekretärin ab und notierte: Galina Lebedeva. Dann schloss ich alle offenen Fenster und schaltete den Computer aus.

Bis später, rief ich, und Iwan winkte unbeholfen.

Passend zum Namen ähnelte die Akustik in der Stolovaya einer Mensa zum Mittagstisch, sobald man sie durch die schwere Eingangstür aus zwei Holzflügeln betrat.

Im vorderen Bereich war jeder schwere Eichentisch und selbst die Barhocker an der Theke besetzt. Das Klirren von Gläsern mischte sich in laute Gesprächsfetzen. Eine Kellnerin mit gespritzten Lippen und breiten Hüften kam mit zwei dampfenden Tellern, bis zum Rand mit Herzhaftem beladen, heraus und steuerte auf einen Tisch am Fenster zu. Irgendwo dahinter war die Küche, in der Iwan am Wochenende Kartoffeln schälte und Salat wusch, das Besteck polierte und die Spülmaschine bediente.

Da sind sie, sagte Kostja und deutete auf die hinterste Ecke.

Meine Brüder saßen auf Bänken, die in Form eines Us den Tisch einkeilten. Grischa bemerkte mich und winkte. Links neben ihnen saß – wie ich später herausfand – der Klempnerstammtisch, der mit ihnen per Du war und mich so lauthals grüßte, als wären wir uns bereits hundertfach begegnet.

Eure Schwester ist ja 'ne Süße. Seid ihr sicher, dass ihr verwandt seid? Würde sie sich ein bisschen aufhübschen, lägen ihr alle Kerle zu Füßen.

Träumt weiter, war Fedjas Versuch, die Avancen abzuwehren.

Grischa zog mich ungelenk am Handgelenk und bat mich mit Blicken, aus dem Kommentar keine große Sache zu machen. Sie sind harmlos, flüsterte er.

Mischa donnerte: Schura ist eine Kluge, die würde nicht jeden nehmen!

Spätestens Mischas Kanonenorgan verriet mir, dass der Alkoholpegel kurz vorm Maximum stand. Meine Brüder waren so breit wie der Tisch, an dem sie saßen. Wie auf zwei gegenüberliegenden Bahngleisen musste man den anderen über die Entfernung hinweg anschreien. Dafür gab es genügend Platz für all die leeren Bier- und Schnapsgläser, die ihren Konsum und die mangelnde Arbeitsethik des Personals bezeugten.

Ist das so?, rief einer der Klempner. Während er sprach, konnte ich das Gekaute in seinem Mund sehen. Wie kriegt man die Herzensbrecherin denn rum?

Ich würde mit Tischmanieren anfangen, erwiderte ich.

Die ganze Truppe brach in Verzückung aus, dass der Boden vibrierte. Rechts von unserem Tisch glotzten ein paar Studenten neugierig herüber. Kostja ließ sich auf dem Stuhl nieder, der vor dem Tisch im Gang stand.

Fedja war mittlerweile zum Gespräch zurückgekehrt, das sie vor meinem Erscheinen geführt haben mussten.

Worum geht's?, fragte ich Grischa.

Wika, sagte Grischa, zwischen zwei rot glühenden Backen grinsend.

Ich verdrehte die Augen und erhaschte den Blick der Kellnerin. Noch eine Runde, signalisierte ich mit einer kreisenden Handbewegung über dem Tisch.

Mischa ließ die Schultern hängen. Aber wird es nicht komisch zwischen uns?, fragte er.

Natürlich wird es komisch, erwiderte Fedja.

Wird sie mich nicht meiden?

Kann durchaus passieren.

Mischa seufzte. Ein Seufzer so lang wie das Heulen eines verrosteten alten Tors.

In welcher Welt gibt mir so eine Frau überhaupt eine Chance?

Was soll *so eine Frau* denn bedeuten?, schaltete ich mich entrüstet ein. Kackt sie etwa Rosenblüten?

Was habe ich denn zu bieten? Mischas Augen tränten vom Alkohol und dem Selbstmitleid eines siebenundzwanzigjährigen Mannes, der noch nie eine Liebesbeziehung geführt hatte.

Na, dich, erwiderte ich verärgert. Du bist mehr als genug.

Fedja gab seine Zustimmung, indem er applaudierte und mehrmals nickte.

Mischa ließ ein schmales Lächeln erkennen, das sofort verschwand, als mich Grischa mit leiser Stimme auf den neuesten Stand brachte: Sie haben ihn heute entlassen.

Mischas Kopf landete mit einem dumpfen Knall auf der dicken Tischplatte. Er winselte.

Was hast du angestellt?

Sechsunddreißig km/h zu viel aufm Tacho und eine rote Ampel, fasste Grischa zusammen. Ohne Führerschein kann er schlecht ausfahren.

Und wenn schon, meinte ich. Du hast noch zwei Hände und zwei Beine. Du findest schon was. Andere putzen Klos für ihr Feierabendbier.

Was hab ich verpasst?

Iwans Stimme ließ mich zusammenzucken.

Krupa, rief Fedja freudig zur Begrüßung, und der Neuankömmling gab jedem meiner Brüder die Hand.

Gleichzeitig kam die Bedienung mit vier großen Bieren. Als die Getränke abgestellt waren, begrüßte sie Iwan: Wanja, лапочка, singst du heute wieder für uns?

Ich konnte mich nicht entscheiden, was mich mehr entsetzte – der vertraute Koseruf oder das Bild eines plärrenden Iwan. Sie nahm sein Gesicht in beide Handflächen und küsste ihn auf die Wangen, wobei

– um genau zu sein – sie ihre eigenen Handrücken küsste.

Iwan schien die Hätschelei kaltzulassen. Stattdessen nahm er die Hand der Kellnerin in seine und sagte: Mussja, kannst du schon wieder arbeiten?

Sie trug eine schwarze Bandage um ihr Handgelenk.

Ach, winkte Mussja ab. Das ist nur Deko. Ich behalt's an, damit mich Slawa in Ruhe lässt.

Sie rollte ihre Augen in Richtung des schnurrbärtigen Barmanns, und als sie Iwan anlächelte, bildeten sich viele kleine Lachfältchen um ihre Augen, die sie noch schöner machten.

Plötzlich kam mir meine Kleidung alt und ausgeleiert vor und mein Körper knochenlos und glitschig. Meine labbrigen Arme streckten sich nach dem Bierglas aus. Ich versuchte, die Unsicherheit mit einigen eiskalten Schlucken zu ertränken. Mussja ging wieder hinter den Tresen, und Iwan machte Anstalten, neben mir Platz zu nehmen.

Aufgeschreckt rief ich meinen Brüdern zu: Rückt zusammen, seid mal sozial. Also rutschte Grischa näher zu mir, Mischa an Grischa und Fedja an Mischa. So landete Iwan zwangsläufig auf der anderen Seite des Tisches, am weitesten von mir entfernt. Ich versuchte, seinen Blicken auszuweichen.

Meine Brüder sprachen darüber, im Sommer nach Petersburg zu fahren. Sie sprachen jedes Jahr davon, aber taten es nie. Sie schwelgten darin, am längsten

Tag des Jahres an der Newa mit Einheimischen und Touristen zu feiern, wenn die Brücken hochfahren würden. Mischa und Fedja wollten durch die Klubs der Millionenstadt ziehen. Grischa wollte die Katzen der Ermitage sehen.

Mischa wandte sich Iwan zu und fragte mit leuchtenden Augen: Kommt man echt in jeden Klub rein?

Wenn du dir einen Tisch kaufen kannst, bist du überall willkommen, erklärte er zuversichtlich.

Wann warst du in Piter?

Meine Frage klang wie eine Beleidigung.

Als ich noch zu jung für Klubs war, antwortete Iwan und lächelte. Meine Großmutter hat ihr ganzes Leben in einer kleinen Zwei-Zimmer-Wohnung direkt gegenüber vom Yusupov Garten gelebt, erzählte er, und kannst du dir das vorstellen: Sie war kein einziges Mal hinterm Zaun.

Es muss schön gewesen sein.

Er schüttelte den Kopf.

Der Verkehr vor der Tür war schrecklich. Wenn die Straßenbahn vorbeifuhr, zitterten die Fensterscheiben. Im Hochsommer konntest du sie nicht öffnen, weil sonst die ganze Wohnung nach Auspuff gestunken hätte, und im Winter wurde keins der Zimmer richtig warm. Ich glaube, ich habe keine einzige Nacht bei meiner Großmutter durchschlafen können. Abgesehen davon schnarchte sie so laut, dass mir die Wände wie Pappmaschee vorkamen. Mutter sagte immer, das sei der Grund, aus dem mein Großvater sie damals verlassen hat. Wegen der Nebenhöhlen. Wenn man vier Steckdosen gleichzeitig benutzte, fiel der Strom aus. Und heißes Wasser zu bekommen, war ein Glücksspiel. Wenn ich einen Tauchsieder sehe, denke ich noch heute: Da will jemand ein Bad nehmen. Um in die Wohnung hochzukommen, musste meine Großmutter viele Treppenstufen nehmen. Sie hat am Ende bestimmt eine Stunde ins vierte Stockwerk gebraucht.

Warum ist sie nicht umgezogen?

Iwan sah zur Seite und überlegte, als hätte er sich die Frage noch nie gestellt. Ich nehme an, wenn man sich erst an etwas gewöhnt hat, fühlt sich jede Veränderung nach einem Unglück an.

Die Tischplatte zwischen uns war geschrumpft, unsere Knie berührten sich unter dem Tisch.

Magst du ihn?

Kostjas neugierige Augen bohrten sich in meine Seite.

Das Blut stieg in meinen Kopf. Plötzlich wurde die Tischplatte mit jeder Sekunde breiter und drückte mich mehr und mehr von Iwan weg. Ich legte meine Hände ums Bierglas und leerte es in einem Zug.

Sieh dir unsere Kleine an, kommentierte Mischa und sah mich anerkennend an. Sie könnte Krupa untern Tisch saufen.

Das schafft jedes Kind, erwiderte Fedja und schlug Iwan so hart auf den Rücken, dass ihm das Bier, das er gerade im Mund hatte, wieder rauskam.

Tonlos wischte ich mir die Spritzer mit dem Ärmel aus dem Gesicht.

Ich wette, sagte Fedja, Schura könnte ihn sogar beim Armdrücken schlagen.

Mischa sah mich und Iwan herausfordernd an.

Ich wehrte ab: Darauf könnt ihr lange warten.

Iwan sagte gar nichts, hustete nur und wischte sich verlegen über den Mund.

Noch ein Korb für Krupa, bemerkte Fedja mit gekräuselten Lippen, und ich fragte mich, wie viele andere Körbe es gab.

Immer wieder fiel mir auf, wie Mischa und Fedja ihn unterbrachen und Scherze auf seine Kosten machten. Iwan senkte jedes Mal nur seine Lider und lächelte. Er war sechsundzwanzig, so alt wie Fedja, und trotzdem ordnete er sich unter, als wäre er der Jüngste von ihnen.

So geschah es, dass Mischa im Laufe des Abends Iwan an die Bar laufen ließ, weil ihm die Kellnerin zu langsam war. Iwan gab keine Widerworte. Als er mit Mischas Bestellung wiederkam und seinen Platz neben Fedja einnahm, war dieser so in einen seiner Vorträge vertieft, dass er mit einer ausholenden Bewegung das Frischgezapfte geradewegs in den Schoß ihres Knechts stieß.

Statt sich zu entschuldigen, legte Fedja bloß seinen Arm um Iwans Schulter und sagte nonchalant: Macht nichts, Krupa. Es bringt nichts, sich über solche Sachen aufzuregen. So ist das Leben.

Mischa und Grischa brachen in schallendes Gelächter aus. Ich hielt es nicht mehr aus.

Bist du bei den Wölfen groß geworden? Kannst du nicht wie ein normaler Mensch Entschuldigung sagen?

In Fedjas überraschtes Gesicht mischte sich Belustigung.

Hast du deine Tage?, fragte er grinsend. Warum regst du dich so auf?

Er meint es nicht böse, verteidigte ihn Iwan.

Mein Blick verfing sich in seinem, während Fedja ihm spielerisch gerührt um den Hals fiel: Krupaaa!

Was ist jetzt mit meinem Bier?, kam es von Mischa.

Ich hol dir dein Bier, rief ich genervt. Ich hol dir so viel, dass du nicht mehr geradeaus gucken kannst!

Mischa jubelte, zwei Fäuste zur Decke gestreckt.

Meine Hände klammerten sich an den klebrigen Bartresen. Kostja stellte sich zu mir.

Du kannst mögen, wen du willst.

Ich habe ihn nie gemocht, presste ich zwischen den Zähnen heraus, während ich geradeaus auf die sich spiegelnden Regale mit dem Hartalkohol starrte. Und überhaupt: Dafür brauch ich keine Erlaubnis.

Stimmt.

Er grinste breit, und ich wollte im Boden versinken.

Während ich auf das Gezapfte wartete, beobachtete ich unseren Tisch. Iwan erzählte gerade etwas, meine Brüder brachen zeitgleich in Lachen aus. Fedja legte die Hand auf seinem Kopf ab, brachte sein Haar durcheinander. Plötzlich sah er nicht mehr aus wie ihr Laufbursche, sondern wie einer von ihnen.

Mit einem eisigen Windzug betrat ein Mann die Kneipe. Die Bulldozer an der Bar begrüßten ihn freundschaftlich.

Der Mann sah aus wie jeder andere, der dir auf der Straße über den Weg läuft. Bürstenhaarschnitt, ein Gesicht wie aus Teig geknetet, mit etwas Saurem darin, das so einiges über die Unglückseligkeit des Landes verraten könnte. Seine Sauftruppe bestand aus vier Männern, die genauso aussahen wie er. Sie hätten Sportlehrer sein können oder Bergbauarbeiter aus Tschupa. Wären sie fünfzehn Jahre jünger, hätten sie meine Brüder sein können.

Mit dem kühlen Pils in der Hand wollte ich gerade zurück an unseren Tisch, da stolperte ich fast, als ich Fedjas Gesichtsausdruck sah. Sein Entsetzen hatte etwas Hilfloses. Ein Blick wie ein Blitzschlag ohne Donner. Doch die Funken galten nicht mir, sondern dem Mann, der soeben hereingekommen war.

Aus dem Redebrei der Truppe löste sich ein Name. Aleg Olegowitsch, sagten sie zu ihm. Fedjas Zauberformel, um aus Ordnungswidrigkeiten im Straßenverkehr herauszukommen.

Ich verharrte und betrachtete die Szene, die sich mir bot. Als Aleg Olegowitsch seine gefütterte Jacke abnahm und sich dabei zur Raummitte drehte, erkannte er meinen Bruder, der wiederum eilig wegsah und sich mit dieser Geste mehr entblößte, als er es mit seiner nackten Haut jemals hätte tun können.

Ich sah von einem zum anderen. Aleg Olegowitschs vielsagendes Lächeln. Zu vertraut, gefährlich. Wie Fedja mit der rechten Hand an seinem Hals nestelte. Er hatte ein Muttermal im Nacken, an dem er rieb und kratzte, wenn er in Verlegenheit kam. Das tat er selten. Deshalb machte es so einen großen Eindruck auf mich.

Schließlich traute sich Fedja, wieder aufzusehen und zurückzulächeln. Dann sah er mich, und sein Gesicht veränderte sich, als hätte sich irgendwo dahinter eine Tür geschlossen.

Fedja mied meinen Blick. Es war genauso wie das eine Mal, als ich unangekündigt in das Zimmer meiner Brüder platzte und ihn allein auf dem Teppich über seinen Schritt gebeugt vorfand, mit einem geschwollenen Stück Haut in seiner Hand. Ich war fünf und lernte, was Scham ist. Fedja war elf. Wir konnten uns noch Tage danach nicht in die Augen sehen.

Hörst du mir überhaupt zu? Mischa rüttelte an Fedjas Schulter.

Fedjas Gedanken schienen zu rasen. Seine Augen gingen wild durch den Raum.

Schmeckt das Gesöff nicht abgestanden?, fing er an. Ich sag's euch, die strecken die Fässer. Man kann niemandem mehr trauen. Jeder ist nur noch daran interessiert, mit allen Mitteln was dazuzuverdienen.

Wasredestdunda, lallte Grischa.

Mischa begutachtete das Bier in seiner Hand: Schmeckt doch wie immer.

Der Laden ist auch nicht mehr das, was er mal war, stellte Fedja fest. Man kann ja sein eigenes Wort nicht verstehen. Wir sollten weiterziehen.

Er ähnelte einem Schaschlikspieß, der über glühender Kohle gedreht wurde. Seine Wangen fluoreszierten nahezu.

Warum denn?, fragte ich und nörgelte aufgesetzt: Jetzt in die Kälte – und um die Uhrzeit finden wir doch eh keinen Tisch mehr woanders.

Nichtkaltkackekaltheit, meinte Grischa und schüttelte ungestüm den Kopf.

Ist doch schön hier, sagte Mischa.

Schönsehrschönwunderschöniglich, bekräftigte Grischa.

Fedja wischte sich den Schweiß von der Schläfe.

Quäl ihn doch nicht so, bat Kostja, der mich dadurch in meinen Mutmaßungen nur bestärkte.

Frischluft, platzte es aus Fedja heraus. Ich sag's euch, durch die Lüftung da speisen sie Gase, die unsere Kehle austrocknen und uns gefällig machen, damit wir mehr und mehr konsumieren. Wir müssen uns widersetzen, wir müssen an die Luft. Bringt den Tabak!

Er war aufgesprungen und ohne auf uns zu warten aus der Tür. Ich sah zu Aleg Olegowitsch, der Fedja hinterhersah.

Ist was passiert?, fragte mich Iwan, als er von der Toilette wiederkam und uns draußen vor der Stolovaya fand. Er hatte seinen Schritt geföhnt.

Fedja machte Kniebeugen und hüpfte herum wie ein Flummi. In dem Tempo, in dem er aus der Bar gestürzt war, hatte er natürlich seinen Mantel liegen gelassen, weigerte sich aber vehement, zurückzugehen. Doch Iwan war nicht interessiert an Fedjas plötzlicher Störrigkeit. Mit seiner Frage zielte er auf das Lächeln in meinem Gesicht, das wohl ansteckend war, denn er kopierte es.

Ich hob unwissend die Schultern. Als ob ich verraten würde, wie viel Spaß es mir bereitete, wenn Fedjas Mauern bröckelten.

Was grinst *du* denn so?, fragte ich zurück.

Kennst du das Gefühl, erwiderte er vergnügt, wenn eine Katze sich langsam an dich gewöhnt?

Ich mag keine Katzen, erwiderte ich.

Der Zigarettenqualm, den er ausatmete, mischte sich mit dem weißen Dampf meines Atems. Ich sah weg. Kostja, die selbst ernannte Anstandsdame, linste zu uns herüber. Schmutzig zusammengekehrte Schneeklumpen glitzerten orange unter den Laternen.

Meine Heizung, sagte Fedja liebevoll zum weißen Stummel zwischen seinen steifen Fingern und inhalierte so tief, dass die Glut lange aufleuchtete. Daraufhin öffnete Iwan mit beiden Händen seine Jacke und lud ihn mit einer kurzen Kopfbewegung ein.

Krupaaa, rief Fedja inbrünstig und sprang ihn an,

legte beide Arme um die Taille und seinen Kopf auf der Brust ab, sodass Iwan ein paar Schritte zurückgeworfen wurde. Er lachte auf.

Und in das Lachen mischte sich ein Wort, das von der Seite in unsere Runde einfiel: Петух!

Augenblicklich wurde es still. Meine Haare richteten sich auf, ich atmete scharf ein. Neben uns rauchte eine Gruppe Jungs. Sie warfen verstohlene Blicke, die keinen Zweifel daran ließen, dass das Schimpfwort Fedja galt.

Hey, ihr Einzeller! Euer Hirn hat sich seit der Embryonalphase nicht groß weiterentwickelt, oder? Meine Stimme erreichte eine Lautstärke, die mich selbst überraschte.

Ich spürte Fedjas festen Griff um mein Handgelenk. Hätte er besser Mischa festgehalten. Noch bevor die Gegenseite auf meine Provokation reagieren konnte, stürzte Mischa einer Kanonenkugel gleich nach vorne und begrub den erstbesten Depp unter seinem Körpergewicht. Grischa folgte ihm wie auf ein Zeichen und erwischte einen Klimperkettchenträger mit dem Ellenbogen am Kinn. Iwan hängte sich an seine Fersen. Zuerst nahm ich an, dass er meine Brüder zurückhalten würde, aber als sein Fuß im Rücken einer Bulldogge mit Oberlippenbart landete, die sich an Mischa festgebissen hatte, war klar, das Ganze würde ein übles Ende nehmen.

Die anderen waren zu viert, eigentlich zu fünft, aber das Klimperkettchen war nach Grischas erstem Hieb nicht wieder aufgestanden, hielt den Kiefer mit beiden Händen und winselte und klimperte von einer Seite zur anderen, während Grischa bereits mit dem Nächsten beschäftigt war.

Der kleine Drahtige mit Segelohren tänzelte um ihn herum, versuchte erfolglos, nach ihm zu treten, darauf bedacht, Sicherheitsabstand zu Grischas Fäusten zu halten. Diesen nutzte Grischa aus, um Iwan zu helfen, der mittlerweile auf dem Rücken lag und mit der Bulldogge rang. Mischa bekam seinen Gegner in den Schwitzkasten. Um ihn zu befreien, hängte sich der Dicke an Mischas Rücken, zerrte heftig an seiner Jacke. Der Stoff gab nach, und Daunenfedern fielen sanft wie Schneeflocken auf den Asphalt.

Ein Schrei riss mich mit. Ich traf mit dem Hintern hart auf dem Boden auf. Ich war im Weg, Kollateralschaden. Der Dicke war gegen mich gefallen und sprang sofort wieder auf und hinein in das Raufen, Klammern und Würgen.

Ungelenk kam ich wieder auf die Beine. Ihr solltet verschwinden, sagte Kostja und meinte damit mich und Fedja. Die kommen schon klar. Ich ignorierte den seitlichen Schmerz und das Pochen in meiner Hand, mit der ich den Sturz abgebremst hatte. Fedja hing noch immer in einer Schockstarre fest, hatte weit aufgerissene Augen.

Ich stellte mich vor ihn, griff nach meinen Schlüsseln, nahm sie so in die Faust, dass die spitzen Enden aus ihr hervortraten.

Du kannst nicht gewinnen, hatte Grischa mir einmal gesagt. Aber du kannst entkommen. Nimm deine Tasche, den Schlüssel, irgendeinen Gegenstand, tu ihm weh, nutze den Moment und lauf weg. Hörst du? Lauf weg.

Lauft weg, sagte Kostja eindringlich, aber ich konnte mich genauso wenig vom Fleck rühren wie Fedja. Ein gewaltiger Keuchhusten überfiel mich. Im Stakkato, bis ich glaubte, mich erbrechen zu müssen. Als die Attacke verging, hatte ich Tränen in den Augen und mein Atem pfiff.

Ich sah Fedja an, dessen Blick zum Bareingang ging. Mehrere kräftige Männer preschten nach draußen.

Was geht hier vor? Schnappt sie euch!

Aleg Olegowitschs Freunde holten Polizeimarken hervor, drängten die Kämpfer mit Gewalt auseinander. Mit den Armen in denen eines Beamten verkeilt, entschied sich einer der Deppen als letzten Hieb Mischa aufs Shirt zu rotzen, woraufhin Grischa, der beim Anblick der Dienstmarken als Erster die Hände oben hatte, seine kooperative Haltung kurz für einen gezielten Tritt in die Weichteile der Spuckschleuder verließ. So landete er als Einziger mit dem Gesicht auf dem Boden, mit einem Beamten auf dem Rücken. Seine Schulter knackte, er schrie, ich schrie, die Polizisten schrien zurück.

Aleg Olegowitsch kam kauend aus der Tür. Er tupfte sich mit einem Taschentuch Essensreste aus den

Mundwinkeln, faltete es ordentlich zusammen und steckte es in die hintere Hosentasche.

Als sich ihre Blicke trafen, sah Fedja zu Boden. In seinem Gesicht zeichnete sich so viel Scham und Wut ab, dass Aleg Olegowitsch auf der Stelle kapiert haben musste, was der Grund für die Schlägerei war.

Inmitten des heillosen Durcheinanders kehrte augenblicklich so etwas wie Ordnung ein. Aleg Olegowitsch hatte auf den ersten Blick so reizlos ausgesehen wie ein Sack Kartoffeln, aber seine Ausstrahlung war gewaltig, und seine Stimme hatte einen samtenen Bass, als er seinen Kollegen bat, Grischa loszulassen. Dieser tat es sofort.

Iwan half meinem Bruder aufzustehen.

Nichts passiert, sagte Grischa. Sein gequälter Gesichtsausdruck und wie er seinen rechten Arm hielt sprachen jedoch Bände.

Die verdammten Tucken haben angefangen, rief der aalglatte Markenstreifenträger mit schriller Stimme.

Aleg Olegowitsch lachte.

Kennen wir uns nicht?

Er streckte seinen Arm aus, wie um ihm die Hand zum Gruß zu geben, aber dann drehte er die Handfläche nach oben und machte eine kurze Bewegung mit den Fingern. Sein Kollege verstand. Her damit, sollte es heißen.

Nach einer kurzen Leibesvisitation landete ein roter Pass in Aleg Olegowitschs Händen.

Hast du gewusst, dass Kinder schon mit drei Jahren anfangen zu petzen?, sprach er, während er ihn öffnete. Mein Jüngster konnte gerade mal drei Worte sagen, aber wenn ich gefragt habe, wer es gewagt hatte, mit seinen dreckigen Schuhen durchs Haus zu laufen, kam der Zeigefinger wie aus der Pistole geschossen. So jung und schon so rechtschaffen, ganz der Papa, sagte meine Frau. Aber ich wusste es besser. Einem Dreijährigen geht es nicht darum, irgendwelche Regeln zu befolgen. Er wollte ganz einfach seine eigene Haut retten.

Nachdem Aleg Olegowitsch die Personalien ausgiebig studiert hatte, steckte er den Pass zum benutzten Taschentuch in die hintere Hosentasche.

Wunderbar, rief er und zu seinen Leuten: Die anderen auch.

Die Idioten protestierten lauthals: Warum nur wir? Wir haben nichts getan! Aber schlussendlich waren sie machtlos.

Nachdem Aleg Olegowitsch alle Identitäten aufgenommen hatte, sagte er: Gerne hätte ich auf der Wache eure Bekanntschaft gemacht.

Dabei sah er auch uns an. Mir wurde mulmig.

Aber wie ermüdend, der ganze Papierkram für das bisschen jugendlichen Leichtsinns. Deshalb schlage ich euch etwas vor: Wenn einer eurer Namen jemals im System aufleuchten sollte, das verspreche ich euch, haben wir das nächste Mal genug Zeit, uns so richtig kennenzulernen.

Einer nach dem anderen nahmen unsere Gegner die Beine in die Hand und konnten nicht eilig genug das Feld räumen.

Alles in Ordnung bei euch?, fragte Aleg Olegowitsch, sah dabei aber nur Fedja an, der nickte, ohne seinen Blick zu erwidern.

Die Schulter sollte sich jemand ansehen, sagte er noch zu Grischa. Dann ging Aleg Olegowitsch wieder rein, und seine Kollegen folgten ihm bei Fuß.

Es gibt nichts mehr zu sehen, sagte einer von ihnen zu den Sensationssüchtigen, die sich an der Tür versammelt hatten und nun ins Ladeninnere geschoben wurden.

Krupa, sagte Fedja plötzlich beunruhigt und zeigte auf Iwan, der aus dem rechten Nasenloch blutete.

Dieser fluchte und warf seinen Kopf in den Nacken.

Nach vorne, sagte ich und drückte seinen Kopf in die andere Richtung. Zusammendrücken. Ich führte seine Hand ans Gesicht, sodass er die Nasenflügel mit Daumen und Zeigefinger schließen konnte.

Was mischst du dich immer in Kämpfe von anderen ein?, schimpfte ich mit ihm.

Das sind auch meine Kämpfe, entgegnete er nasal.

Ich musste husten. Es tat weh, aber war nicht so schlimm wie davor.

Warst ganz schön in Fahrt, schmeichelte Mischa seinem kleinen Bruder und wollte ihm anerkennend die Hand auf die Schulter legen. Grischa wich zurück und stöhnte vor Schmerzen auf.

Kannst du den Arm bewegen?, fragte ich ihn.

Grischa grinste schwach. Ein Schweißtropfen rollte von seiner Schläfe, hielt sich einige Sekunden an seinem Kinn fest und fiel.

12

Im Wartebereich der Notaufnahme häuften sich blaue und müde Augen, gebrochene Glieder und Herzen, vom Rausch verführt und vergiftet, die ungeduldig Geduldeten und die beharrlich Ausharrenden. Uns gegenüber führte ein Obdachloser im Alter unseres Vaters Selbstgespräche. Anstelle richtiger Fußbekleidung hatte er schwarze Sohlen. Eine Krankenschwester ermahnte ihn, die blauen Einwegüberzieher, die alle tragen mussten, anzuziehen. Lasst mich sterben, sagte er immer und immer wieder, lasst mich einfach in Ruhe sterben. Irgendwo weinte ein Kind. Sein Weinen klang wie das Winseln eines kleinen Tiers. Eine Frau mit roten und blauen Blumen auf ihrem Kopftuch ließ ihren Unmut über die lange Wartezeit an der Plexiglasscheibe der Anmeldung aus, die wahrscheinlich genau dafür montiert worden war. Die Frauen in ihrer grünbeigen Arbeitsbekleidung dahinter zuckten nicht einmal mit der Wimper.

Sie hatten meine Brüder angesehen, als wären sie

Schmutz, der sich in der Ecke angesammelt hatte. Nachdem ich für Grischa das Anmeldeformular ausgefüllt hatte, schienen sie uns vergessen zu haben. Wir warteten in einem Muff aus aggressiven Reinigungsmitteln und nassen Windeln. Zumindest gab mein Hals wieder Ruhe. Die Wärme tat gut.

Alle waren wieder nüchtern. Nur ein säuerlicher Film war mir von unserem Abend auf der Zunge geblieben, und das heiße Pulsieren der Schramme auf meinem Handballen.

Fedja, der sonst nie seinen Mund halten konnte, war so still geworden, wie es sonst Grischa war, der wiederum nicht aufhören konnte zu reden. Das Ventil zwischen seinen Gedanken und seiner Zunge war gebrochen, und die Worte sprudelten nur so heraus.

Er sagte, er könne nicht bei der Arbeit ausfallen, am Montag käme ein großer Auftrag, ein zwei Meter hoher Grabstein, irgendein wichtiger Typ, Immobilien oder Politik oder Mafia, und dann erläuterte er uns jeden einzelnen Arbeitsschritt, der nötig sein würde.

Am Adrenalin konnte es nicht liegen, wird nach der Freisetzung schnell wieder abgebaut. Grischas Kreuzchen auf der Schmerzskala musste ziemlich weit oben liegen, wenn er sich so viel Mühe gab, uns davon abzulenken. Mischa hatte ihn mit seinem Mantel zugedeckt, saß mit geschwollenen Augen neben ihm und nickte wie ein Wackeldackel.

Iwan fragte, ob wir hungrig seien. Ich nickte. Sichtlich froh, von Nutzen zu sein, kramte er nach Kleingeld für den Automaten und eilte davon. Kostja ging unruhig umher.

Ein verstörender Gedanke zeichnete sich plötzlich auf Mischas Gesicht ab. Weißt du noch, sagte er zu Fedja, die Schlacht von Lososinka?

Glaubst du?, erwiderte der.

Möglich wär's. Wir sollten auf der Hut sein.

Fedja seufzte. Bin ich froh, dass die ganzen Revierkämpfe vorbei sind.

Das sagt er jetzt, meinte Kostja. Aber noch vor Kurzem hat er aus der kleinsten Meinungsverschiedenheit eine körperliche Auseinandersetzung machen müssen.

Was ist an der Lososinka passiert?, wollte ich wissen.

Mischa plusterte seine Brust auf: Ach, das Übliche. Wir haben ein paar Halbstarke zurechtgewiesen, die sich mit den Falschen angelegt hatten.

In meiner Erinnerung waren die Halbstarken sie selbst, korrigierte Kostja.

Die dachten, erzählte Mischa, sie könnten uns in der Überzahl abpassen und uns spüren lassen. Wie viele waren sie noch, Fedja? Acht?

Zehn, sagte Fedja. Fünf, stellte Kostja richtig.

Zehn gegen zwei, rief Mischa aus. Sie haben damit gerechnet, dass wir nachgeben. Aber nix da. Wir waren so standfest wie die Leningrader Blockade. Niemand hätte uns in die Knie zwingen können.

Ich sehe sie also auf ihren Knien, erzählte Kostja. Ihr Glück, dass die anderen sie bis auf die Unterwäsche ausgezogen haben. Im Scheinwerferlicht haben sie geleuchtet wie Reflektoren. Sonst wären wir wahrscheinlich nichts ahnend an ihnen vorbeigegangen, ich und die vom Karateverein.

Ich presste die Lippen aufeinander, verkniff mir einen Lacher. Und wer hat angefangen?, fragte ich.

Die natürlich!, rief Mischa.

Jungs in dem Alter sind so kindisch, spöttelte Fedja.

Kindisch, genau, bekräftigte Kostja. Wie Mischa und Fedja so sind, haben sie zwei Jungs im Fluss baden gesehen und sich kurzerhand ihre Klamotten geschnappt. Da wussten sie natürlich nicht, dass sie ihnen am selben Abend zufällig wiederbegegnen würden. Und ihren Freunden.

Hättet ihr eure Lektion gelernt, fragte ich, wenn Kostja nicht mit den Karatejungs vorbeigekommen wäre?

Kurz war es so, als könnte ich den Groschen fallen hören.

Woher ...?

Mischa blinzelte verwirrt, Fedja hatte eine Augenbraue nach oben gezogen, Grischa beide.

Kostja, sagte ich die Wahrheit.

Wer hat's verraten? Mischa sah Grischa an, der den Kopf schüttelte.

Nie im Leben, rief Fedja. Kostja war immer derjenige, der dich unter der Glasglocke hielt. Damit du bloß niemals mitkriegst, wie gefährlich und gemein die Welt ist. Wehe, ich sehe Schura nur eine einzige

Träne vergießen, dann seid ihr dran, machte er Kostja nach. Es war lächerlich, fügte er hinzu. Als könnte man einen Menschen von allen negativen Erfahrungen in seinem Leben fernhalten.

Hat ja gut funktioniert, meinte ich ironisch.

Kostjas verkrampftes Gesicht ließ mich lächeln.

Erinnert ihr euch noch, sagte Mischa, als wir das Auto des Mathelehrers mit Hundescheiße tapeziert haben, nachdem er Schura eine ganze Stunde lang an der Tafel hat stehen lassen, weil sie ihre Hausaufgaben nicht dabeihatte?

Das wart ihr? Ich gluckste.

Kannst dir nicht vorstellen, erzählte Fedja, wie lange wir durch die Nachbarschaft gelaufen sind, um die Tüten zu füllen. Wem wurde da eigentlich übler mitgespielt?

Hat sich angefühlt, als hätten wir mehr einstecken müssen als der Taschenrechner, gab Mischa unter Lachtränen zu.

Und Grischa hat's auch noch fertiggebracht, in einen Haufen zu treten! Fedja riss seinen Mund weit auf. Wie kriegt man's hin, in Scheiße zu treten, wenn man genau danach Ausschau hält?

Grischa lachte und verzog das Gesicht vor Schmerzen und lachte noch mehr.

Und Kostja, sagte Mischa und wieherte, so ernst bei der Sache, scheucht uns herum wie ein General: *Geht noch die Verkehrsinseln ab, haltet die Augen offen, damit euch keine Wurst entgeht!*

Ich bog und schüttelte mich. Die Vorstellung, wie meine Brüder mit stinkenden Mülltüten und Kehrschaufeln durch den Hof streunten und jedes Mal die Nase rümpften, wenn sie sich für ein dampfendes Stück Kot bücken mussten, wollte nicht verebben.

Das Lachen reizte meinen Hals, und ich musste wieder husten. Ich würgte Schleim hoch und spuckte ihn in ein Taschentuch. Mischa legte seine Hand auf meinen Rücken. Ich hob die Hand, um zu signalisieren, dass es mir gut ging. Selbst da konnte ich nicht aufhören zu lachen. Ich hustete und lachte, und das alles schien etwas Hartes in mir zum Schmelzen zu bringen.

Iwan kam über den Krankenhausgang auf uns zu, vollbepackt mit Limonaden und Süßkram, schmunzelte, als er uns sah. Aus seinem rechten Nasenloch guckte das Stück Taschentuch heraus, das ich für ihn im Taxi gerollt hatte.

Für einen Augenblick hatte ich vergessen, wo und warum wir hier waren. Die anderen Wartenden sahen uns an, als wären wir ihnen zu nahe getreten. Selbst der Mann, der noch bis vor Kurzem sterben wollte, stand auf, um sich einen ruhigeren Platz dafür zu suchen.

Eine der Türen im Gang öffnete sich, und eine Krankenschwester kam aus dem Untersuchungsraum, rief einen Namen aus. Hinter ihr erschien Wika in einem weißen Kittel. Ihre müden Augen waren auf das Klemmbrett vor ihr gerichtet, so wäre sie einfach an uns vorbeigegangen. Aber Mischa hielt sie auf.

Du hast Dienst?

Wikas überraschter Gesichtsausdruck wich innerhalb von Sekunden einem besorgten. Was ist passiert?

Mischa suchte betreten nach Worten. Ich hatte den Eindruck, dass sie sich nicht zum ersten Mal in der Notaufnahme begegneten.

Sie sah uns an, ihr Blick blieb an Grischa hängen. Die Kühlkompresse auf seiner Schulter sprach für sich. Mittlerweile hatte sein Gesicht die Farbe der Wand hinter ihm angenommen. Ein kränkliches Hellgrau.

Hast du Taubheitsgefühle? Kribbeln im Arm?, fragte sie ihn.

Grischa nickte.

Sie wandte sich an uns: Wie lange ist es her?

Ich warf einen Blick auf die Uhr. Fast zweieinhalb Stunden.

Wika ging wortlos zurück, aber durch eine andere Tür. Wenige Momente später winkte sie uns herein.

Erleichtert sprang ich von meinem Sitz auf, aber Mischa gab mir zu verstehen, ich solle warten. Fedja half Grischa aufzustehen. Das Kühlpack fiel auf den Boden. Mischa hob es vorsichtig auf und begleitete sie hinein.

Ich spürte, dass Iwan etwas sagen wollte, aber auf seine Iwan-Art herumdruckste. Schura, ging es ihm schließlich von der Zunge, aber da kam Wika schon wieder heraus und erstickte die kleine Flamme, die er entzünden wollte.

Bei euch alles in Ordnung?

Bevor ich es bestätigen konnte, griff Iwan nach meinem Handgelenk und zeigte ihr die aufgeschürfte Haut auf meinem Handballen.

Mit einem kurzen Ellenbogenstoß riss ich mich los. Nur ein Kratzer, spielte ich die Verletzung herunter, hatte jedoch keine Kraft mehr, den Schmerz aus meinem Gesicht zu bügeln.

Im kleinen Untersuchungsraum stand nur eine Liege, ein paar schmale Schränke mit Ablagefläche und ein Handwaschbecken. Ich sollte mich setzen.

Wika bewegte sich, als wäre sie in ihrer eigenen Küche und würde nur die Lebensmittel und Kochutensilien fürs Abendessen herausholen. Sie beeilte sich nicht, zögerte aber auch nicht. Nachdem alles vorbereitet war, pulte sie mit einer Pinzette Wollfasern aus der verletzten Stelle, desinfizierte sie und deckte die Wunde mit einem sterilen Pflaster ab. Unter ihrer Selbstsicherheit war ich ganz klein geworden.

Wann hattest du deine letzte Tetanusspritze?, fragte sie.

Brauch ich nicht, erwiderte ich.

Ich gebe dir eine Wundsalbe.

Hab ich zu Hause.

Hast du starke Schmerzen?

Schmerztabletten hab ich auch.

Sprichst du mit allen deinen Freundinnen so?

Ich habe keine Freundinnen, entgegnete ich und merkte zu spät, wie erbärmlich ich mich anhören musste.

Wikas Mund kräuselte sich in der erfolglosen Bemühung, ein Lachen zu unterdrücken. Ist das ein Grund, feindselig zu sein?

Ich bin nicht feindselig, stellte ich klar, konnte aber auch nicht erklären, was ich stattdessen war. Ich habe keine Ahnung, wie ich mit Frauen sprechen soll, platzte es aus mir heraus.

Wie kommunizierst du denn mit deiner Mutter?

Gar nicht.

Wika lachte laut auf. Sie hatte den Spaß ihres Lebens, und ich konnte mich nicht entscheiden, ob ich mich aufregen sollte oder einfach mitlachen.

Am Morgen verließen wir das Krankenhaus. Grischa hatte eine Bandage bekommen. Er war high von den Schmerzmitteln und preschte im Schweinsgalopp voran, während wir müde und ausgelaugt folgten.

Babuschka und Deduschka warteten bereits bei den Eltern, als wir gegen sechs Uhr in der Früh hereinkamen. Meine Brüder schwärmten aus, während ich von allen Seiten belagert wurde, als hätte ich Grischas Schulter selbst eingerenkt. Sein Oberarmkopf wurde wieder in die Gelenkpfanne positioniert, berichtete ich. Die Röntgenaufnahmen sehen gut aus, keine knöchernen Verletzungen.

Vater lobte mich. Es schmeckte fahl.

Am Frühstückstisch war die Stimmung gedämpft. Grischa verzog das Gesicht, versuchte eine bequeme Position in der Armbinde zu finden.

Was brauchst du, Grischenka, tut es sehr weh? Mutter sah aus, als hätte sie größere Schmerzen. Beweg dich lieber nicht. Schura, sag deinem Bruder, dass er seinen Arm nicht bewegen soll.

So viel kann nicht mehr kaputtgehen, erwiderte ich und schlürfte meine Suppe.

Mutter seufzte schwer und sah Vater wehleidig an: Diese Kinder bereiten mir nichts als Sorgen.

Sie stand auf und verließ den Raum. Vater legte den Löffel hin und folgte ihr ins andere Zimmer.

Es wurde still. Bis auf das Schlürfen und Schmatzen und das Geräusch, das der Löffel machte, wenn er die Schüssel berührte. Das Schweigen fühlte sich ungemütlich an. Ich wünschte, Kostja würde etwas sagen und die Spannung lösen.

Fedja stand mit den Worten vom Tisch auf, er müsse sich hinlegen.

Ich folgte ihm: Ich auch.

Er war von Anfang an auf Abwehr, ließ sich mit dem Bauch auf sein Bett fallen und sagte: Lass mich, Schura.

Mein Bruder konnte eine Bitte aus kilometerweiter Entfernung riechen. Es war so etwas wie sein sechster Sinn.

Ich holte den Zettel aus meiner Hosentasche, auf den ich Namen und Geburtsdatum von Galina Lebe-

deva aufgeschrieben hatte, die Angehörige der Körperspende.

Wenn ich dir einen Namen gebe, sagte ich, kannst
du was über die Person herausfinden?

Fedja seufzte. Ich bin nicht Sherlock.

Aber du kennst einen.

Er hob seinen Kopf vom Kissen und sah mich lange
an. Gibt's etwas, fragte er, das ich wissen sollte?

Frag nicht, erwiderte ich. Dann frag ich auch nicht
nach Aleg Olegowitsch.

Der Name war wahrlich ein Zauberspruch. Fedja
gab sofort nach. Widerwillig streckte er seine Hand
aus, und ich reichte ihm den Zettel.

An der Tür verharrte ich, drehte mich noch mal um.
Geht es dir gut?

Fedja stützte sich auf dem Ellenbogen ab und
legte seinen Kopf in die Handfläche. Ich bin nicht
der mit dem ausgekugelten Arm, war seine patzige
Antwort.

Ja, klar, erwiderte ich genervt und fragte mich, was
mich mehr aufregte, seine abweisende Art oder meine
Unfähigkeit, ihn zu trösten.

Er verstand wohl, dass ich mich sorgte, und sagte:
Hab schon Schlimmeres erlebt.

Ich wusste nicht, ob er das auf die Schlägerei bezog
oder auf den Auslöser derselben. Ich bemerkte, wie er
nervös mit dem Fuß wackelte.

Sprichst du nur mit mir nicht oder mit keinem?
Glaubst du echt, das macht nichts mit dir?

Meine wütenden Worte schienen ihn zu erheitern. Er setzte sich auf. Da bist du ja wieder, sagte er zufrieden.

Meine Sorge schien ihm zu gefallen. Er lächelte, und ich folgte seinem Beispiel.

Galina Lebedeva war zweiundvierzig Jahre alt und wohnte im Oktyabr'skiy-Viertel. Auf ihrem Foto sah sie so nichtssagend aus, dass ich ihr Gesicht augenblicklich vergaß, sobald ich die Kopie ihres Ausweises weglegte. Sie arbeitete als Nachtschwester im Krankenhaus am Ende des Parks mit der Bärenskulptur und dem Ententeich. Dort, wo Grischa im Sommer Kostja mit einer Frau gesehen hatte.

Kostja sah ihr Foto lange an und schüttelte seinen Kopf. Er kannte sie nicht. Vielleicht waren seine Augen zu lange auf ihrem Bild verblieben, ich wurde das Gefühl nicht los, dass er mir etwas verheimlichte. Galina Lebedeva hatte keine roten Haare, und trotzdem lief in meinem Kopf ein Film ab.

Ich konnte nicht sagen, ob es eine Ahnung, ein Bauchgefühl oder nur eine leise Hoffnung war. Aber ich hatte diesen Gedanken, dass sie die Antworten auf meine Fragen kannte. Es war eine Fixierung. Sie äußerte sich darin, dass ich eines Tages an ihrem Haus vorbeiging und vor ihrer Arbeitsstelle wartete.

Geh einfach hin und frag sie, war Kostjas Vorgehen.

Und was soll ich dann sagen?, erwiderte ich.

Здравствуйте, Galina Wladimirowna, ich habe ihren

Namen und ihre Adresse auf illegalem Weg besorgt, um zu erfahren, was mit dem Mann ist, den ich in meiner Anatomiestunde ausnehme?

Auch wenn ich einen Widerstand in mir spürte, wartete ich trotzdem jeden Tag nach der Uni, in Freistunden und am Wochenende auf sie. Selbst wenn ich ihr begegnet wäre, bezweifelte ich, ob ich sie erkannt hätte. Alle Passanten trugen dicke Mäntel, und ihre Gesichter waren durch Mützen und Schals gut verdeckt.

Kostja bedrängte mich nicht mehr. Weil es nichts anderes zu tun gab, unterhielten wir uns. Meistens sprach ich, und Kostja hörte mir zu. Er hatte diese Art, so aufmerksam dabei zu sein, als wäre ich die wichtigste Person in seiner Welt. Er unterbrach nicht, kommentierte oder bewertete das Gesagte in keiner Weise. Er versuchte nicht, das Gespräch auf sich zu beziehen oder seinen Standpunkt zu erläutern. Er hörte einfach zu. Und teilte seine Gedanken erst, wenn ich ihn danach fragte..

Was würdest du an meiner Stelle tun? Was hättest du gesagt?

Er verschränkte seine Arme vor der Brust, blickte nach oben und dachte angestrengt nach. Sein Rat war immer simpel.

Mach's nicht, wenn du nicht willst.

Sag, was du denkst.

Sei einfach du selbst.

Die Leichtigkeit in seiner Stimme missfiel mir: Warum sagen das immer alle? Was bedeutet das? Wie soll ich einfach ich selbst sein?

Wenn jemand einen Witz macht, der nicht lustig ist, sagte er, brauchst du nicht zu lachen.

Wenn ich mich des Öfteren verhaspelte und frustriert zu ihm hochsah, nickte er bloß und meinte: Sprich weiter. Also tat ich es. Manchmal fühlte ich mich danach besser, manchmal fühlte ich mich, als hätte ich mich in eine Sackgasse geredet, aus der es keinen Ausweg gab. Alle Worte schienen mir unzureichend, verständlich zu machen, was ich eigentlich sagen wollte.

So viel hatte ich in den gesamten letzten fünf Jahren nicht gesprochen, und ich fragte mich, ob es daran lag, dass Kostja da war, oder vielmehr, dass er nicht im eigentlichen Sinn da war. Vielleicht konnte ich ihm nur deshalb so viel erzählen, weil ich wusste, dass er jeden Augenblick wieder verschwinden konnte.

Ob es am Wetter lag oder am Sprechen, der Husten wurde schlimmer. Meine Bronchien waren gereizt, die Hustenstöße wurden mit jedem Mal schmerzhafter. Die Krankheit wollte nicht vergehen. Babuschka nörgelte, ich solle zum Arzt, aber dann gurgelte ich mit warmem Natronwasser, nahm Hustenstiller und fühlte mich am nächsten Morgen wieder besser. Bis der Husten wiederkam. Verzweifelt versuchte mein Körper, die Krankheit abzuhusten, und ich ließ ihn seine Arbeit tun. Irgendwann würde er schon damit fertigwerden. So oder so ähnlich dachte ich.

Ich tat nicht wirklich was gegen den Husten, wie ich nichts tat, was Galina Lebedeva betraf. Onkel Wassja sagte häufig, das Leben sei wie Domino. Ich müsse nur den ersten Stein umwerfen, und dann würde alles von selbst in Bewegung kommen. Aber nicht zu wissen, wie die Spielsteine fielen, wo sie auftrafen, lähmte mich, führte dazu, dass ich gar nicht erst an sie herantrat.

An einem dieser Tage war ich die Letzte im Sezierraum. Wir hatten die unteren und oberen Extremitäten präpariert, während Professor Persikow erklärte, wie die verschiedenen Systeme, die die Gliedmaßen versorgen und organisieren, ihre Funktion steuern. Kostja hatte die ganze Zeit krank ausgesehen. Anders als bei der ersten Anatomieeinheit am Körper, konnte ich mich mittlerweile nur schwer mit ihm im Raum konzentrieren. Jeder Schnitt schien ihm wehzutun. Es war sichtlich eine Qual für ihn, beim Präparieren dabei zu sein, und trotzdem blieb er. Ich verstand nicht, warum er sich das antat.

Warum bist du überhaupt da, wenn du es nicht aushältst?, platzte es schließlich aus mir heraus. Ich bereute meine Worte, sobald ich Aljona sah.

Sie trat hinter der Säule hervor, wo der Mülleimer stand und in den sie ihre benutzten Einweghandschuhe und den Mundschutz entsorgt haben musste. Die Hälfte des Unterrichts hatte sie auf der Toilette verbracht.

Nur, weil es dich kaltlässt, muss es anderen nicht genauso gehen, entgegnete sie. Tu nicht so, als bräuchtest du nicht auch hin und wieder Hilfe.

Für den Fall, dass du mich brauchst, erwiderte Kostja plötzlich.

Ich war sauer, weil er mich in so eine unangenehme Situation gebracht hatte.

Ich brauche niemanden, sagte ich.

Meinst du? Aljona sah mich mit einem Hochmut an, der mich irritierte. Bist du nicht die mit der geschenkten Unizulassung?, setzte sie nach.

Heiß fuhr mir die Bloßstellung ins Gesicht. Wenn Aljona es wusste, gab es keinen, der es nicht wusste. Und nun wusste es auch Kostja.

Bevor ich zum Gegenschlag ausholen konnte, stellte er sich zwischen uns: Du musst nicht auf jede Provokation reagieren.

Ich erschrak über den Ausdruck in seinen Augen, der voller Sorge war.

Währenddessen kam Aljona so richtig in Fahrt: Du tust immer so, als wärst du das Opfer. Schon in der Schule warst du so.

Sie verschränkte die Arme vor der Brust. Wenn du zu spät gekommen bist oder überhaupt nicht, wenn du keine Hausaufgaben hattest oder die Lehrer dich beim Rauchen erwischt haben, konntest du immer den Tod deines Bruders vorschieben.

Du hast keine Ahnung, erwiderte ich und trat einen Schritt auf sie zu. Im selben Augenblick kam eine

Erinnerung, als würde ich mit einem Eimer Wasser übergossen.

Mutter weinend im Direktorat, sie gluckst theatralisch, und ihre Stimme bricht immer wieder ab, als sie die Tragödie bekundet, die ihrer Familie widerfahren ist.

Mutter glaubte stets, ihr stünde für jedes erlittene Unglück eine Art Entschädigung zu, und empfing Zuwendungen wie Mitleid oder Trost als etwas, auf das sie einen Anspruch hatte. Ich fand ihr Verhalten unmöglich, aber ich sagte nichts. Schlussendlich war ich nicht besser als sie. Der Direktor hatte wieder ein Auge zugedrückt, und ich musste keine Verantwortung übernehmen.

Wenn du glaubst, dass ich irgendwas im Leben geschenkt bekommen habe ..., meine Stimme brach weg, ich musste husten.

Glaubst du, ich hätte ein unbeschwertes Leben gehabt? Aber ich gehe nicht rum und mache alle zu Bösewichten.

Ich schluckte schwer. Mach ich dich gerade auch zu einem Bösewicht?

Sie sah verwirrt aus. Vielleicht weil meine Frage ruhig und beherrscht herausgekommen war.

Ich betrachtete ihr Wutgesicht. Die linke Wange hielt eine verlorene Wimper, die so gar nicht ins Bild passen wollte. Plötzlich hatte ich das Bedürfnis, näher zu kommen und sie aufzuheben.

Ich wollte nicht gemein sein, sagte ich. Ich wollte verstanden werden.

Aljona löste die Arme aus der Verschränkung und wusste dann nicht so recht, wohin mit ihnen. Ich wusste auch nicht mehr, wohin mit mir. Ich konnte ihr nicht in die Augen sehen.

Wer soll denn bitte böse Blicke und Kommentare anders verstehen?, meinte sie.

Ich hätte erwidern können, dass sie mal nicht so unschuldig tun sollte, aber ihr Ton hatte an Aggressivität verloren, und das besänftigte auch mich. Nach längerer Pause gab sie kleinlaut zu: Ich war gemein, weil ich mich missverstanden fühlte.

Das überrumpelte mich so, dass ich die Überraschung in meinem Gesicht nicht verstecken konnte. Aljona sah verlegen aus.

Seid ihr fertig?, fragte die wissenschaftliche Hilfskraft des Professors. Er kam, um abzuschließen.

Vom Geräusch der Lüftung blieb in meinen Ohren ein leises Summen.

13

Am nächsten Tag war der gefärbte Alkohol im Ther-
mometer nach oben geklettert. Abgeschmolzener
Schnee bildete Pfützen. Mit dem Untergang der Sonne
war die Temperatur jedoch in Windeseile wieder im
Keller, das Schmelzwasser gefror und verwandelte die
Straßen in eine braune Eislaufbahn.

Unentwegt hörte ich Einsatzfahrzeuge durch die
Stadt jagen. Fast war es so, als wäre ich dem Ruf der
Sirenen gefolgt, als ich mich spätabends vor dem
Krankenhausgebäude wiederfand, in dem Galina Le-
bedeva arbeitete. Der Winter schien mit jedem Tag
harscher zu werden.

Unter dem Dachvorsprung des Haupteingangs
stand ein älterer Mann mit Gips am Bein und einer
Krücke unter jeder Achsel. Er hatte über das Patien-
tenhemd einen Mantel geworfen. Ich sah seine nackten Waden. Er versuchte, sich eine Zigarette anzuzünden, aber sein Feuerzeug kam nicht gegen den Wind
an. Unweit von ihm entfernt stand eine Frau, die wohl

auch zum Rauchen heruntergekommen war. Sie trug einen Bademantel über ihrem dicken Pullover und Schlappen über Wollsocken. Sie beobachtete sein Ringen und trat schließlich einige Schritte auf ihn zu, kam ganz nah an ihn heran, musste sich auf die Zehenspitzen stellen, weil sie nur halb so groß war wie er. Sie schloss beide Hände schützend um die Flamme des Feuerzeugs, und die beiden verweilten einige Sekunden in der Position. Wenig später gingen sie nacheinander wieder hinein.

Ich wollte ihnen folgen, rührte mich aber nicht von der Stelle. Als würde ich darauf warten, dass die Wärme zu mir kam, dass auch jemand zu mir trat und mir ein bisschen Geborgenheit spendete. Ich sah zu Kostja hoch, er sah blass und ausgelaugt aus. Vielleicht brauchte er das noch dringender als ich.

Lass uns nach Hause gehen, sagte ich.

Er nickte, und wir machten auf dem Absatz kehrt. Eine Frau kam uns entgegen. Sie zog ihre Handschuhe aus, stopfte sie in die Manteltasche, dabei fiel ihr einer unbemerkt herunter. Ich bückte mich danach. Ein alter Lederhandschuh, der bereits rissig war.

Warten Sie!, rief ich, aber die Frau hörte mich nicht. Der Wind war zu stark. Sie entfernte sich mit so schnellen Schritten, dass ich zu laufen begann.

Warten Sie, Ihr Handschuh!

Ich streckte meine Hand nach ihrem Ärmel aus, aber verfehlte sie. Der glatte Asphalt zog mir die Beine weg, mein Körper verlor gegen die Schwerkraft, kippte nach hinten. Ich fiel hart auf den Rücken, mein Kopf schlug am Boden auf.

Wirklich, mir geht es gut, sagte ich immer wieder.

Galina Lebedeva wollte nichts davon hören. Ihr Blick war bestimmt und – da war ich mir nicht sicher – verärgert?

Leichtes Schädel-Hirn-Trauma ist nicht auszuschließen, sagte sie zu dem Mann, der hinter dem weißen Tresen der Notaufnahme saß und seine geduldige Hand nach meinen Personalien ausstreckte, und zu mir: Ist dir schwindelig?

Ich schüttelte den Kopf, verzog das Gesicht vor Schmerz.

War sie bewusstlos?, fragte der Mann.

Kurze Zeit, erwiderte Galina Lebedeva und streckte nun auch ihre Hand in meine Richtung aus, aber ungeduldiger: Dein Ausweis?

Erkannte sie Kostjas Schwester in mir? Oder war sie so energisch, weil sie sich schuldig fühlte, dass ich für ihren Handschuh eine Gehirnerschütterung riskiert hatte?

Kostja berührte mich an der Schulter: Tu, was sie sagt. Sie sorgt sich.

Ich wühlte in meiner Tasche, fand meinen Pass.

Mit flinken Fingern nahm ihn Galina Lebedeva entgegen, öffnete ihn. Ihr Blick streifte meinen Namen, ihre Augenbrauen zuckten kurz – oder bildete ich mir das nur ein?

Dumpf und drückend pochte es gegen die Beule auf meinem Kopf. Das Oberlicht war zu hell. Galina Lebedeva ging und kam mit zwei Pappbechern wieder, reichte mir einen davon. Das Teewasser war so rot wie ihre Wangen und roch wie sie nach stark parfümierten Früchten. Der verlorene Handschuh lag auf ihrem Mantel links neben mir auf der Bank. Galina Lebedeva wählte den Platz rechts von mir. Es machte mich nervös, nicht direkt in ihr Gesicht sehen zu können.

Vom Wartebereich aus konnte ich die Eingangstür sehen, durch die zwei Sanitäter, einen leeren Rollstuhl vor sich herschiebend, hereinkamen. Sie unterhielten sich und lachten miteinander. Einer von ihnen sah Galina Lebedeva und hob die Hand. Sie grüßte zurück.

Auf welcher Station arbeiten Sie?, fragte ich, weil die wichtigeren Fragen mir nicht über die Lippen kamen.

Oben auf der psychiatrischen, antwortete sie, worauf ich lange nichts mehr sagte.

Hin und wieder ging jemand vom Personal vorbei, die Aufzugstüren öffneten sich und spuckten Patienten oder Besucher heraus. Alle schienen genau zu wissen, wohin sie mussten. Kostja lungerte in Sichtweite vor den Aushängen herum, tat so, als würde er die veränderten Cafeteria-Öffnungszeiten studieren oder an der wöchentlichen Bibelstunde interessiert sein. Er warf verstohlene Blicke herüber, er schien nervös zu sein.

Ich führte den Becher an meine Lippen und verbrühte mich sofort. Der Schreck übernahm meine Hand, sie machte eine ruckartige Bewegung. Der Tee schwappte über und verbrannte mir die Finger, der Pappbecher fiel auf den Boden, und das Innere schoss in einer Welle heraus.

Galina Lebedeva war nicht böse. Stattdessen sah sie mich lächelnd an. Sie bedeutete mir, ihren Tee zu halten. Ich trocknete die Hand an der Hose ab und nahm den Becher entgegen. Meine Zungenspitze kribbelte.

Unentschlossen blieb ich sitzen. Erst dachte ich, sie hätte mir ihren Tee gereicht, um aufzuspringen und die Sauerei, die ich verursacht hatte, zu beseitigen. Aber sie tat nichts dergleichen.

Das ist mir jetzt peinlich, sagte ich, damit sie mich nicht mehr ansah, aber ihr prüfender Blick blieb standhaft.

Warum?

Ich zeigte auf die Teepfütze. Soll ich das nicht aufwischen?

Die Unordnung brachte mich durcheinander.

Lass nur, sagte Galina Lebedeva. Ich konnte ihren Augen nicht entkommen. Tut es noch sehr weh?, erkundigte sie sich. Hast du Kopfschmerzen? Musst du dich übergeben?

Ich führte meine Hand an meinen Hinterkopf, befühlte die schmerzhafte Stelle. Wird sicher nur eine Beule, sagte ich.

Sie stand auf und wollte es sich ansehen. Ich senkte mein Kinn und spürte ihre kalten Finger.

Das gute an Beulen und blauen Flecken ist, sagte sie, dass sie so schnell vergehen wie die Erinnerung daran, wie wir sie uns zugezogen haben.

Ich vergesse nicht so leicht, meinte ich, worauf sie erwiderte: Wirklich? Ich bin schrecklich vergesslich. Ich vergesse andauernd meinen Schlüssel, ich komme aus dem Bad und kann mich schon gar nicht mehr erinnern, ob ich mir die Zähne geputzt habe. Mein Mann hat mir früher überall Notizen hinterlassen. An der Tür stand: Portmonee? Licht? Am Küchentisch: Gas? Dann schreckte ich hoch und drehte schnell das Ventil zu. Die Notizen hängen noch überall in der Wohnung. Aber sie sind nur ein jämmerlicher Ersatz.

Sie setzte sich wieder neben mich. Meine Augen wanderten wieder zur Teepfütze, die sich langsam bewegte. Der Raum war schief.

Du hast auch jemanden verloren, sagte sie. Es war keine Frage. In ihrem Gesicht lag solcher Nachdruck, dass ich mich gefangen fühlte.

Ich umklammerte den Teebecher, zögerte, nickte, dann sprach ich es aus: Kennen Sie meine Familie?

Sie lächelte wieder. Wer kennt sie nicht?, antwortete sie, und mein Herz fing an, schneller zu schlagen. Ich bin an eine der Schulen gegangen, die deine Großmutter aufgebaut hat. Mein Onkel hat in der Firma deiner Eltern gearbeitet. Nachdem sie alles verloren hatten, haben deine Großeltern von ihren eigenen Ersparnissen alle ausstehenden Gehälter ausgezahlt.

Davon wusste ich nichts, sagte ich.

Natürlich nicht, wie auch? Deine Eltern wissen das wahrscheinlich auch nicht. Menschen wie deine Großeltern kehren solche Sachen unter den Tisch, erklärte sie. Und Gläubiger wissen immer, wo es was zu holen gibt. Das muss für deine Großeltern sehr schwer gewesen sein. Sie waren angesehen, aber nie wohlhabend.

Aus irgendeinem Grund stiegen mir Tränen in die Augen. Ich hielt sie mit aller Kraft zurück.

Ich möchte dir von meinem Mann erzählen, sagte sie plötzlich. Sie sah schuldbewusst aus.

Hatte Ihr Mann auch mit meiner Familie zu tun?, schlussfolgerte ich, woraufhin sie mehrdeutig lächelte.

Nur schwer konnte ich begreifen, wie ich die Erscheinung dieser Frau jemals als nichtssagend empfunden hatte. Sie hatte lebendige Augen und ein weiches Lächeln. Ihre Stimme war so angenehm, dass ich ihr ewig hätte zuhören können.

Wir haben uns hier kennengelernt, sagte sie. Mein Mann hat Menschen mit chronischen Schmerzen behandelt. Rückenprobleme, Gelenkschmerzen, Migräne. Seine Patienten kamen zu ihm, wenn andere Ärzte keinen Rat wussten. Wenn sich der Schmerz vom ursprünglichen Auslöser befreite, sich quasi eigenständig machte, unverhältnismäßig verstärkt war.

Galina Lebedeva wurde still, schien einem Gedanken nachzuhängen. Ich wollte, dass sie weitersprach: Also sorgte Ihr Mann dafür, dass die Menschen weniger Schmerzen haben?

Sie sah mich verständnisvoll an.

Die Intensität des Schmerzes lässt sich selten reduzieren. Sein Ziel war es, die Beeinträchtigungen zu mindern, die der Schmerz zwangsläufig im Leben der Patienten hervorrief: die Schlafstörungen, eingeschränkten Bewegungen. Vor allem kümmerte er sich um die psychische Belastung. Wenn du den Schmerz nicht loswerden kannst, lernst du mit ihm umzugehen. So in etwa.

Sie nestelte an ihren Fingern.

In der Schmerzforschung traf er dann auf einen Jungen, der genau das gegenteilige Problem hatte. Er war völlig schmerzunempfindlich. Ein Zustand, nach dem sich seine Patienten so sehr sehnten, der für den Jungen wiederrum lebensbedrohlich war. Stell dir vor, du hast eine Blinddarmentzündung, aber du spürst nichts.

Da war eine Anspannung in meinem Inneren, die unangenehm pulsierte, gegen meine Schläfen hämmerte, meine Wunde. Ich sah zu Kostja, der auf der anderen Seite des Raums seinem Bewegungsdrang nachkam, sich in die Hocke setzte und die Beine wieder ausstreckte, seinen Kopf drehte, dass der Nacken knackte.

Nur sein Großvater wusste davon, erzählte Galina Lebedeva. Er wollte nicht, dass es irgendwer erfährt, vor allem nicht seine Familie. Er wollte nicht, dass der Junge anders behandelt wird. Ein normales Leben sollte er führen dürfen, und mein Mann hatte es sich zur Aufgabe gemacht, dafür zu sorgen.

Er sagte immer, der Junge erinnerte ihn an sich selbst, als er in seinem Alter war. Aber ich hatte eher den Eindruck, dass er den Sohn ersetzte, den er nie haben würde.

Mit dem rechten Daumen massierte sie in kreisenden Bewegungen die linke Handfläche.

Was ist mit dem Jungen passiert?, fragte ich.

Sie schüttelte den Kopf.

Ohne mich überlebt er nicht, sagte mein Mann oft. Ich war furchtbar wütend, wenn er solche Sachen sagte. Jeder ist für sein eigenes Leben verantwortlich. Wie konnte er das seine für ein anderes aufgeben? Der Junge kam immer zuerst. Als ich meinen Mann traf, waren ihre Leben bereits miteinander verflochten. Als er dann starb, ist auch bald darauf der Junge gefolgt. Natürlich war er da kein Junge mehr. Es fühlte sich furchtbar an, dass er am Ende recht behalten hatte.

Ich wollte mehr erfahren: Wie war er so?

Galina Lebedeva lehnte sich zurück und schien ernsthaft zu überlegen. Ihre Augen waren auf etwas Unsichtbares im Raum gerichtet.

Mein Mann hatte Witz, sagte sie.

Ich wollte eigentlich mehr über den Jungen erfahren, aber traute mich nicht, sie zu unterbrechen.

Er konnte den Raum gut lesen und mit einem einzigen Kommentar alle zum Lachen bringen. Dabei war er selten unbeschwert, selbst wenn er trank, fiel er nie aus der Rolle. Er war furchtbar stur. Wie oft ich mir den Mund fusselig geredet habe, und er bewegte sich keinen Zentimeter von seinem Standpunkt. Er durfte nie ins Wanken kommen, nie die Kontrolle verlieren. Er hatte eine große Familie, vier Geschwister, schon als Kind musste er sich um alle kümmern. Aber das machte ihn auch zuverlässig, treu. Er behielt so viele seiner Gedanken und Gefühle für sich. Ich habe mich sehr an ihn geklammert, und heute wünschte ich, ich hätte ihm die Freiheit geben können, die er sich gewünscht hatte.

Sie schluckte. Zumindest ist er das jetzt, fügte sie leise hinzu.

Die Pfütze auf dem Boden begann bereits an den Rändern zu trocknen. Mir fiel das Mädchen von Pohjola ein, die Frau von Ilmarinen – eine der vielen Geschichten, die mir Kostja früher erzählt hatte. Als sie von Wölfen zerrissen wurde, ließ Ilmarinen sie aus der Esse auferstehen. Aus Gold geschmiedet, kam seine Geliebte heraus, aber ihre Züge leer, der Mund sprachlos. Sie sollte auf ewig eiskalt bleiben, aufs Haar ihrem verstorbenen Ebenbild gleichen, aber für immer unfähig sein, sie zu ersetzen.

Kostja hatte nie im Leichenschauhaus gelegen. Wie Ilmarinen hatte ich ihn aus Erinnerungen und Traurigkeit erschaffen.

Und der Junge? Wie war der Junge so?

Galina Lebedeva lächelte mich wieder an. Das solltest du am besten wissen.

Ein kalter Windzug traf mich hart von der Seite. Meine Haare flogen mir ins Gesicht. Ich holte Iwans Mütze aus der Jackentasche und zog sie mir weit über die Stirn.

Wie war sie?, fragte Kostja.

Ich sah meinen Bruder durchdringend an, bohrte im Leerraum zwischen den Buchstaben herum, versuchte die Intention hinter dem Fragezeichen zu ergründen.

Hast du deine Antworten bekommen?, fragte er weiter.

Manchmal dachte ich, du hättest insgeheim Frau und Kinder irgendwo, sagte ich, so oft, wie du weg warst.

Was? Kostja musste lachen. Warum hätte ich sie verstecken sollen?

Warst du krank? Warst du in dem Sommer gar keine Telefonkabel verlegen, sondern im Krankenhaus?

Kostja lächelte, aber antwortete nicht.

Warum hast du nie irgendwas erzählt?

Ich musste husten. Kostja wartete, bis ich fertig war, bevor er sprach: Was wolltest du hören?

Von deinen Reisen, von deiner Arbeit, von den Menschen, die du getroffen hast, irgendwas von dir. Als ich klein war, hast du so viel erzählt, und dann hast du einfach damit aufgehört. Du wolltest einfach nichts mehr teilen.

Ich hatte mich davor gehütet, Kostja zur Rede zu stellen, in Erwartung, dass er flüchten würde und nie wieder zurückkommen. An seinem Gesicht konnte ich ablesen, dass er genau das plante. Seine Augen gingen hin und her, als würde er die Lücke suchen, durch die er entkommen konnte.

Weil es einfacher war, gab er schließlich zu.

Was war einfacher?

Sich zu lösen.

Der Wind zog geräuschvoll auf, die Kälte schnitt rasierklingengleich ins Gesicht.

Wenn alles, was du zu sagen hast, den anderen nur verletzt, brachte Kostja langsam hervor, würdest du nicht auch lieber schweigen?

Du entscheidest also darüber, was ich fühle, fasste ich zusammen, du nimmst es mir ab, du beschneidest mich und gibst mir keine Chance, mich auszudrücken. Damit beschützt du mich nicht, damit schützt du nur dich selbst.

Wie hätte ich meinen Brüdern sagen sollen, dass ich mich ohne sie so viel leichter fühlte als mit ihnen zusammen? Wie hätte ich meine kleine Schwester darum bitten können, mir die Erlaubnis zu geben, für immer zu verschwinden?

Kostja blickte mir aus großen Augen entgegen. Ich sah ein Kind vor mir, das zu früh erwachsen werden musste, in eine Rolle gedrängt, die es auch mit Entfernung nicht ablegen konnte.

Unterschätz uns nicht, sagte ich. Vielleicht hätten wir es dir übel genommen, aber wir hätten dich auch verstanden.

Kostja schien meine Reaktion zu überraschen. Ich war selbst überrascht. Seine Offenheit schien mich stark zu machen.

Warum bist du dann zurückgekommen?

Er schien sich selbst nicht sicher zu sein: Ein bisschen war es wohl so, als hätte ich deinen Ruf gehört.

Ich habe dich gerufen? Wie einen Hund?

Kostja plusterte Wangen und Nasenlöcher auf. Das entlockte mir ein Lächeln. Er kopierte es.

Wenn du mich rufst, kann ich nicht wegbleiben, sagte er und presste angestrengt seine Lippen aufeinander. Dann öffnete er sie: Ich werde nicht gehen.

Das solltest du aber, hörte ich mich sagen. Du gehörst nicht hierhin. Du solltest dort sein, wo alle hinkommen, wenn sie sterben.

Wo wäre das?

Ich überlegte. Unter die Erde?

Du willst mich vergraben?

Wenn das die Sache beschleunigt.

Wir grinsten uns an.

Es ist nicht so, als gäbe es ein Licht, dem ich folgen kann, oder irgendwelche Schilder, die mir die richtige Richtung zeigen, sagte er.

Kennen wir nicht jemanden ..., begann ich und musste kräftig husten. Kostja strich mir behutsam über den Rücken.

Meine Stimme war heiser, als ich weitersprach: Hoffen wir, dass Babka Jasja diesmal eine weniger komplizierte Lösung hat.

Tante Katjuscha war bereit, mich zu decken. Ich musste ihr nichts erklären. Ein bloßes *Da gibt es eine Sache, um die ich mich kümmern muss* reichte. Sie war einfach dankbar, dass ich ihren Kurierdienst aufs Land übernahm – und mein Interesse an Babka Jasja weckte bei ihr wahrscheinlich ein Gefühl der Verbundenheit zwischen uns.

Babuschka dachte, ich fahre mit Tante Katjuscha mit. Ich sagte, ich wolle mal raus. Sie hatte mich skeptisch angesehen. Auch wenn sie vielleicht wusste, dass es nicht mein einziger Grund war, hielt sie mich nicht ab.

Am Samstag füllte sie zwei Taschen mit allerhand Lebensmitteln für ihre Verwandten und schmierte Brote für die Fahrt. Ich kam ins Wohnzimmer, um Deduschka Auf Wiedersehen zu sagen.

Er war beim Zeitunglesen in seinem Sessel eingeschlafen. Vorsichtig nahm ich ihm die Zeitung aus beiden Händen und legte sie zusammengefaltet auf den Beistelltisch daneben. Das Knistern der Zeitung weckte ihn nicht. Auch nicht das Wegnehmen seiner Lesebrille. Die Tagesdecke war auf den Boden gerutscht. Ich hob sie auf und deckte ihn zu. Er kam mir so klein vor. So zusammengesackt sah er fast aus wie ein Kind.

Es klingelte an der Tür. Selbst das lauteste Geräusch vermochte ihn nicht zu wecken.

Tante Katjuscha kam hoch, um mit den Taschen zu helfen. Sie fuhr mich zur Bushaltestelle, an der ich mit Mischa verabredet war. Er lieh mir den Toyota.

Soll ich nicht noch warten?, fragte sie vom Fahrersitz zur offenen Beifahrertür, an der ich stand, aber ich drängte sie, abzufahren: Er ist sicher gleich da.

Sie zögerte. Babka Jasja kann eigensinnig sein, sagte sie. Es klang fast wie eine Warnung. Sie ist in diesem Haus geboren, und dort wird sie auch sterben, sie hat ihr ganzes Leben im Wald gelebt. Verstehst du, was ich meine? Nur weil Menschen anders denken, heißt es nicht, dass sie falschliegen. Was wir als unhöflich betrachten, ist für sie vielleicht Ehrlichkeit. Es ist so leicht, die falschen Schlüsse zu ziehen.

Ihre Worte riefen eine Erinnerung wach, einen lang vergessenen Sommertag. Tante Katjuscha hatte uns Honig mitgebracht. Dafür sei sie himmelweit gefahren, habe ihn direkt einem privaten Imker abgekauft.

Mutter probierte und verzog das Gesicht: Das haben sie doch mit Zucker gestreckt. Die Farbe verrät es schon. Das ist kein echter Honig, da bist du jemandem gewaltig auf den Leim gegangen.

Über dem Küchentisch bildete sich eine dunkle Wolke, aber nur ich schien sie zu bemerken. Tante

Katjuscha lächelte einfach weiter. Als hätte Mutter ihr ein Kompliment gemacht. Aus der Wolke tropfte es, und Mutter sah mich bestürzt an: Warum weinst du denn jetzt?

Ich war zu klein gewesen, um mich artikulieren zu können. Tränen waren das Einzige, was ich Tante Katjuscha in diesem Moment geben konnte. Ich hatte angenommen, sie sei schwach und könne sich nicht verteidigen. Rückblickend fragte ich mich, ob es nicht genau das Gegenteil war.

Der Bus hupte. Tante Katjuschas Auto stand im Weg. Sie nahm ihren roten Schal ab und gab ihn mir: Pass gut auf dich auf, sagte sie und fuhr mit qualmendem Auspuff davon. Ich wickelte die warme Wolle mehrfach um den Hals.

Der Winter lag dicht und feucht über dem Boden. Der Schleim in der Nase gefror schnell zu einer kalten Klebmasse. Ich schnäuzte mich, hustete. Wo bleibt denn Mischa? Ungeduldig sah ich auf und ab. Autoreifen verspritzten schmutzigen Schnee. Die hohe Luftfeuchtigkeit warf einen Schleier über die Stadt, alle Umrisse verschwammen.

Unten an der Straße blieb ein Toyota an der Ampel stehen, die Scheinwerfer blendeten. Aus der Beifahrertür stieg eine Frau, die ich sofort als Wika erkannte. Zwischen kurzem Mantel und hohen Stiefeln lugten ihre Stumpfhosenbeine hervor. Sie winkte und lief in ein benachbartes Gebäude hinein. Die Ampel schaltete auf Grün, der Verkehr bewegte sich. Das Auto hielt vor mir, und Mischa hüpfte raus, um die Taschen zu verladen. Ich setzte mich ans Steuer, er wechselte auf den Beifahrersitz.

Was hat dich aufgehalten?, fragte ich, während ich die Spiegel einstellte.

Ich erwartete ein vielsagendes Grinsen, aber zu meiner Überraschung brach etwas in Mischas Gesicht. Zitterte etwa seine Unterlippe?

Kannst du mich an der Stolovaya rauslassen?, bat er.

Es ist noch nicht mal Mittag.

Wenn ich meine Leber demoliere, schmerzt mein Herz vielleicht weniger, sagte er und griff sich theatralisch an die Seite.

Mischa, da ist dein Dickdarm, erklärte ich und legte seine Hand auf die richtige Stelle.

Seine Augen fixierten irgendetwas hinter der Scheibe. Was würde Kostja sagen, wenn er mich so sehen könnte?

Ich sah Kostja erwartungsvoll an, der jedoch genauso mit der Situation überfordert war wie ich.

Nichts würde er sagen, stellte ich fest. Er würde einfach bei dir sitzen.

Obwohl es kaum ein Trost war, lächelte Mischa und sah mit einem Mal beherrschter aus. Er rieb sich mit beiden Handflächen übers Gesicht, als wachte er aus einem langen Schlaf auf.

Schnall dich an, sagte er dann, und sein Blick wurde wachsam. Wann bist du das letzte Mal gefahren?

Wann habe ich noch mal die Prüfung gemacht?

Mischa fand meinen Kommentar nicht lustig.

Ich werde deinen geliebten Toyota schon nicht schrotten, versprach ich.

Um den Wagen geht's mir ja gar nicht, sagte er ernst.

Ich klimperte mit den Wimpern: Da krieg ich ja Herzklopfen.

Meine Reaktion gefiel ihm. Er schob seinen Kopf nach hinten, machte ein Doppelkinn und grinste.

Dann lass mal sehen, was du draufhast, forderte er mich heraus.

Halt dich fest, erwiderte ich selbstsicher – und würgte den Wagen ab.

Nachdem ich Mischa abgesetzt hatte, drehte ich um. Das ekelhafte Wetter machte den Weg aus der Stadt lang und beschwerlich. Manche Straßen ließen sich nur weit unter dem Tempolimit bewältigen. Ich hielt das Lenkrad so fest umschlossen, dass meine Knöchel weiß hervortraten. Die Autoheizung reizte meinen Hals. Der Husten erreichte auf der Solomenskoj seinen Höhepunkt.

Mach Pause und trink was, sagte Kostja.

Ich hielt an der Straße, trank den warmen Tee, den Babuschka in eine Thermoskanne gefüllt hatte, um den Rachenraum zu beruhigen. Zumindest war der Verkehr abgeklungen und ich konnte gemächlich einem Transporter mit einer frierenden Kuh hinten drauf folgen. Nachdem wir den Militärflughafen hinter uns gelassen hatten, standen rechts und links nur zugeschneite Bäume und weiße Wiesen. Auf der ganzen Fahrt sprachen Kostja und ich kaum ein Wort.

Er blieb im Wagen sitzen, als ich die Taschen ins blaue Haus am See brachte. Sie nehme gerade ein Bad, sagte mir ihre Tochter und nahm statt ihrer die Lebensmittel von mir entgegen. Der Einladung zum Essen konnte ich nur mit Mühe entkommen.

Ich parkte rückwärts aus der Einfahrt aus, und wir ließen das Dorf hinter uns. Der Asphalt wich einer dreckigen von Autoreifen präparierten Eisbahn. In Schrittgeschwindigkeit nahm ich die ersten hundert Meter. Das Auto schlitterte nicht, also beschleunigte ich vorsichtig. Der Motor brummte einverstanden. Vor und hinter uns Leere. Rechts und links eine winterliche Waldsteppe. Es war schön und Angst einflößend zugleich.

Baba Jasja lebte in einem dunklen Blockhaus, dessen Wände aus ganzen Baumstämmen bestanden. Am First ihres Hauses war ein umgedrehtes Hufeisen angebracht. Der Schnee war darauf in Form einer Sichel gefroren. Aus dem Schornstein stieg Rauch auf. Mit einem langen Knarren kündigte uns das verrostete hüfthohe Gittertor an. Der Bärenhund hinter der verglasten Veranda sprang auf und gab Laut. Er war groß, aber nicht so riesig, wie er mir als Kind erschienen war. Sein langer Schwanz schlug beim Wedeln gegen die Einrichtung. Sein Fell war schmutzig und verfilzt, aber weil er sich so freute, konnte ich ihm die Streicheleinheiten nicht verwehren.

Er ist alt geworden, sagte Kostja.

Es stimmte. Das schwarze Gesicht durchzogen graue Haare, und seine Augen sahen trüb und müde aus. Schwer ließ sich der Vierbeiner wieder auf sein aus mehreren alten Teppichen bestehendes Hundebett fallen und hechelte.

Die Veranda war zu klein für seinen wuchtigen Körper. Der Hund passte sich einfach den geringen Umständen an, indem er seinen Hintern an die Kommode presste und seine Schnauze auf einem umgefallenen Filzstiefel ablegte.

Wir zogen unsere Schuhe aus, und ich klopfte sachte an die Tür. Da sich nichts zu bewegen schien, klopfte ich fester.

Was steht ihr in der Kälte rum? Herein mit euch!, kam es von drinnen, und wir folgten dem Ruf.

Kostja trat neben mich in die Diele. Was mir als Allererstes auffiel, war das gigantische Hirschgeweih, das auf der gegenüberliegenden Wand angebracht war. Ein Mensch über eins siebzig hätte da leicht ein Auge verlieren können. Kostja musste sich bücken. Darunter stand ein wuchtiger Beistelltisch, der einem Altar glich. Auf dem zart gehäkelten Tischtuch brannte eine Kerze vor allerlei Ikonen, die an der Wand hingen und auf dem Tisch neben einer kleinen Vase mit getrockneten Blumen, einem Döschen und anderem

Kleinkram standen. Mit einem lautlosen Sprung landete eine Katze darauf. Ich war mir sicher, sie würde etwas umstoßen, aber alles auf dem Altar blieb heil. Die Katze machte einen Buckel, bevor sie gemächlich vor uns Platz nahm. Ihr grau gestreiftes kurzes Fell war aufgeräumt, die Ohren rund und ihre gelben Augen auf Kostja gerichtet.

Im Inneren wurden Stimmen laut. Eine weinerliche und eine ungeduldige.

Wäre ich damals nur nicht gekommen, bereute die weinerliche. Hättest du mir bloß nichts gesagt.

Die Wahrsagerei bringt kein Unglück, Teuerste, erwiderte die ungeduldige, sie warnt nur vor dem Unvermeidlichen.

Die eine Frau schniefte: Das Krebsleiden meines Mannes war also *unvermeidlich*?

Die andere seufzte: Nicht der Krebs, sein Tod.

Er wird *sterben*?

Natürlich wird er das, Teuerste. Das werden wir alle.

Können wir denn nichts tun?

Gegen die Sterblichkeit? Wollen wir das denn? Das Leben ist doch schon hart genug, die Endlichkeit ist ein Segen.

Na, gegen den *Krebs*.

Ach, der. Lass mich mal in meinen Kalender sehen. Dein Mann ist gläubig?

Nimmt das Kreuz nie ab, mein Guter.

In der Banja hoffentlich schon.

Na, in der Banja natürlich, *natürlich* in der Banja.

Lass mal sehen. In ein paar Tagen nimmt der Mond ab, dann bring ihn doch vor dem Wochenende zum Schröpfen mit. Ich schau, was sich machen lässt.

Die schniefende Frau bedankte sich mehrmals. Die alten Dielen knarzten, kündigten ihr Näherkommen an.

Nu komm, Teuerste, ich habe Gäste.

Babka Jasja schob den Perlenvorhang zur Seite. Sie trug einen grauen Strickpullover, eine grüne Weste mit vielen kleinen Taschen und blaue Jogginghosen mit weißen Streifen an den Seiten. Hinter ihr erschien ein zweites Großmütterchen, das halb so groß war wie sie.

Guten Tag, sagte ich höflich und ließ sie vorbei.

Das kleine Großmütterchen nickte nur, ein Stofftaschentuch an die Lippen haltend, sah nicht einmal auf. Danke, Jasja, meine Gute, danke dir, bis sie die Tür zur Veranda hinter sich geschlossen hatte. Draußen hörten wir sie mit dem Hund rangeln: Elender Köter, pfui, pfui!

Babka Jasja hatte vielleicht einige Falten mehr, aber noch immer eine stattlichere Statur als die meisten Männer. Ich hatte einmal als Kind beobachtet, wie sie im Wald einen Baum fällte.

Du bist Koljas und Allas Kleine?

Sie fragte in einem Tonfall, als hätte ich etwas verbrochen.

Ich nickte.

Wen hast du mir mitgebracht?

Ich machte große Augen.

Babka Jasja drehte sich zur Seite und öffnete in einer einladenden Geste den Perlenvorhang: Dann kommt mal rein in die warme Stube.

Es war nicht nur warm, es herrschte eine brütende Hitze. Im eisernen Küchenofen brannte geräuschvoll Holz. Ich fing sofort an zu schwitzen. Die Küche war klitzeklein. In der Emaillespüle, die in einem früheren Leben einmal weiß gewesen sein musste, stapelte sich benutztes Geschirr. Von der Küche ging zur Rechten ein weiterer Raum ab. Er war eindeutig größer, aber weil er so vollgestellt war, schien er noch erdrückender zu sein. Ein Tisch mit vier Stühlen, zwei Schrankwände und ein altes Sofa besetzten das Wohnzimmer. Auf dem Sofa lagen ein Überwurf mit Leopardenfell und bestickte Kissen. Dahinter hing ein schwerer Teppich, so breit wie die ganze Wand.

Babka Jasja bedeutete mir, mich an den Tisch zu setzen, von dem sie die zwei leeren Teetassen und benutzten Teelöffel abräumte. In das weiße Tischtuch waren ein Baum und eine Frau rot hineingestickt worden. Es gab auch Pferde und Reiter darauf, aber eine Zuckerdose und eine offene leere Pralinenschachtel verdeckten das Gesamtbild. Hinter den Glastüren der Schrankwand sah ich weitere Ikonen, Fotos und Porzellan, blau bemalte Teller, Krüge und so weiter.

Grün oder schwarz?, fragte Babka Jasja aus der Küche.

Mir ist alles recht, wollte ich höflich sein.

Babka Jasja schnalzte unzufrieden mit der Zunge. Wankelmut ist keine Tugend, sagte sie.

Grün, brachte ich hervor.

Babka Jasja lehnte sich zur Seite und guckte hinter der Wand hervor, eine Packung Teebeutel in der Hand. Hoppla, nur noch schwarz da, sagte sie.

Langsam bekam ich das Gefühl, in eine Prüfung geraten zu sein.

Babka Jasja trank ihren Tee löffelweise. Sie schöpfte mit dem Teelöffel, führte ihn an die Lippen, pustete und schlürfte. Vom Vogelmilchkonfekt, das mir Tante Katjuscha mitgegeben hatte, wollte sie nichts haben. Ich mache Diät, erklärte sie.

Die Katze hatte auf ihrem Schoß Platz genommen. Sie leckte ihre Pfote, um sich hinter dem Ohr sauber zu machen. Dabei ließ sie Kostja nicht aus ihren großen gelben Augen.

Dann erzähl doch mal.

14

Sie sind nicht überrascht. Meine Stimme machte aus dem Fragezeichen einen Punkt.

Babka Jasja hatte meiner Geschichte gelauscht, als hätte ich ihr dargelegt, was ich zum Abendessen kochen wollte.

Wenn Leute ihrer Verstorbenen gedenken, denken sie in der Vertikalen, sagte sie und zeigte mit dem Zeigefinger erst nach oben an die Decke und dann nach unten auf den Boden. Dabei ist die Peripherie überall um uns herum. Sie öffnete ihre Handfläche und führte sie horizontal über den Tisch.

Die Peripherie?

Dort will er doch wieder hin, meinte Babka Jasja.

Erst als sie es sagte, wurde es wahr.

Babka Jasja beugte sich zu mir vor und flüsterte: Und er tut gut daran, zurückzukehren. Über die Lebenden zu wachen und sie mitzureißen – zwischen den beiden Polen verläuft ein schmaler Grad.

Sie betrachtete mich kritisch.

Seit wann bist du erkältet?

Wie aufs Stichwort überkam mich der Hustenreiz, stürmisch, dass mir die Augen tränten. Ich spuckte grünlich gelben Schleim in ein Taschentuch, meine Brust schmerzte.

Babka Jasja nickte nur zur eigenen Bestätigung.

Trink was, forderte sie mich auf.

Ich hatte den Tee nicht angerührt, seit sie ihn vor mir abgestellt hatte. An der Oberfläche schwamm ein öliger Film. Das Getränk war bitter und nur noch lauwarm, als ich es die Kehle herunterlaufen ließ. Das Schlucken tat weh, aber beim Absetzen der Teetasse fühlte ich mich augenblicklich besser.

Da fragte sie plötzlich: Bist du verheiratet? Kinder?

Ich schüttelte vehement den Kopf.

Du tust ja so, als wäre das etwas Schlechtes, amüsierte sie sich über meine ablehnende Haltung. Dann hob sie eine Augenbraue: Aber einen Freund hast du sicher.

Hab ich nicht!

Babka Jasja grinste, als hätte sie mich entlarvt. Jetzt spiel schon nicht die Unnahbare, tastete sie sich vor. Hast bestimmt eine ganze Menge Verehrer.

Hab ich wirklich nicht, bekräftigte ich.

Babka Jasja sah enttäuscht aus. Sie versuchte es nicht einmal zu verstecken, dass sie an meinem Liebesleben mehr interessiert war als an einem wiederauferstandenen Bruder.

Die Liebe ist das einzige Vergnügen, das umsonst ist, stand für sie fest. In der Jugend ist die Liebe süß, im Alter wird sie immer bitterer. Verschwende nicht deine Jugend.

Tu ich nicht, antwortete ich. Außerdem gibt es Dinge, die wichtiger sind.

Ach ja? Welche?

Babka Jasja grinste auf eine Art, dass ich mich eingekesselt fühlte. Mir fiel absolut keine Antwort ein.

Soll ich dir die Karten legen?, bedrängte sie mich. Du kriegst Rabatt.

Deshalb bin ich nicht hier, lehnte ich ab.

Babka Jasja ließ sich mit einem langen Seufzer in ihre Stuhllehne fallen. Warum ist die heutige Jugend so schrecklich ernst?, fragte sie ihre Katze.

Dann traktierte sie mich wieder mit scharfen Blicken.

In diesem Fall ist es aber besser, sagte sie.

Was ist besser?

Dass du ungebunden bist. Du bist noch jung, der Peripherie näher als dem Zentrum.

Was heißt das?

In gewisser Weise ist jeder mehr oder weniger lebendig und mehr oder weniger tot zugleich. Dein Bruder ist tot und gleichzeitig lebendig genug, dass er dich finden konnte. Du bist lebendig, aber gleichzeitig dem Tod so nah, dass du ihn sehen kannst. Kommst du mit?

Ich bin dem Tod nah?

Würdest du sagen, dass du dein Leben richtig aus- lebst?

Ich konnte sie nur verdattert ansehen.

So viele gehen achtlos mit ihrer Zeit um. Sie rennen dem Geld hinterher, investieren in Tätigkeiten, die sie nicht weiterbringen oder ihnen schaden. Sie leben für andere, hängen zu sehr an der Vergangenheit, stellen sich nie die richtigen Fragen. Schnell ziehen die Jahre dahin, ohne dass du es überhaupt bemerkst. Wer seine Zeit verschwendet, ist bereits mit einem Fuß im Grab.

Babka Jasja seufzte wieder. Ich kann dir trotzdem nicht raten, deinen Bruder zu begleiten. Es ist nicht recht, wenn Lebende die Seite überqueren.

Aber es ist möglich?

Zu viele haben sich bei ihrem Versuch, wieder raus- zukommen, verirrt. Oder ihnen wurde der Ausgang versperrt. Wenn sie dem Wald etwas entnommen haben, das sie nicht haben sollten, nimmt er es sich auf andere Weise zurück. Wenn sie ihn verletzen, wird er dafür sorgen, dass sie es nie wieder tun.

Ich schluckte schwer.

Hast du schon einmal etwas im Wald verloren? Bist du mal über eine Baumwurzel gestolpert? Hat sich dein Haar mal in Ästen verfangen? Babka Jasja er- freute sich daran: Ich liebe es, wenn er so etwas macht!

Dann wurden ihre Augen wieder streng: Der Wald ist lebendig. Das verstehst du sicher von selbst. Er hat Augen und Ohren. Er hat Erinnerungen. Er vergisst nicht.

In unseren Wäldern haben sich schreckliche Verbrechen abgespielt. Hunderttausende Unschuldige liegen zwischen den Bäumen in Massengräbern. So viele arme Seelen wandern noch umher, auf der Suche nach ihren Knochen.

Du bleibst, sagte Kostja.

Ich werde mitkommen, sagte ich.

Mein Entschluss war in Stein gemeißelt. Vielleicht war ich eigensinnig, aber ich konnte nicht nur den halben Weg gehen.

Babka Jasja stand auf und verschwand in der Küche. Ich hörte den Perlenvorhang. Sie musste in den anderen Raum gegangen sein, der von der Diele abging.

Warum musst du immer so weit gehen?, fragte Kostja.

Ich kann nicht anders, antwortete ich. Mein Rachen war so rau, dass ich noch einen Schluck Tee nahm.

Ich werde den Weg schon allein finden, versuchte er mich zu überzeugen.

Ich auch, erwiderte ich standhaft.

Der Perlenvorhang kündigte Babka Jasja an. Mit schweren Schritten kam sie zurück, in den Händen einen alten Koffer. Sie legte ihn aufs Sofa und öffnete den Verschluss. Lauter bunte Kleidungsstücke befanden sich darin. Sie wühlte und verteilte Textilien im Raum. Wild gemusterte Röcke, Flatterblusen, gestärkte Hosen, schwere Jacken und Wollschals landeten auf dem Boden, auf der Sofalehne, auf ihrer Schulter, bis sie das fand, was sie gesucht hatte. Sie richtete sich auf und zeigte es mir. Einen roten Schneeanzug mit weißen Streifen an den Ärmeln.

Schick, ne?, sagte sie euphorisch. Habe ich früher jeden Winter zum Langskilaufen getragen. Aber mit der Arthrose jetzt …, sie unterbrach sich, drehte das Exemplar, damit ich es von allen Seiten gut betrachten konnte. Ein bisschen groß wird er dir vielleicht sein, sagte sie, aber besser als die. Sie zeigte auf meine Jacke, die über der Stuhllehne hing.

Zufrieden mit sich selbst legte sie mir den Einteiler auf den Schoß und setzte sich wieder an den Tisch.

Bevor ich mich bedanken konnte, sprach sie weiter. Dein Bruder ist im See ertrunken, richtig? Ihr müsst an den Anfang zurück. Oder ans Ende, je nachdem, wie ihr es betrachtet.

Wohin …?

Wenn du etwas verloren hast, gehst du ja auch den Weg wieder zurück, den du genommen hast, oder? Sie schien ungeduldig mit mir zu werden.

Betretet nicht die andere Seite, bevor ihr nicht den Wolf gesehen habt, trug sie uns auf. Er muss die Grenze zeichnen. Hört ihr?

Die Grenze zeichnen?

Erst dann könnt ihr eintreten, betonte sie.

Kostja und ich sahen uns an. Schreibst du mit oder soll ich?, versuchte ich zu scherzen.

Wenn ihr es reinschafft, sagte sie, findet euch der Meister.

Meister?

Der Eigner, der Herrscher des Waldes, wenn ihr so wollt. Der, der über die unerschöpfliche Quelle des Überflusses verfügt. Der, der über den Baum, auf dem die Welt ruht, wacht.

Es war heiß und stickig, und mir drehte sich der Kopf. Wie sieht der Meister denn aus?

Ihr werdet ihn erkennen.

Haben Sie ihn schon mal gesehen?, hakte ich nach.

Sie lächelte. Meine jüngere Schwester, sie war noch nicht volljährig, ich habe sie begleitet, sagte sie. Menschen, die vor ihrer Zeit gehen, lechzen nach dem Leben. Wie widersprüchlich das ist, schließlich hat meine Schwester ihr Leben selbst beendet.

Der Stuhl krächzte, als Babka Jasja aufstand.

Sie begleitete uns mit ihrem Hund bis zum Zaun. Den zusammengewickelten Overall hielt ich in den Händen.

Noch was, sagte sie und zögerte einen Moment, bevor sie weitersprach. Egal, wie beschwerlich die Reise ist, lege keine Pausen ein, lass dich auf keinen Fall dazu verführen einzuschlafen. Sonst wird es der längste traumlose Schlaf deines Lebens.

Dann lass ich den Schlafsack besser zu Hause, frotzelte ich und hatte im nächsten Augenblick Sorge, dass sie mir die Bemerkung übel nehmen könnte. Aber Babka Jasja grinste breit und nickte.

Wenn du wiederkommst, leg ich dir die Karten, versprach sie.

Nein, danke.

Ich wollte gehen, aber sie griff nach meinem Arm, hielt mich zurück. Ihre Augen gingen rechts und links an mir vorbei, als würde sie darauf warten, dass sich jeden Augenblick Kostja sublimieren würde.

Solltest du dich verirren, hör mir genau zu, solltest du den Weg zurück nicht finden, dreh deine Kleidung von rechts auf links.

Wie soll ich dadurch den Weg wiederfinden?

Babka Jasja sah wieder sehr unzufrieden mit mir aus: Wenn du nicht weiterweißt, ändere deine Perspektive.

Die Sonne ging bereits unter. Die Dunkelheit kroch von allen Seiten an uns heran. In Minutenschnelle sanken die Temperaturen.

Der Weg zur Datscha war zugeschneit. Ich hatte Sorge, stecken zu bleiben, also parkte ich an der Hauptstraße, und wir legten den restlichen Weg zu Fuß zurück.

Glaubst du ihr?, fragte Kostja.

Ich zuckte mit den Schultern. Wenn das alles Unsinn ist, spazieren wir einfach eine Weile durch die Gegend. Was kann schlimmstenfalls passieren?

Im Winter war ich nur ein paarmal hier gewesen. Einmal holten Mischa und Fedja die Leiter aus dem Schuppen, stellten sie mitten in die weiße Landschaft, kletterten hoch und sprangen nacheinander in den Schnee. Sie machten Arschbomben und Bauchklatscher und jubelten dabei. Ich wollte auch mitmachen, aber Kostja verbot es mir.

Das Hausinnere war ein Kühlschrank. Der unangenehme Geruch eines ungelüfteten Hauses hatte sich bereits in den Wänden festgesetzt.

Kostja zeigte auf den Korb mit Holzscheiten, kleinen Holzspänen und alten Zeitungen, der neben dem Küchenofen stand. Machst du? Ich hole mehr von draußen.

Ich kniete mich vor den alten gusseisernen Ofen. Der Griff der Klappe klemmte, ich drückte ihn unter Anstrengung aus der Verankerung. Streichhölzer lagen auf dem Sportteil.

Mit ein paar zerknüllten Zeitungsseiten und hellem Span entfachte ich das Feuer. Als Kostja mit einer Kiste voller Brennholz wieder in der Tür stand, legte ich gerade nach. Innerhalb weniger Minuten stand das Ofeninnere in Flammen. Doch es dauerte noch lange, bis die Wärme auch in uns eingetreten war. Wir saßen nebeneinander, an die gegenüberliegende Wand gelehnt, und legten nacheinander mehr Holz in den Ofen. Die Luftzufuhr sorgte dafür, dass es schnell Feuer fing und kräftig loderte.

Ich holte die Brote, die Babuschka geschmiert hatte, aus der Plastikverpackung, die durch den Temperaturunterschied Kondensat angesetzt hatte. Kostja nahm das feuchtere der beiden.

Ich war mal an einem Ort, wo die Sonne nicht unterging, sagte er aus dem Nichts. Um Mitternacht war der Himmel gelb. Kaum berührte die Sonne den Horizont, stieg sie schon wieder rot hinauf. Unsere weißen Nächte können da kaum mithalten.

Wo …?

Weit oben in Norwegen, am Polarkreis. Zwei Tage habe ich nicht schlafen können. Nachts schwamm ich in einem goldenen Meer.

Er biss von seinem Brot ab, kaute lange.

Auf Kamtschatka hatte ich den besten Fischeintopf meines Lebens. Ein sowjetischer Meister im Ringen hatte ihn gekocht. Er rühmte sich damit, ein Meister im Angeln zu sein, aber im Kochen schien er die größere Begabung zu haben. Als er mich am nächsten Tag zum Fluss mitnahm, biss nicht ein Fisch an. Er war ein melancholischer Mann mit einem dicken Portmonee voll von Bildern seiner Enkel.

Der Ofen gab ein sanftes Prasseln und Knistern von sich. Die Wärme machte mich müde. Ich legte meine Arme auf den Knien ab und meine Wange darauf.

Kostja erzählte mir von Walsichtungen und Sternschnuppennächten, hitzigen Basketballspielen am Heck gegen die Offiziere, von einem abendlichen Spaziergang mit den Maschinisten durch Buenos Aires. Wie das Schiff durch alle Blautöne hindurchrollte. Wie sie tagsüber mit Rost kämpften und abends zur Gitarre des Schlossers sangen. Wie ein Hurrikan sie überraschte, ein Seemann über die Reling ging und sie ihn halb erfroren aus dem Ozean zogen. Wie sie tagelang auf Reede lagen und ihn nachts an Deck die

Dunkelheit schaukelte und das Knarzen der Container sein Schlaflied war.

Ich legte mich auf die Couch, auf der Babuschka sonst immer schlief, und Kostja auf die gegenüberliegende, die Deduschkas Schlafplatz war. Ich deckte mich mit drei, vier Decken zu, das Kissen war hart, aber die Stimme meines Bruders weich. Er erzählte immer weiter.

Mit schleimigem Husten schreckte ich aus meinen Träumen und staunte nicht schlecht: In der Nacht hatte sich eine schwere Decke aus Neuschnee über die Welt gelegt. Der Himmel hatte den nackten Apfelbaum, der an der Scheune lehnte, mit einem weißen Pinsel nachgezeichnet.

Ich zog Jacke und Stiefel an und ging vor die Tür. Obwohl eine graue Wolkensuppe über uns hing, war es draußen so hell, es blendete fast, so lange auf die schlohweiße Landschaft hinauszusehen. Mit jedem Schritt knirschte es leicht unter mir. Sonst war es still. Das Weiß schluckte jeden Schall. Auf einem unsichtbaren Weg watete ich zum Klohäuschen. Es war so kalt darin wie im Inneren eines Eisbergs.

Kostja saß am Küchentisch und sah aus dem Fenster, als ich mit roten Wangen und Fingern ins Warme zurückkehrte. Ich kochte Kaffee. Wir hatten keine Milch, also streckte ich meinen mit viel heißem Wasser. Eine Nervosität breitete sich in mir aus. Ich knibbelte an meiner Nagelhaut, weiße Hautschuppen schneiten auf meine Seite des Tisches. Beim Daumen übertrieb ich, unter dem Fingernagel fing es an zu bluten. Ich nahm den Finger in den Mund und saugte an der Wunde.

Ich zog mir Babka Jasjas roten Schneeanzug und Babuschkas Winterstiefel an, legte den roten Schal von Tante Katjuscha um den Hals und zog Iwans Mütze tief über die Stirn. Kostja holte die Axt aus dem Schuppen. Mir band er Schraubenzieher an beide Enden einer Schnur, die ich durch die Ärmel des Schneeanzugs zog. Die gebastelten Eispickel sollten mein Sicherheitsgurt auf dem vereisten See sein.

Ich folgte Kostja auf dem zugeschneiten Pfad in den Wald. Es war anstrengend, durch die Schneedecke zu staken. Sie war weich, sodass wir leicht in ihr versanken, lag so hoch, dass Schneeklumpen in die Stiefel fielen und schmolzen. Nach kurzer Zeit fühlten sich meine Socken nass an. Ich wollte mich nicht beschweren. Stattdessen begann ich, in Kostjas Fußstapfen zu treten. Er machte größere Schritte als ich, sodass ich von einem zum nächsten springen musste. Aber es war leichter, als meinen eigenen Weg zu gehen. Nach ein paar Metern drehte ich mich um. Die Stiefelabdrücke zweier Menschen verschmolzen zu einer Fußspur, als hätte sich einer der beiden mittendrin in Luft aufgelöst.

Wir ließen die Häuser hinter uns und betraten das Waldstück, das wir durchqueren mussten, um zum See zu gelangen. In der Ferne knackte ein Ast, ächzte

leise ein Baum, sonst hörte ich nur das sanfte Knirschen unter unseren Stiefeln.

Der See war wie ausradiert. Die Tannen auf der
gegenüberliegenden Uferseite trugen weiße Kapuzen.
Kostja betrat die Eisfläche als Erster. Er ging einige
Meter voraus. Mit dem Stiefel wischte er den Schnee
zur Seite. Sieht gut aus, rief er mir zu.

Er war oft mit Deduschka beim Eisfischen gewesen.
Anhand der Farbe konnte er erkennen, ob eine Eisfläche dick genug war. Trotzdem verließ er sich nicht
auf seine Augen. Er wusste es besser. Jedes Jahr ver-
unglückten viele Eisfischer aus der Gegend – meistens
weil sie sich aus Ehrgeiz zu weit vom Ufer entfernten.
Wenn ihre Eisscholle abbrach und sich vom Land
löste, waren sie verloren.

Mit einer routinierten Bewegung führte Kostja die
Axt über seinen Kopf, ließ die Schneide mit voller
Wucht auftreffen. Das Geräusch war beruhigend. Die
Axtspitze grub sich ins Eis, gab nicht nach. Kostja
schlug so lange ein, bis eine Kuhle entstand. Zufrieden
nickte er und legte das Werkzeug mit dem Schaft auf
seiner Schulter ab.

Gehen wir, sagte er.

Langsam überquerten wir den See. Die Schneedecke machte es einfach, auf dem Eis zu gehen. Trotzdem war mein ganzer Körper angespannt, mein Blick
klebte an meinen Stiefeln. Achtsam setzte ich einen
Fuß vor den anderen. Die Schraubenzieher baumelten
aus meinen Ärmeln. Mein Gesicht war kalt, die Haut

spannte. Wenn ich husten musste, drehte sich Kostja nach mir um.

Kannst du noch?, schienen seine Augen zu fragen. Sie sahen schuldbewusst aus. Ich schüttelte den Kopf oder machte eine Handbewegung, die bedeutete, dass er weitergehen sollte.

Innerlich versuchte ich mich vorzubereiten, aber ich wusste nicht, wie. Es gab so viel, das ich nicht wusste. Wie Kostja gestorben, warum er zurückgekommen war. Ich hatte doch gerade erst angefangen, ihm wieder näherzukommen.

Der Wind nahm zu, je weiter wir uns vom Ufer entfernten. Er fegte Schneeflocken über die Horizontale. Sie zeigten uns den Weg, wehten unter unseren Füßen in einem zarten Nebel, bodennah und im Bogen, davon.

Ich sah auf, als Kostja stehen blieb. Wieder holte er mit der Axt aus. Während er die Dicke des Eises prüfte, sah ich mich um.

Ein makelloses Weiß erstreckte sich zu allen Seiten, der Wind hatte Sichelwehen darauf gemalt. Der Wald umkreiste uns in einem Hufeisen, und am Horizont berührte der Himmel den Boden. Es hatte etwas Unwirkliches, mitten auf dem See zu stehen. Etwas Schöneres hatte ich wahrscheinlich nie gesehen.

Weiter, sagte Kostja.

Mit jedem Schritt fühlte ich mich unserem Ziel näher, aber sobald ich es mit den Augen fixierte, schien es sich weiter und weiter von uns zu entfernen.

Wie ein leises Kitzeln kroch eine seltsame Regung von den Zehen und Fingerspitzen in meine Körpermitte. Mein Brustkorb spannte. Das Vergangene war zu weit weg, um es zu greifen, und das Zukünftige zu undeutlich, um es zu erkennen. Ich bewegte mich zwar, konnte aber das Gefühl nicht abschütteln, dass ich eigentlich stillstand. Ein Augenblick reihte sich an den nächsten, und trotzdem schien keine Zeit zu vergehen. In allen Augenblicken gingen wir vorwärts, und in allen Augenblicken traten wir auf der Stelle. Ein unsichtbarer zeitloser Raum umgab uns.

Kostja drehte sich nach mir um und nickte aufmunternd. Jetzt erst begann unsere eigentliche Wanderung.

Immer weiter, immer weiter, sagte ich mir. Gänsehaut wich Schweißausbrüchen, sodass ich den Reißverschluss etwas öffnete und die Mütze abnahm. Dann endlich machten die Tannen einen Satz auf uns zu. Ihre schneeschweren Arme schienen nach uns greifen zu wollen.

Kostja blieb wieder stehen. Er sah auf den Boden vor ihm. Neugierig kam ich näher.

Pfotenabdrücke, vier Zehen mit Krallen um einen herzförmigen Handtellerballen, als graubraune Perlenkette in den Schnee gestempelt, in gleichmäßigem Abstand entlang der Uferseite.

Eine Wolfsspur? Meine Stimme war so heiser, dass ich sie nicht erkannte.

Kostja nickte und ging in die Hocke. Für einen Fuchs ist das Trittsiegel zu groß, sagte er. Siehst du, er setzt die Hinterpfote in den Abdruck der Vorderpfote.

Sobald wir auf Land traten, verschlang uns die Stille. Es war genauso, wie Kostja erzählt hatte. Plötzlich war es so ruhig, dass ich das Blut in meinen Ohren rauschen hörte. Mein quälender Husten presste sich gedämpft aus mir heraus. Die hohen Tannen standen in einer Mauer vor dem Eingang des Waldes. Ihre braunen Stämme hoben sich dunkel vom weißen Schneeteppich unter ihnen ab. Ohne zurückzublicken, betraten wir den Wald.

Ich war froh, dass Schnee lag. So würde es leicht werden, meinen Weg zurückzufinden. Kurz kam ich ins Straucheln, war auf eine unebene Stelle getreten. Bevor ich fallen konnte, hielt ich mich am Arm einer nahe gelegenen Tanne aufrecht. Schnee rutschte vom Zweig und auf meine Schulter. Kostja wandte sich um.

Der Boden war unberechenbar, der Schnee verbarg Wurzeln und Kuhlen aus Totholz und Moos. Ich wusste nie, ob ich hart oder weich auftreten würde. Ein paarmal stolperte ich, wurde schnell müde. Kostja, der voranging, hatte weniger Schwierigkeiten. Er schwankte nicht, verlor nie sein Gleichgewicht. Er setzte jeden Fuß mit einer solchen Sicherheit auf, als könnte er durch die Schneedecke sehen.

Wie wir hintereinander unseren Weg gingen, ohne zu sprechen, ließ mich daran denken, wie wir in Kostjas letztem Sommer mit Deduschka zum Fischen hinausgefahren waren. Ich hatte Muskelkater, war müde und übellaunig. Egal, wie sehr ich zwischen dem Hippocampus und der Großhirnrinde wühlte, ich kam nicht darauf, welchen Wunsch mir das goldene Fischlein hätte erfüllen sollen. Es musste etwas Kindisches gewesen sein. Aber was ich nicht vergessen konnte, war, was Kostja damals gesagt hatte: dass er seine Ruhe haben wollte.

In Sichtweite löste sich ein Klumpen Schnee vom Ast einer Tanne und kam lautlos auf dem Boden auf. Da fiel mir etwas Merkwürdiges auf: Inmitten des winterlichen Gefildes stach der braungrüne Fleck so unübersehbar heraus, als wäre dem Maler aus Versehen Farbe vom Pinsel auf die weiße Leinwand getropft. Dort hinten sah der Wald aus, als liege er unter einer Glasglocke. Der Boden war von Schnee befreit und stattdessen saftig grün.

Hast du schon mal so etwas gesehen?

Kostja und ich wechselten einen Blick.

Mit energischen Schritten ging ich vor. Die ungewöhnliche Naturerscheinung mobilisierte meine Kraftreserven. Einem Läufer gleich erstreckte sich der grüne Boden aus jungem Gras und Moos. Jemand hatte in die Winterlandschaft eine grüne Schneise gezeichnet. Ein Stück des Waldes stand in einer anderen Jahreszeit. Es roch nach Regen auf Nadelholz.

Warte, sagte Kostja.

Er stand vielleicht zehn Meter hinter mir, den Blick auf etwas in seiner Hand gerichtet. Erst als ich näher kam, erkannte ich, dass es ein Kompass war. Er drehte sich um und ging zurück in die Schneelandschaft, blieb stehen, wandte sich wieder um und kam auf mich zu. Etwas stimmte nicht.

Es ist umgedreht, sagte er und zeigte auf die Magnetnadel. Der Norden liegt im Süden und der Osten im Westen. Dabei hob er einen Mundwinkel.

Was heißt das?, fragte ich. Die Welt steht auf dem Kopf?

Das heißt, antwortete Kostja, dass wir uns auf das Ding nicht verlassen können.

Er steckte den Kompass wieder in seine Brusttasche und hob die Axt. Wir markieren den Weg, sagte er, aber bevor er ausholen und die Schneide in einem Stamm versenken konnte, hielt ich ihn auf.

Weißt du noch, was Babka Jasja gesagt hat?, erinnerte ich ihn dringlich.

Ich nahm meinen Schal ab, durchtrennte eine Masche mit der scharfen Axtschneide, zog am Garn, und die Wolle löste sich aus ihrer Formation. Bald hielt ich eine lange rote Schnur in der Hand, die ich wiederum in kurze Schnüre teilte. Eine davon band ich an den Zweig über meinem Kopf. So sollte ich den Weg zurückfinden. Kostja ließ die Axt zurück.

Je weiter wir kamen, desto breiter wurde der Weg, bis schließlich rechts und links kein Schnee mehr lag, soweit wir gucken konnten. Obwohl es hier nach Sommer roch, war es nicht warm. Es wehte kein Wind, und der Himmel über den Baumkronen war wie gewohnt bewölkt und undurchschaubar. Wir blieben nur stehen, um rotes Garn in die Äste zu binden. Ohne die Schneemassen war es viel einfacher geworden, durch den Wald zu gehen. Aber so geheimnisvoll er anfangs erschienen war, wurde auch dieser Abschnitt unseres Weges schnell eintönig. Eine Tanne glich der anderen. In keiner Richtung gab es einen Anhaltspunkt auf Zivilisation, kein Haus, keinen Pfad. Mit jedem Schritt fühlte sich unser Unterfangen aussichtsloser an. Mein Atem ging schwer, meine Füße begannen zu schmerzen. Wir kamen an eine umgefallene Tanne. Ich wollte vorschlagen, eine Pause zu machen, aber dann sah ich den Hügel.

Es war kein richtiger Hügel, mehr eine Lichtung auf einer Erhebung, aber ich erkannte den Ort sofort. So hatte es in Grischas Traum ausgesehen. Dort hatte er Kostja das letzte Mal gesehen.

Mit schnellen Schritten war ich aus dem Nadelwald heraus und hatte die Anhöhe erklommen. Sommergrünes Laub erstreckte sich auf der anderen Seite. Ein so saftiges Grün wie von einer Farbpalette.

Mir kam der Sommer in Erinnerung, an dem aus dem Nichts Hagel heruntergekommen war. Erst vereinzelte kleine weiße Kügelchen, gefolgt von dicken Perlen, die wild übers Dach trommelten. Der Hagel pferchte meine Brüder und mich unter den Vorbau der Datscha, von wo aus wir uns das kurze Spektakel mit großen Augen und Mündern ansahen.

Genauso unglaublich wie ein sommergrüner Laubwald im tiefsten Winter. Der Hügel war nicht so hoch, dass ich über die Baumkronen sehen konnte, aber fast. Hinter mir standen die Tannen, vor mir die blühenden Bäume. Die Sonne durchbrach in Lichtstreifen die Baumkronen, Mücken und andere fliegende Insekten schwärmten darin, bildeten diffuse Schatten.

Hier muss es sein, rief ich Kostja zu, der gerade dabei war, einen roten Faden an einen Zweig zu binden.

Er kam mir nach, folgte meinem Blick ins Laubgehölz. Ein paar junge Birken markierten die Grenze. Dahinter streckten hohe lichthungrige Eschen ihre Kronen zum Himmel. Dichte Sträucher verdeckten die Sicht ins Innere des Waldes.

Ich wollte weitergehen, aber Kostja hielt mich zurück.

Wenn du hineingehst, kommst du nicht wieder heraus.

Ich sollte keinen weiteren Schritt tun. Zwischen den Büschen unten raschelte es, und ein Mann kam zum Vorschein.

15

Seine Aura war so anders, dass ich ihn auf den ersten Blick nicht erkannte. Aber als er uns anlächelte, das weiche, sanfte Lächeln unter dem Schnurrbart zeigte, das seine Falten zu den Seiten schob und seine Augen kleiner werden ließ, konnte es nur Deduschka sein, der uns entgegenkam.

Er baute sich vor uns auf, der Blick klar, der Rücken gerade. Er war nicht mehr der alte Mann, der nach dem Schlaganfall nur mit größter Anstrengung hinterherhinkte – er war der Deduschka meiner Kindheit.

Während ich noch nach Worten suchte, legte er die Hand auf Kostjas Schulter. Deduschka war nicht überrascht, ihn zu sehen. Er nickte ihm zu. Wie früher brauchten sie nur Gesten, um sich zu verständigen.

Es war ein langer Weg, sagte Deduschka. Ihr müsst müde sein.

Kostja versuchte zu lächeln, aber das Lächeln erreichte nicht ganz seine Augen. Auf einmal zeigte sich die Kraftlosigkeit in seinem Gesicht. Die Wanderung hatte ihm mehr zugesetzt, als ich dachte.

Dein Bruder darf sich jetzt ausruhen, sagte Deduschka zu mir. Aber ich fürchte, du kannst keine Pause machen.

Seine Augenbrauen zogen sich zusammen, sein besorgter Blick nahm den Tannenwald hinter mir in den Fokus. Die Schmelze hat schon begonnen, sagte er.

Ich sah ihn verwirrt an.

Solange noch Schnee liegt, erklärte er, ist der Durchgang offen. Du musst dich beeilen.

Augenblicklich packte mich eine Angst, an den Schultern und im Bauch.

Was ist mit euch?

Deduschka lächelte wieder.

Besorgt suchte ich Kostjas Augen, er nickte mir zu. Ich schüttelte den Kopf, starrte auf meine Stiefel, kam nicht gegen den kindlichen Trotz an.

Zaghaft streckte Kostja seine Hand aus, griff nach dem Ärmel des Schneeanzugs, schüttelte ihn.

Ich hob meinen Kopf.

Wir haben noch gar nicht …, kam es hilflos aus mir heraus.

Er presste seine Lippen zusammen, formte das schmalste Lächeln.

Verzeih, sagte er.

Was hätte ich ihm noch sagen können?

Pass auf dich auf. Lass keine Mahlzeiten aus. Schlaf so viel du willst. Mach alles, wonach dir ist. Du kannst uns vergessen, wenn du willst. Das wäre wahrscheinlich am besten. Vielleicht geht es uns nicht gut, aber so schlecht auch nicht. Wir haben es die ganze Zeit ohne dich hingekriegt, und wir werden es auch weiterhin tun. Mach dir keine Sorgen, ich werde ein gutes Leben haben. Jetzt bist du frei.

Was hätte er darauf erwidert?

Ich zwang mich zu einem Lächeln, und sein Gesichtsausdruck entspannte sich. Er grinste breit, griff in seine Jackentasche, holte den Kompass mit der gefalteten Karte heraus und gab sie mir.

Ich schluckte und kehrte ihm den Rücken. Bevor ich wieder den Tannenwald betrat, drehte ich mich ein letztes Mal um.

Kostja stand noch da, aber er war zu weit entfernt, ich konnte den Ausdruck in seinen Augen nicht erkennen. Gerne hätte ich ihm noch etwas zugerufen, aber mir fiel nichts ein. Kein До свидания, kein Auf Wiedersehen. Nicht einmal ein simples Пока, Tschüss. Keiner von uns winkte. Wir sahen uns nur an. Dann wandte ich mich um und rannte.

Es tat gut, zu rennen, den Wind in meinem Gesicht, den beschleunigten Herzschlag in meiner Brust zu spüren. Es tat gut, nicht nachdenken zu müssen. Die Spur aus roten Fäden verschwamm vor meinen Augen. Ich blieb stehen, um Luft zu holen. Es tat weh beim Einatmen. Die nächste Markierung war nirgendwo zu sehen. Konnte sich der Faden vom Ast gelöst haben?

Ich suchte den Boden ab. Das Rot hätte sich zwischen den trockenen Nadeln und dem Moos leicht abzeichnen müssen. Ich blieb in Sichtweite des letzten Fadens, ging erst nach links, kam zurück, dann geradeaus, kam wieder an den Anfang, um nach rechts zu gehen. Aber auch da war nichts.

Ich konnte weder vor noch zurück. Wie gelähmt stand ich zwischen den Bäumen. Warten war keine Lösung. Auf wen überhaupt? Niemand würde kommen. Nach Hilfe rufen würde nichts bringen. Dieser eigenartige Wald schluckte alle Geräusche. Ein Signalfeuer konnte ich vergessen. Ich hatte nichts zum Anzünden.

Ich ging in die Hocke und berührte den Boden. Wenn ich wieder an der Stelle war, wo bis vorhin Schnee gelegen hatte, musste der Kompass wieder funktionieren.

Zuversichtlich breitete ich die Karte auf dem Boden aus, platzierte das Instrument darauf. Ich nordete die Karte ein, bestimmte meine Marschrichtung. Es war lange her, seit ich es das letzte Mal getan hatte. Ich hatte den Unterschied zwischen dem geografischen und dem magnetischen Norden nicht mehr im Kopf.

Ich rannte, bevor ich es mir anders überlegen konnte. Ich rannte gegen die Unsicherheit, den kleinsten Zweifel. Als ich wieder Schnee sah, atmete ich auf. Wieder legte ich die Karte auf den Boden, versicherte mich meines Weges, schritt selbstbewusst voran.

Ein stetes Tröpfeln begleitete mich durch den Wald. Der Schnee schmolz von den Ästen, die Schneeschicht auf dem Boden fing die auftreffenden Tropfen auf. Wie das Ticken einer Uhr. Es war der Klang der Zeit, der mich antrieb.

Die Schneeschicht war geschrumpft, in sich zusammengefallen. Das machte es einfacher, schnell vorwärts zu kommen. Doch der Wald wollte sich nicht lichten. Ich hatte jegliches Zeitgefühl verloren. War ich gerade mal zwanzig Minuten unterwegs oder schon eine Stunde?

Der Kompass sagte mir, dass ich vom Weg abgekommen war. Ich korrigierte, beschleunigte, um aufzuholen. Mit wem oder was musste ich überhaupt Schritt halten? Deduschka hatte gesagt, der Durchgang würde sich schließen.

Meine Kehle war trocken, die Füße taub. Am liebsten hätte ich meinen Rücken an einen Baumstamm gelehnt und meine Augen geschlossen. Aber ich hatte zu viel Angst, stehen zu bleiben, zurückzubleiben. Ein Stechen in der Brust, die Zeit lief mir davon. Verzweifelt jagte ich ihr nach, als könnte ich sie einholen. Ich stolperte, traf mit der Wange auf dem Waldboden auf. Ich spürte Tränen aufsteigen. Ich kämpfte gegen sie an, schniefte, kniete auf der Erde, hielt den Kompass in der Waage. Hatte ich einen Fehler gemacht? War mein Standort ein ganz anderer gewesen, und ich war die ganze Zeit in die falsche Richtung gelaufen? Die rote Nadel richtete sich seelenruhig aus, sie hatte es nicht eilig.

Von Aufregung gepackt, sah ich mich um. Alle Tannen waren in etwa gleich groß, aber eine hob sich mit ihrem dickeren Stamm heraus. Die unteren Äste waren erreichbar, schulterhoch, als ich bei ihnen ankam. Ich suchte einen aus, der belastbar aussah, drückte mich mit den Stiefeln am Stamm ab, zog mich hoch, legte das Bein über den Ast, griff nach dem nächsten, prüfte die Stabilität, stemmte mich weiter nach oben. Je höher ich kam, desto einfacher wurde es. Die Triebe lagen nah beieinander, ich musste eher aufpassen, mir keine Kratzer zu holen oder mich mit meinen Haaren zu verfangen. Ich setzte jeden Fußtritt langsam und in aller Vorsicht. Bei jeder Bewegung fiel Schnee vom Tannengrün. Während ich hochkletterte, sah ich nicht nach unten. Unter dem Anzug wurde es warm. Der Stammdurchmesser verringerte sich.

Ich blickte auf und sah Licht. Die Wolken waren nah. Weiße Tannenmützen in jeder Himmelsrichtung. Auf einen Schlag fiel alles, was mich kalt und hart gehalten hatte, von mir ab, wie die Schicht eines Eisgletschers abfällt. Eine bombastische Abschmelze. Ganz hinten öffnete sich der Wald, und ein Weiß breitete sich aus, weit und einladend.

Ich kam nicht genau an dem Punkt raus, an dem ich mit Kostja gestartet war, aber ich hatte das Ufer erreicht. Ich musste noch ein Stück an der Küstenlinie laufen, um die Stelle zu finden, an der wir vom See gekommen waren. Die dicke Schneeschicht auf der

Eisbahn war merklich zurückgegangen. Eine Vogel-
spur hatte am Ufer einen Spitzensaum gezeichnet.
Das Muster erinnerte mich an die weiße Gardine vor
dem Küchenfenster der Datscha.

Der Himmel machte ein Fenster auf und ließ den
Schnee im Licht der tief stehenden Sonne funkeln. Auf
der anderen Seite leuchtete eine kleine Insel einem
gigantischen Brillanten gleich. Auf dem Stück Felsen
nisteten im Frühling Vögel, und im Sommer angelten
Väter mit ihren Kindern an ihren Rändern. Wenn ich
die Insel erreichte, konnte ich über die großen Steine,
die Leute gestemmt hatten, um einen Weg von unserem Ufer zur Insel zu errichten, auf die andere Seite.
Sie schien zum Greifen nah.

Ohne lange darüber nachzudenken, betrat ich die
Eisfläche. Ich machte ein paar Schritte und blieb stehen. Mit dem Fuß schob ich den Schnee zur Seite, wie
Kostja es auf dem Hinweg getan hatte. Das Wasser
darunter war schwarz. Nicht gut. So viel wusste ich.
Es bedeutete, dass das Eis nicht dick genug war, aber
eine andere Wahl hatte ich nicht. Es hielt, also musste
auch ich durchhalten. Ich griff nach den Schrauben-
ziehern, die aus meinen Ärmeln heraushingen.

Ich dachte an Kostja und Deduschka, fragte mich, ob
sie wie gewöhnlich ihren Weg zwischen den Bäumen
fanden, schweigend, aber miteinander, als wäre nichts
gewesen. Ich war froh, dass Kostja nicht allein war. Und
dann erst, mitten auf dem zugefrorenen See, traf mich
die Erkenntnis, dass ich ihn nie wiedersehen würde.

Die Traurigkeit begrub mich unter sich. Der Druck erschwerte das Atmen. Ich dachte, ich berste auf der Stelle. Noch nie hatte ich mich so allein gefühlt.

Verbissen bewegte ich mich vorwärts. Ich fühlte mich wie ein Eindringling, der durch das Ursprüngliche marschierte, das Sanfte durch Knirschen und Schnaufen und Rascheln verletzte, das Unberührbare versehrte. Unser Ufer kam in greifbare Nähe. Erst dann sah ich das Loch.

Als hätte der See sein Maul aufgerissen. Die kleinen Eisschollen, die an den Rändern trieben, waren seine Zähne.

Mein Magen zog sich zu einem harten Steinklumpen zusammen. Ich warf hastige Blicke nach rechts, nach links. Keine Chance. Ich war abgeschnitten. Der See hatte eine Linie gezogen, die ich nicht überschreiten konnte. Eine Linie, die vielleicht zehn, fünfzehn Meter zwischen mir und der gegenüberliegenden Eisfläche ließ. Wenn das Eis auf der anderen Seite hielt, wären es von da noch mal dreißig, vielleicht fünfzig Meter zum Ufer, die ich zu Fuß zurücklegen musste. Wenn ich es überhaupt aus dem eisigen Wasser auf das Eis schaffte.

Mir fielen all die Leute ein, die Jahr um Jahr zum Eisbaden in den See sprangen. Sie schlugen sich durch die Eisdecke, tauchten ihren nackten Körper bei Wassertemperaturen bis unter null, um ihn anschließend bibbernd und lachend einzupacken und sich mit Wodka wieder aufzuwärmen.

Angestrengt versuchte ich mich daran zu erinnern, was mir Onkel Wassja über das Winterschwimmen erzählt hatte. Als er ein *junger Bursche* war, wie er gerne alle seine Geschichten begann, fing für ihn die Schwimmsaison im Herbst an. Wenn die Wassertemperatur langsam abfiel und die feixenden Frauen und quietschenden Kinder und aufgeplusterten Kerle den Kiesstrand räumten. Dann gehörte der See ihm allein.

Langsam hineinsteigen, Kopf und Haare trocken halten, nie zu lange im Wasser bleiben. Und am allerwichtigsten, hörte ich ihn sagen, nie allein losziehen. Onkel Wassja hatte immer seine Mutter begleitet. Als sie gestorben war, gab er das Winterschwimmen auf.

Um nicht einzubrechen, legte ich mich flach mit dem Bauch auf die Eisfläche, die Füße voran robbte ich die letzten Meter rückwärts zur Wake. Meine Hände schlossen sich rot und taub um die Schraubenzieher. Mein Atem war laut. Ich stellte mir Onkel Wassjas Mutter beim Brustschwimmen vor.

Komm rein, Kindchen, rief sie mir aus dem Wasser zu. Ich hörte sie planschen. Ich verrenkte mir den Hals, um zu sehen, wie weit das Loch noch entfernt war. Der Kopf von Onkel Wassjas Mutter schwebte in der aufgerissenen Rinne, schaukelte darin wie eine Boje. Auf der Badekappe Delfine, ein Gesicht aus glänzenden Pausbacken, der Mund weit offen, der Eckzahn aus Gold. So hatte ich mir den Wassermann nicht vorgestellt.

Jeden Augenblick musste das Eis unter mir nachgeben, aber es war standhaft. Es fühlte sich an, als würde die Kälte durch die Kleidung kriechen.

Zuerst tauchte ich die Füße, dann die Beine unter. So schlimm ist es gar nicht, versuchte ich mir einzureden, und wurde im selben Moment verschluckt. Beim Versuch, die Hüfte langsam abzusenken, war ich mit einem Ruck hineingerutscht.

Der See, der mir meinen Bruder genommen hatte, wollte auch mich verzehren. Die Kälte war gewalttätig. Mein Atem kam als Winseln heraus. Losgelöste Laute, die nicht mehr zu mir gehörten.

Ich drehte mich, meine Augen fanden das vertraute Ufer. Die Bäume streckten zur Begrüßung ihre nackten Arme in die Luft. Sie winkten mir zu. Ich schlug mit den Beinen gegen den Wassermann an, bewegte die Arme nach vorn, nach hinten, langsam, zu langsam. Der Schneeanzug machte es schwer, voranzukommen. Nass wurde er zu einer anderen Materie, nahm an Masse zu.

Als ich wieder hartes Eis berührte, war die Erleichterung von kurzer Dauer. Ich trieb die Klingen der Schraubenzieher ins Eis, versuchte mich hochzuziehen, aber mir fehlte die Kraft. Die Wellen waren hungrig, ich spürte das Nagen und Kauen an dem kalten Fleisch. Arme und Beine schlugen mit ganzer Kraft gegen ihren Sog. Die Lungen schienen zu Rosinen zusammenzuschrumpfen, die Atemwege kurz vorm Kollabieren. Der Schmerz nahm kein Ende.

16

Ich zitterte. Mein Körper wehrte sich gegen die Kälte. Die ganze Zeit sprach Babka Jasja auf mich ein, oder vielmehr schimpfte sie. Sie verfluchte den Winter, meinen Leichtsinn, den Hund, der nicht aufhören wollte zu bellen. Beruhigen Sie sich, wollte ich sagen, er spürt ihre Aufregung, wenn Sie sich nur beruhigen ... aber ich brachte kein Wort heraus. Ich war schrecklich müde. Eine Männerstimme sagte etwas, Babka Jasja jagte sie nach draußen.

Sie zog mir die nasse Kleidung aus, trockene Kleidung an. Sie legte mich auf Decken und legte Decken auf mich. Rau und hart waren sie. Der Tee, den sie mir gab, war zu süß. Ich versuchte mich zu erinnern, was passiert war. Das Hundegebell am See. Jemand hatte mich gestützt. Hatte mich Babka Jasja aus dem Wasser gezogen? Oder war es der Mann, der eben gegangen war?

Der Hund winselte jetzt und hörte erst auf, als er ins Haus gelassen wurde. Er beschnupperte mich im

Gesicht und nahm neben mir Platz. Mein Atem war so hörbar wie seiner. Jetzt sah ich auch die Katze, die ungestört am Fenster saß und etwas in der Ferne beobachtete. Sie hatte kein Interesse an den Lebenden.

Babka Jasja ging vor die Tür und kam einige Zeit später mit Zweigen der Eberesche zurück. Die werden den Toten daran hindern, in sein Zuhause zurückzukehren, sagte sie. Bringe sie vor dem Haus an, vor der Tür. Sollte er wiederkommen, musst du dich schützen.

Das wird er nicht, sagte ich. Davon war ich überzeugt.

Ich schlief lange und brach auf, sobald ich mich wieder halbwegs normal fühlte.

Es ist schon dunkel draußen, Kind, willst du nicht hier übernachten und morgen zurück?

Ich schüttelte den Kopf. Babuschka macht sich sonst Sorgen.

Babka Jasja gab mir zu essen und packte mich warm ein.

Fast wäre ich am Toyota vorbeigegangen, der Schnee hatte ihn unter sich begraben. Der Motor sprang beim dritten Versuch an. Während er lief, befreite ich die Scheiben und Spiegel von den kalten Massen. Meine Finger kribbelten, als ich das Lenkrad umschloss.

Die Straßen waren frei. Die Heizung war voll aufgedreht, aber mir wurde nicht wärmer. Ich schaltete das Radio ein, um mich wach zu halten.

Als ich am Haus ankam, war im Küchenfenster Nacht. So ungewohnt, dass mich ein beunruhigendes Gefühl überkam, als hätte ich etwas Wichtiges vergessen. Mit letzter Kraft stieg ich die Treppen hoch.

Babuschka?

Ich zog die Stiefel aus und ging ins Wohnzimmer, schaltete das kleine Licht ein. Deduschka war genau dort, wo ich ihn zurückgelassen hatte. Schlafend in seinem Sessel. Aber etwas war anders. Ein vertrautes Bild, das schief hing.

Zaghaft berührte ich ihn am Arm. Deduschka, sagte ich, Deduschka, immer wieder: Deduschka. Dann ging ich zurück in die Diele und rief die Ambulanz. In der Notaufnahme angekommen, wurde ich ohnmächtig.

Deduschka wurde in einen Kühlschrank in den Keller des Gebäudes gelegt. Dort sollte er warten, bis ihn das Bestattungsunternehmen abholte. Ich bekam ein Bett und einen Antibiotikacocktail. Die Ärzte diagnostizierten eine beidseitige Lungenentzündung. Ich musste sie wochenlang mit mir herumgeschleppt haben, sagten sie. Als Babuschka ins Krankenhaus kam, konnte ich ihr nicht in die Augen sehen. Ich wollte ihr nicht noch mehr Kummer bereiten, aber tief im Inneren war ich froh, krank zu sein, mich so aus allem raushalten zu können.

Babuschka besuchte mich jeden Tag. Sie tröstete mich, sagte Dinge wie: Ich wünschte, ich wäre da gewesen. Ich wünschte, er wäre nicht allein gestorben. Sie sagte: Mein Gescha.

Er ist nicht allein, wollte ich erwidern. Kostja ist bei ihm. Aber wie abgedroschen das geklungen hätte. Also log ich stattdessen: Die Ärzte haben gesagt, es ging ganz schnell. Er hatte keine Schmerzen.

Meine Brüder besuchten mich immer nach der Arbeit. Mutter kam einmal mit Vater und dann allein. Sie brachte mir Schokolade, die ich nicht anrührte, Birkensaft, den ich später der Krankenschwester gab.

Sie beklagte, wie hart sie das Ableben ihres Schwiegervaters getroffen habe, wie sehr sie wieder an Kostjas Tod erinnert werde.

Was hätte ich nur ohne Kostja getan?, weinte sie. Wenn ich keine Kraft mehr hatte, euch zu halten, nahm er euch auf den Arm. Wenn mein ganzer Körper vom Stillen schmerzte, gab er euch die Flasche. Dein Vater war nie da. Arbeit, Arbeit, Arbeit. Was hätte ich darum gegeben, mit ihm zu tauschen. Ich habe mein Leben für euch aufgegeben, und am Ende hingt ihr mehr an eurem Bruder als an eurer eigenen Mutter. Wenn du in der Nacht wach wurdest, hörte ich dich nach Kostja schreien. Du gabst deinem Bruder keine Ruhe. Du warst das Kind, das Wolf schrie. Wolf, Wolf, der Wolf ist da! Kostja kam jedes Mal angerannt. Auch wenn du ihn auslachtest und ihn weiter quältest, er kam stets angelaufen. Schon damals warst du egoistisch.

Ich stellte mich schlafend.

Du weißt gar nicht, was für ein Glück du hast, mit beiden Eltern aufgewachsen zu sein, sprach sie weiter. Du solltest wertschätzen, was wir alles für dich tun, stattdessen pfeifst du drauf. Statt dankbar zu sein, machst du Ärger, immer nichts als Ärger mit dir. Ich habe meine Mutter nie kennengelernt, ist abgehauen, als ich vier war. Was ich alles durchgemacht habe, und trotzdem bin ich hier und umsorge mein Kind, mein undankbares Kind.

Mutter drückte genau auf die Stelle, die sonst weh-tat. Vielleicht waren es die Medikamente, aber es schmerzte nicht wie sonst.

Als sie alles rausgelassen hatte, saß sie noch eine Weile schweigend an meinem Bett. Ich fragte mich, was für ein Gesicht sie machte, wenn keiner hinsah, zwang mich aber, meine Augen geschlossen zu halten. Irgendwann nahm sie Mantel und Tasche und ging hi-naus.

Wie aufs Stichwort überfiel mich der Husten. Der Schmerz ging durch meine Kehle über meinen Brust-korb bis in den Unterbauch. Ich krümmte mich.

Meine Zimmernachbarin sah mich vorwurfsvoll an.

Später an diesem Tag kamen Mischa und Wika. Wir spielten Karten, und ich lachte über Mischas Grimas-sen, die er nach jeder Niederlage zog. Das Lachen fühlte sich nach lauwarmem Wasser an, aber ich war überrascht und irritiert, dass ich es halbwegs wieder konnte. Nachdem Mischa mein Abendessen verdrückt hatte, ging er draußen eine rauchen. Wika blieb und räumte auf, fragte, ob ich etwas brauche und so weiter. Ich war überzeugt, dass sie in mich hineinsehen konnte. Meine Haut war aus Pergamentpapier und alle meine Geheimnisse auf ihr protokolliert.

Wie kalt bist du eigentlich?, fragte sie plötzlich.

Ich schluckte. Was?

Sie sagte: Ich wollte wissen, wie alt du bist.

Ich hatte mich verhört.

Wikas Gesichtsausdruck veränderte sich, erst daran merkte ich, dass ich auseinandergefallen war. Ich weinte lautlos, und Wika setzte sich an mein Bett und hielt die Hand, die sie damals verbunden hatte, das Einzige an mir, was noch ganz war.

Zwei Tage nachdem ich das Krankenhaus verlassen hatte, beerdigten wir Deduschka. Das Bestattungsunternehmen hatte sein Gesicht versaut. Die Nase war zu groß, die Lippen nicht seine. Eine Wachsfigur, die den Schnurrbart und Anzug meines Deduschkas trug, lag im Sarg. Wie bei Kostja kam mir die ganze Beerdigung einstudiert und falsch vor.

Sie hatten ein Loch neben Kostjas Grab ausgehoben, und ein Priester im weiß-goldenen Kleid sang und schwenkte einen Weihrauchbehälter. Der Boden war gefroren. Sicher hatten die Totengräber teuflisch geflucht.

Den Großteil der Menschen, die gekommen waren, kannte ich nicht. Viele dieser Fremden weinten, und ich fand es geschmacklos und unangemessen. Wenn jemand auf Deduschkas Beerdigung weinen durfte, dann ja wohl Babuschka. Aber sie vergoss keine Tränen. Sie verarbeitete Umarmungen und Beileidsbekundungen wie Gegenstände auf einem Fließband.

Ihr Haar war über Nacht noch grauer geworden. Ich war erschrocken, als ich sie am Morgen in der Küche sah. Im Kontrast sahen ihre braunen Augen fast schwarz aus.

Ich hatte nicht gewusst, wie ich den Tag überstehen sollte, aber als ich Babuschka sah, ihre Augenringe und Falten, die Venen, die auf ihrer blassen Haut zu leuchten schienen, ihre geknickte Haltung, als würde sie ihren Rücken nie wieder durchstrecken können, richtete ich mich für sie auf. Ich mache dir ein Ei, sagte sie. Lass mich das tun, bat ich und nahm ihr den Pfannenwender aus der Hand. Sie ließ mich.

Mischa und Fedja holten uns mit dem Toyota ab. Grischa musste also mit Mutter und Vater fahren.

Im Auto wurde mir schlecht. Also kurbelte ich das hintere Fenster runter und atmete eisige Luft. Das half.

Fedja beschwerte sich neben mir: Sollen wir uns auch eine Lungenentzündung holen?

Ich machte das Fenster wieder zu.

Brav, sagte er und nahm meine Hand.

Das half auch.

Mutter war noch immer sauer, dass ich nicht erzählte, was eigentlich auf der Datscha vorgefallen war. Ich merkte es daran, dass sie mich bei der Beerdigung wie Luft behandelte. Als sie außer Sichtweite war, traute sich Vater, mich zu umarmen. Sein Versuch, mich zu trösten, war wie immer miserabel: Du weißt, wie sie ist.

Ich dachte an seine Worte im Wohnzimmer, an seine Reue, uns nicht an einen besseren Ort gebracht zu haben, ein anderes Leben ermöglicht zu haben. Plötzlich tat er mir leid.

Iwan war auch da. Er stützte seine Mutter, die gerade mit Babuschka sprach. Als wir uns ansahen, hob ich meine Mundwinkel und hoffte, dass es einem Lächeln nahkam.

Nach der Beerdigungszeremonie stand ich mit meinen Brüdern draußen am verrosteten Gitter, das den Friedhof einzäunte. Die Gäste verabschiedeten sich nach und nach, stiegen in ihre Autos oder in den Bus, um in ihren Alltag zurückzukehren. Wir erwiderten ihre Abschiedsgrüße, nickten und lächelten. Onkel Wassja stellte sich zu uns, um bei meinen Brüdern eine zu schnorren und sie zu ermahnen, dass Rauchen ungesund sei.

Wer misst da mit zweierlei Maß, alter Mann?, sagte Fedja frech.

Onkel Wassja zeigte seine Goldzähne. Wenn du erst mal so alt bist wie ich, erklärte er, geht's eh nur noch bergab. Da ist so ein kleines böses Vergnügen ein Tropfen aufm heißen Stein. Beim Austreten seiner Zigarette sagte er noch: Ihr müsst stark bleiben, die Familie braucht euch jetzt.

Ich war nur froh, dass Kostja das nicht miterleben musste.

Iwan kam zu uns. Er hatte eine Thermosflasche dabei, die er aufschraubte. Ungefragt füllte er den Deckel mit heißer Flüssigkeit und reichte sie mir. Unsere Finger berührten sich dabei kurz. Ich probierte. Der kräftige Schwarztee schmeckte tröstlich. Ich gab ihn weiter, und so nahm Mischa, dann Fedja, Grischa und zum Schluss Iwan einen Schluck davon. Wir standen noch eine Weile beieinander und wärmten uns an dem Tee.

Etwas Naives in mir dachte, Deduschkas Abwesenheit wäre einfacher zu ertragen als Kostjas. Vielleicht weil er die letzten Jahre nicht mehr derselbe gewesen war. Doch sobald Babuschka und ich allein in die Wohnung zurückkamen, überwältigte mich eine endlose Wehmut. Am Küchentisch, im Wohnzimmer, im Bad, überall wurde ich mit einer Lücke konfrontiert. Ich hatte vergessen, dass der Schmerz über den Verlust eines Menschen am selben Ort entstand, an dem alle Erinnerungen an ihn gespeichert waren.

Mit der Zeit kam mir der Winter mit Kostja wie ausgedacht vor. Einzig die verschleppte Lungenentzündung bewies mir das Gegenteil. Mein *CRP* war normal, und die Röntgenbilder sahen auch gut aus. Weil ich nach wie vor mit Auswurf hustete, nahm ich weiterhin Antibiotika. Ich tat nur das Nötigste und sprach nur, wenn ich angesprochen wurde. Die Tage vergingen, es ging mir besser, aber noch lange würde ich auf einen körperlichen Normalzustand warten, der mir unwiederbringlich erschien.

Kostja kam nicht wieder. Deduschka auch nicht. Ich musste mich in eine neue Lebensrealität einfinden. Sie unterschied sich kaum von der gekannten, das Programm der Tochter und Enkelin und Studentin lief noch immer. Seit ich mich von Kostja und Deduschka im Wald verabschiedet hatte, sah ich keinen Sinn mehr im Medizinstudium. Egal wie sehr ich mich im Ärztekittel bemühen würde, das Leben zu verlängern, es lief eh auf das Unvermeidbare hinaus. Was ich stattdessen machen sollte, wusste ich nicht.

Dass Babuschka ohne mich ganz allein wäre, war das Einzige, was mir klar war. Die Vorstellung, sie allein zu lassen, fraß mich innerlich auf. Sie musste es gespürt haben, denn irgendwann sagte sie aus dem Nichts: Willst du nicht raus hier?

Aus der Gemüseabteilung?

Ich stützte mich auf dem Einkaufswagen ab und hatte wenig Lust, zwischen Kartoffeln und Zwiebeln Lebensentscheidungen zu überdenken. Normalerweise verstand Babuschka den Wink mit dem Zaunpfahl, vielleicht hatte sich ihr Sehen verschlechtert. Sie fragte: Gibt es etwas, was du lieber machen würdest?

Zum Regal mit dem Eingelegten weitergehen.

Da muss es doch etwas geben, für das du dich interessierst.

Natürlich, für die Sonderangebote.

Babuschka ignorierte meinen Sarkasmus. Du kannst dein Studienfach wechseln, wenn du willst.

Wolltest du nicht, dass ich Ärztin werde?, erwiderte ich.

Oder die Uni abbrechen, wenn du es für richtig hältst, sprach sie weiter.

Ich wollte weitergehen, aber Babuschkas fester Griff am Einkaufswagen hinderte mich.

Es ist nicht so, als könnte ich einfach meine Tasche packen und weggehen, sagte ich leise.

Warum nicht?

Mit einer einfachen Frage nahm sie mir den Wind aus den Segeln. Was ist mit dir?

Was soll mit mir sein?, entgegnete Babuschka verdutzt.

Wie willst du ohne mich zurechtkommen?, fragte ich und brachte sie damit zum Lachen.

Wie ich immer zurechtgekommen bin. Wie ich mein ganzes Leben für meine Familie gesorgt habe, für deinen Großvater und für dich.

Das meine ich nicht! Meine Gedanken rasten. Wer hilft dir mit der Datscha?

Wofür habe ich deinen Vater und Katjuscha?

Aber …

Junge Leute sollten ihre Zeit mit jungen Leuten verbringen, nicht mit alten.

Aber …

Außerdem bist du eine schreckliche Hilfe im Garten.

Du gießt zu wenig oder zu viel, kannst keine gerade Linie säen, beim Unkrautjäten reißt du Blumen mit aus und schneidest die Bäume zu weit zurück.

Sie hatte ihren Vorarbeiterinnenton hervorgeholt. Ich musste lächeln.

Es ist deine Entscheidung, sagte sie. Niemand sonst kann sie für dich treffen, und keiner wird dir im Weg stehen.

Grischa brachte mich zum Bahnhof. Allen anderen hatte ich schon Auf Wiedersehen gesagt.

Vater, Mutter und Tante Katjuscha waren zum Abendessen gekommen. Mutter machte mir keine Vorwürfe, sondern aß nur wie ein Spatz und guckte mitleidig aus dem Fenster. Ich scherzte ausgelassen, lachte sie an und dachte: Wie gut, dass du mir zeigst, dass es richtig ist, zu gehen. An der Tür drückte ich sie ungelenk an mich, was sich unangenehm anfühlte, aber nicht falsch.

Später in der Stolovaya sangen und tanzten meine Brüder die halbe Nacht, und es hatte wie immer nur ein Stück gefehlt, bis einer am Kronleuchter baumelte und wieder eine Schlägerei losbrach.

Am nächsten Tag kam Grischa pünktlich, aber mit dröhnendem Kopf. Babuschka machte Oladuschki. Wir schmierten Smetana und Marmelade auf die Pfannkuchen und sprachen wenig. Babuschka wollte nicht mitkommen.

Ein warmer Regen hatte in der Nacht die Eis-

klumpen, die an Straßenrändern und Büschen gefroren waren, das bisschen Weiß, das sich auf Ziegeln
festgeklammert hatte, in Erde und Kanalisation gespült.

Ticket? Pass? Grischa fragte mich alle fünf Minuten,
ob ich alles Wichtige eingepackt hatte.

Ja, doch.

Weil er nervös war, fühlte ich mich weniger unruhig.
Die Sonne schien, und es tropfte aus den Regenrinnen.

Ich habe von Kostja geträumt, sagte ich.

Erzähl, meinte Grischa.

Und ich erzählte ihm von Kostja, der im Wald auf-
wacht und sich auf den Weg macht, uns zu finden.

Am Ende sagte Grischa: Ein schöner Traum.

Der Zug fuhr ein.

Koschtschej, der Unsterbliche

Er starb. Es war ganz leicht. Sein Körper hatte sich nicht lange gewehrt. Er pochte und zog sich zusammen, bäumte sich und gab dann auf.

Da war kein Tunnel, kein Licht, nicht ein einziger Laut. Dafür ein drängender Lufthunger und ein Druck auf den Ohren, der sich zu einem Stechen aufbaute, als würde sein Körper in eine zunehmende Tiefe gezogen. Er versuchte einzuatmen, aber wie aussichtslos das war ohne Lungen. Seine Organe funktionierten längst nicht mehr. Nur sein Außen war geblieben.

Die Welt schwieg, als er zu sich kam. Um ihn herum Bäume, so regungslos wie Gips. Kein Vogelgesang, kein Summen, nicht einmal das Säuseln des Windes war zu hören. Die Sonne stand hoch oben. Ob es kalt oder warm war, spürte er nicht mehr.

Viele Talente hatte er nicht, aber das konnte er: ausharren. Es gab nichts, das er nicht aushalten konnte. Seinen Brüdern fehlte es an Selbstbeherrschung. Sie waren zerstreut und gutgläubig, liefen Schmetterlingen hinterher, ohne nach links und rechts zu gucken, und landeten im Graben. Und zu Hause wurde er dafür bestraft. Warum habe er nicht besser auf sie aufgepasst. Er sei der Älteste, er trage die Verantwortung.

Er sah sich um. Aus dem Wald herauszukommen, sollte ihm nicht schwerfallen.

Sobald er laufen konnte, hatte ihn Deduschka zum Pilzesammeln mitgenommen. Sobald er schwimmen konnte, zum Fischen. Alle seine Lektionen hatten mit Orientierung zu tun. Auch wenn er ihm den Nachthimmel erklärte und wie er über den großen Wagen auf den Polarstern traf, eigentlich wollte er ihm nur zeigen, wie er seinen Platz in der Welt fand.

Deduschka wusste, dass er anders war.

Er hatte ihnen Frühstück gemacht. Zwei Spiegeleier, zwei schwarze Brotscheiben. Wie alt war er? Drei oder vier. Er fasste die heiße Herdplatte an und spürte nichts. Deduschka hielt seine Hand lange unter kaltes Wasser. Tut es denn nicht weh?, fragte er beunruhigt. Sein Gesicht verriet dem Kind, dass etwas nicht stimmte. Aber was Schmerz war, hatte es noch nicht gelernt.

Er wusste nicht, dass man weint, wenn man eine Spritze bekommt. Dass es dem anderen wehtut, wenn man ihn schubst. Dass es nicht normal ist, in Flammen zu fassen oder sich so lange zu kratzen, bis Blut fließt.

Seine Kindheit bestand aus Maßregelungen seiner Lehrer, der Sprachlosigkeit seiner Eltern, entgleisten

Gesichtern, die er nicht deuten konnte, Kindern, die ihn behandelten, als wäre er eine Krankheit. Er ließ alles über sich ergehen, ohne zu verstehen, was er verkehrt machte.

Im Wald nahm ihn Deduschka bei der Hand und zeigte ihm Raupen, die wie Zweige und Knospen aussahen. Viele Tiere und Pflanzen geben vor, etwas zu sein, was sie nicht sind, um zu überleben, sagte er.

Es war keine Lüge. Es war ein Trick.

Er musste nur abgucken.

Bevor du sie kennst, kannst du essbare Pilze nicht von den giftigen unterscheiden, sagte Deduschka.

An feuchten Sommertagen und sobald die Bäume sich färbten, packten sie frühmorgens Körbe und Messer und fuhren raus. Manchmal fanden sie so viele Pilze, dass sie sie kaum nach Hause tragen konnten. Deduschka hatte eine Karte mit den besten Waldflächen in seinem Kopf. Manchmal mussten sie stundenlang durch den Forst gehen, an Trampelpfaden vorbei, bis sie auf Moosinseln trafen, die den Eingang in eine geheime Welt markierten. Das Moos überzog Boden, Steine, Stämme, dämmte jeden Schritt.

Die Mooslandschaft verschluckte auch Zeit.

Er lernte, sich zu entschuldigen, obwohl es ihm nicht leidtat. Er lernte, im richtigen Augenblick zu lachen und im richtigen Moment traurig zu sein. Er hörte zu und wiederholte. Wie schnell alle um ihn herum vergaßen, dass er anders war als sie. Wie erleichtert sie waren, dass seine schwierige Phase vorbei war.

Nur Deduschka vergaß nicht. Egal wie gut sie sich versteckten, er fand Spannerraupen immer unter den Zweigen.

Sein nackter Körper konnte nicht lügen. Abends heizte Deduschka die Banja und untersuchte seine blauen Flecken und Schürfwunden, brachte ihm bei, dass der Körper eine eigene Sprache hatte. Er kommunizierte mit ihm durch Rötungen und Verfärbungen, durch Blut und Schwellungen. Aber es gab auch Dinge, die er verheimlichte, die nur ein Arzt verstehen konnte.

Regelmäßig fuhr ihn Deduschka zu einem Doktor, der sich mit seinen Lungen unterhielt, seinem Herzen zuhörte. Er machte Bilder von seinem Inneren. Auf diesen Bildern hatte er keine Augen, keinen Bauchnabel, keine Fingernägel. Er war ein weißes Konstrukt, umspannt mit einer grauen Hülle, mehr Geist als ein richtiger Mensch.

Er konnte nicht sagen, wie lange es dauerte, bis er auf eine asphaltierte Straße traf. Wenn man keine Müdigkeit mehr spürte, keinen Hunger, spielte Zeit keine Rolle mehr.

Er hatte kein richtiges Ziel, aber das hatte er auch nie gehabt, als er noch am Leben gewesen war. Er tat, was andere für ihn vorgesehen hatten. Jeder seiner Schritte stand unter Beobachtung, seine Familie bewertete jede seiner Entscheidungen.

Einzig auf dem Wasser war er frei. Wenn er auf dem Bug stand, von Winden umweht wurde und in keiner

Himmelsrichtung Land sah, fühlte er sich sicher. Unten in der Kajüte, in Kreisen, in denen ihn keiner kannte, fühlte er sich am wohlsten. Keine Verantwortung, keine Verpflichtungen. Er konnte sich vergessen, einfach existieren.

Umso schwerer war es, zurückzukehren. Der Anker wog Tonnen. Er spürte die Stricke, sobald er Land betrat. Die Freude in den Gesichtern seiner Familie schmerzte ihn. Hast du uns vermisst? Wie lange bleibst du? Er konnte ihnen nicht in die Augen sehen. Vor allem nicht Schura.

Als er sie das erste Mal traf, war sie nur ein schrumpeliges Gesicht, das nach schlecht gewordener Milch roch. Sie lag als Bündel verpackt in den Armen seiner Mutter, die aufgeschwemmt und müde aussah, als sie vom Krankenhaus wiederkam. Sie klopfte den Schnee von ihren Stiefeln und sagte fast gleichgültig: Da ist sie.

Seine Brüder tanzten um das Neugeborene herum, und sein zehnjähriges Ich dachte: Schon wieder eins, das mir den letzten Nerv rauben wird.

Doch Schura war aus einem anderen Holz.

Zuerst verstand er nicht, woran es lag. Er nahm an, weil sie ein Mädchen war. Erst später begriff er: Sie weinte nicht.

Seine Brüder heulten Rotz und Wasser. Wenn sie hungrig waren. Wenn sie in die Hose machten. Wenn sie schlafen wollten. Wenn sie nicht schlafen wollten.

Wenn sie etwas wollten und nicht bekamen. Wenn sie etwas bekamen, was sie nicht wollten. Wenn sie hinfielen. Wenn sie Angst hatten. Auch wenn ihnen einfach langweilig war und die ganze Welt das erfahren sollte. Das Heulen war ihre erste Sprache. Eine Sprache, die Schura nicht benutzte.

In der Nacht schlief sie durch, und morgens schaute sie ihn nur an. Mit voller Windel, aber ohne jede Sorge.

Bis sie vier war, sprach sie nicht. Sie nickte und schüttelte ihren Kopf, wenn sie etwas gefragt wurde. Sie kommunizierte mit ihrem Zeigefinger. Zeigefinger auf Mund: essen. Zeigefinger auf Tür: rausgehen. Zeigefinger auf streunenden Hund: streicheln.

Dabei war es nicht so, dass sie am Sprechen nicht interessiert war. Wenn er ihr vor dem Schlafengehen Märchengeschichten vorlas, sah sie sich nie die Bilder an, sondern die Buchstaben.

Ihr erstes Wort war *Auto*.

Sie hatte Fieber, war gerade aus einem langen Mittagsschlaf erwacht. Über einen Stuhl kletterte sie auf die Küchenzeile zur Fensterfront, an der sich Kondenswasser sammelte. Es dämmerte bereits in Vorbereitung auf eine lange kalte Nacht.

Sie streckte einfach ihren Zeigefinger aus und sagte: Машина.

Er stand vom Küchentisch auf, auf dem seine Hausaufgaben ausgebreitet lagen, und kam an ihre Seite, wollte wissen, was ihre Aufmerksamkeit erregt hatte, doch nichts Ungewöhnliches ging draußen vor.

Ihr Grinsen war so groß wie seine Überraschung. Sie hatte ihn zum Narren gehalten. Sie sah seinen verwirrten Gesichtsausdruck und fiel in ein haltloses Lachen. Ein Lachen, aus dem sie nicht mehr herauskam. Sie riss ihren Mund weit auf, gluckste vor Aufregung, bis ihr Kopf rot anlief, und erst dann bemerkte er, dass sie keine Luft bekam. In ihren Augen sah er einen großen Schrecken, oder vielleicht war es sein Schrecken, der sich in ihr reflektierte.

Er konnte weder vor noch zurück, war völlig bewegungsunfähig. Seine Muskeln angespannt, sein Herzschlag raste, aber er konnte nur danebenstehen und sie dabei beobachten, wie sie mit sich selbst kämpfte. Auf Händen und Knien. Zum Schluss röchelte sie, und er dachte, jetzt stirbt sie und sie werden sagen, es sei seine Schuld. Aber sie lebte.

Ihre Atmung normalisierte sich, und nach einigen Minuten bekam sie wieder eine gesunde Farbe. In ihre Augen kehrte eine Ruhe ein, die ihn aus seiner Starre herausholte.

Er hob sie vom Küchentresen, warm schmiegte sich der Körper an ihn, legte sie auf den breiten Sessel, der ihr der liebste Schlafplatz war. Das Polster war noch warm.

Schlaf, sagte er. Aber was er meinte, war: Vergiss.

Über ihm schien die Sonne milchig durch einen Wolkenschleier. Er stieß auf einen Pfad, der in eine Straße mündete. Der Weg führte ihn durch ein verlassenes

Dorf. Um auf die andere Seite zu kommen, musste er zur alten Brücke.

Als er sie passierte, war die Ampel weg, keine einzige Angel war ausgeworfen und keine Menschenseele zu sehen.

Einzig in der kleinen Holzhütte an der Weggabelung brannte Licht. Eine Frau verkaufte hier Getränke und ausgewählte Lebensmittel und Artikel wie Glühbirnen, Schreibwaren und Briefmarken. Er war oft mit seinen Brüdern zu ihr geradelt, um auf Großmutters Geheiß Mehl oder Brot zu kaufen. Vom Wechselgeld durften sie sich süße Getränke und Plombir kaufen.

Die wenigen Regale standen leer. Das gewohnte Summen der Kühlschränke war einem dunklen Schweigen gewichen. Wollmäuse vegetierten in den Ecken.

Wer hat sie ausgeraubt?, fragte er die Besitzerin.

Die Frau saß auf ihrem alten Bürostuhl. Ihr Blick war wie gewohnt auf einen kleinen Fernseher hinter dem Tresen gerichtet. Jedoch zeigte der Apparat nur Rauschen.

Sieh dich in Ruhe um, sprach die Frau. Ich habe vielleicht nicht viel, doch genug.

Er überlegte und verlangte schließlich einen Sprudel.

Haben wir nicht, erwiderte sie mit einer Miene, als hätte er sie beleidigt.

Bier?

Kriege ich erst am Abend rein, antwortete sie.

Was hast du dann?, fragte er.

Aprikosenbrause, sagte die Frau. Die ist aber schon warm.

Er nickte, und sie holte eine Flasche unter dem Tresen hervor.

Es kommen nicht mehr viele von der anderen Seite, sagte sie. Hast du noch unerledigte Geschäfte zu verrichten?

Ich habe lediglich etwas vergessen, sagte er.

Wenn du es vergessen hast, sagte sie, kann es nicht wichtig gewesen sein.

Ich muss mich erinnern, beharrte er, je mehr Zeit vergeht, desto mehr vergesse ich.

Da lachte die Frau laut auf.

Zeit ist nicht schuld am Vergessen, sagte sie. Wenn du Spuren im Schnee hinterlässt, ist es nicht die Zeit, die sie verschwinden lässt.

Sondern?

Der Wind, die Sonne.

Die Frau drehte sich wieder dem kleinen Fernseher zu. Trink aus und mach dich auf den Weg, sagte sie.

Er hob die Aprikosenbrause an die Lippen, aber der synthetische Geruch ließ ihn die Flasche wieder senken. Er verabschiedete sich. Erst an der Schwelle fiel ihm ein, dass er nicht bezahlt hatte. In der linken Hosentasche fand er eine Münze, die ihm besser als nichts erschien.

Als er sie neben die Flasche legte, hob die Frau ihren Kopf und schien ihn das erste Mal richtig anzusehen.

Jetzt schnell, sonst verpasse ich *Isaura*, sagte sie unzufrieden. Sie erhob sich schwerfällig und holte einen Schlüssel hervor, der an einem Faden um ihren Hals hing und bis eben von ihrer Arbeitsschürze verborgen war.

Der Schlüssel öffnete die Tür zum Nebenraum.

Ohne zu zögern umrundete Kostja den Tresen und folgte der Frau. Erst jetzt fiel ihm auf, dass die Tür schwitzte. Sie war feucht von Kondenswasser.

Er betrat den Hinterraum, der kein Hinterraum war, sondern eine Uhr, die aus Räumen bestand, einem Archiv seines Lebens.

Die Zeit zu durchqueren, war, wie einen Flur entlangzugehen. Rechts in der Abstellkammer ließ er seine ereignislose Geburt hinter sich, links vom Wohnzimmer die Kindheit. In der Küche saßen Vorfahren garstig über kalt gewordenen Tellern. Er ging immer weiter an großen und kleinen Zimmern vorbei. Ein unsichtbarer Faden war zwischen ihnen gespannt. Ein Faden, geknüpft aus gemeinsamer Erinnerung. Er musste ihm nur folgen. Er musste sich nur erinnern. Plötzlich war es ganz leicht.

Там за окном

Сказка с несчастливым концом.

Странная сказка...

– Виктор Цой: Сказка

Verweise

Viele Bücher habe ich zu den verschiedensten Themen dieses Romans zu Rate gezogen. Hier und da haben sich die Worte und Einflüsse ihrer Autor:innen in meinem Schreiben sesshaft gemacht:

Die Gedichtsammlung karelischer und finnischer Lyriker:innen »Берестяная котомка« (1990).

Klaus Bednarz' Reisereportage durch Karelien »Das Kreuz des Nordens« (2007).

Die Nacherzählung der »Kalevala« von Tilman Spreckelsen (2014).

Die Künstlerin Tamara Yufa hat in einem Interview Karelien als den Ort bezeichnet, an dem der Himmel den Boden berührt. Das ist wahr und musste also übernommen werden.

»Soll ich dir noch den Schlüssel zum Geldschrank geben?« ist aus »Zwölf Stühle« von Ilf und Petrow.

Das Lied, das in der Kneipe spielt, ist Аквариум - Мир как мы его знали.

Das Lied, das Kostja beim Schwimmen hört, ist Кино - алюминиевые огурцы.

Das Bild mit dem Reißverschluss beim Sezieren ist aus »When Breath Becomes Air« von Paul Kalanithi. Die Sezierstunde insgesamt folgt einem Yale-Online-kurs, den ich gemacht habe.

Was Babka Jasja von sich gibt, stammt zum Großteil vom heidnischen Glauben des slawischen Kultur-raums, den mir das Buch »Славянские мифы« von Александра Баркова nähergebracht hat. Da das Hei-dentum mit der modernen Welt ausgestorben ist, wer-den keine zurzeit real existierenden Weltanschauun-gen wiedergegeben. Und: Wepsen sind keine Hexer (glaub ich).

Kostjas Unterhaltung mit der Frau über die Apriko-senbrause ist aus »Meister und Margarita« von Michail Bulgakow.

Dieses Buch wäre nicht möglich gewesen ohne die folgenden Förderprogramme und Stipendienstätten: Ich danke herzlich der Kölner Schmiede, der Akademie der Künste für das Alfred-Döblin-Stipendium, der Stiftung Künstlerdorf Schöppingen, der Senatsverwaltung für Kultur und Europa für das Arbeitsstipendium Literatur und VG Wort NEUSTART KULTUR für das Förderstipendium sowie dem Niedersächsischen Ministerium für Wissenschaft und Kultur und der Samtgemeinde Lüchow für den Aufenthalt in der Stipendienstätte Künstlerhof Schreyahn.

DANKE, DANKE, DANKE

Ohne die Lesenden gäbe es keine Schreibenden. Für die großzügigen und scharfsinnigen Anregungen meiner Freunde und Verbündeten möchte ich tausendfach danken.

Vor allem meinen ersten, treuesten Lesenden, die auch Schreibende sind: Edda, Yade, Artur. Erst mit eurer Resonanz hat sich der Entschluss materialisiert, aus einer Kurzgeschichte einen Roman zu schaffen. Ihr motiviert mich, jedes Mal aufs Neue meinen Laptop aufzuklappen.

Gerade auf den letzten Metern brauchte ich einen seelischen Halt und jemanden, der nicht nur die Zeilen, sondern auch zwischen ihnen liest und die richtigen Fragen stellt: Danke dir dafür, Edda!

Wenn ich mich gehemmt und unsicher fühlte und nicht mehr stillsitzen konnte, haben mich unsere Spaziergänge und Gespräche erlöst und mit Ideen (der Nagel!) gefüttert: Danke dir dafür, Yade!

Ihr habt den nervenaufreibenden Endspurt zu einer wunderbaren Erfahrung gemacht.

Für das intensive Lesen und das damit verbundene regelmäßige Feedback danke ich meinen Kölner-Schmiede-Gefährtinnen Charlotte und Silke. Der gemeinsamen Romanarbeit innezuwohnen, war mir immer wieder Ansporn und großes Vergnügen.

Für ihren Glauben an Schura und die engagierte Begleitung danke ich Zoë Martin und der Agentur Julia Eichhorn. Für ihr Vertrauen in meine Vision und ihre Geduld in der Zielgeraden danke ich Monika Buchmeier, Pascalina Murrone und allen tatkräftigen Akteurinnen im Ecco Verlag.

Danke auch für euren Expertenblick: Matthias Jügler, der mit Schura fischen gegangen ist, und Natasha Darcy, die mit Schura im Seziersaal war.

Und danke, lieber Jenya, für deine Übersetzung des Vizbor-Zitats!

Zum Schluss möchte ich meiner Familie für ihre immerwährende Unterstützung und ihre nie verklingenden Geschichten danken, durch die erst dieser Roman entstanden ist: Meinen Eltern Elena und Andrei, meinem Brüderchen Goscha, meinem Schwesterchen Nastja, meiner Tante Sweta, meiner Babuschka

Schura und meiner Babuschka Valja, meinen verstorbenen Deduschka Igor und Deduschka Harri. Lange habe ich mich gegen meine Herkunft gesträubt und dabei vieles vergessen und verloren, aber vielleicht mit diesem Buch ein Stück weit zurückgewonnen. Dank euch hoffe ich immer auf das Beste.

Живы будем — не помрём!